Songs
of
Yesterday

Clara写意◎著

玫瑰时代

作家出版社

图书在版编目（CIP）数据

玫瑰时代 / Clara 写意著 . — 北京：作家出版社，
2017.8
ISBN 978-7-5063-9686-8

Ⅰ．①玫… Ⅱ．① C… Ⅲ．①长篇小说 – 中国 – 当代
Ⅳ．① I247.5

中国版本图书馆 CIP 数据核字（2017）第 227031 号

玫瑰时代

作　　者：Clara 写意
出 品 人：高路　华婧
责任编辑：丁文梅
监　　制：王俊一
特约策划：谭飞
封面设计：宋晓亮
出 品 方：北京中作华文数字传媒股份有限公司
出版发行：作家出版社
社　　址：北京农展馆南里 10 号　　邮编：100125
电话传真：86-10-65930756（出版发行部）
　　　　　86-10-65004079（总编室）
　　　　　86-10-65015116（邮购部）
E-mail：zuojia@zuojia.net.cn
http://www.haozuojia.com（作家在线）
印　　刷：中煤（北京）印务有限公司
成品尺寸：152×230
字　　数：260 千字
印　　张：19
版　　次：2018 年 1 月第 1 版
印　　次：2018 年 1 月第 1 次印刷
ISBN 978-7-5063-9686-8
定　　价：39.80 元

永远不要认为我们可以逃避，我们的每一步都决定着最后的结局，我们的脚步正在走向我们自己选定的终点。

——米兰·昆德拉

目 录
Contents

第一卷　歌　后

目录 CONTENTS

SONGS OF YESTERDAY

第一卷

歌后

第一章

似这般姹紫嫣红开遍

上海。

时间过去了那么久，可名叫阿四的女孩永远也不会忘记这个夜晚。

阿爸和姆妈在二楼商量着赴何家晚宴的事，姆妈好听的女中音和阿爸温柔的劝慰声，像这个早春的风一样絮絮从楼道里拂过。

姆妈说："何家也是，怎么会想到在百乐门摆订婚宴？那种地方，你知道我是不喜欢的。"

阿爸说："新风尚嘛，宴会厅里面吃吃自助餐，吃好了在旁边弹簧地板上跳跳舞，不是蛮好？"

姆妈不以为然："什么新风尚？何家那么大的宅子，草坪也大，多少宾客装不下？自己家里，多少适意，何必到那种买张票子就能进的公共场所？"

阿爸安慰道："这个你放心，今天百乐门由何家包了场子，门口有侍应生，一律凭邀请函报了名头才能进的。"

姆妈叹了口气："唉，这又何必？"

过了半晌，阿爸的脚步声嗒嗒地响起，是他的意大利皮鞋踩着木楼梯的声音，随之是姆娘的绣花布鞋几不可闻的上楼声，阿四知道，她是上楼帮姆妈梳妆打扮的。

絮絮的风变成姆妈和姆娘之间的。

姆娘问："小姐，今朝要穿旗袍吧？"

姆娘是跟着姆妈一起从苏州嫁过来的，所以她从来都管姆妈叫"小姐"，管自己叫"小小姐"，而不像家里其他的用人一样，管姆妈和自己分别叫"太太""小姐"。

停了一歇，姆妈答："嗯。拿那件松香色的吧。"

"那配只银珠的手包，好衬上面的银花。外面穿风衣还是披肩？"

"夜里还是有点凉，拿件风衣吧，新做的那件天青色的熨过了没有？"

"从裁缝铺拿来就熨过了，等一下梳好头，我让阿细拿到门厅里候着。"

姆妈和姆娘一定是在梳头，用那只玳瑁梳子。姆妈最近将爱司头①剪了，烫了短发，在耳后一左一右向中间拢起，用发卡别住。平常不赴宴的日子里，姆妈穿裤装，绸衬衫束在窄窄的腰身里，骑着英国 Humber②牌自行车去学校上课。那样的姆妈，是与"百乐门"或是"松香色旗袍"这样的字眼格格不入的，也是阿四和阿爸都深爱并为之自豪的。

但是在譬如这样的夜晚，阿四知道，姆妈会换上旗袍和高跟鞋，搽上百雀羚的香脂和谢馥春的鸭蛋粉，娇柔地挽着阿爸的手臂，将"黄太太"这个角色做到一百分。阿四很高兴她这样做。她喜欢这样的姆妈，一如喜欢骑自行车的姆妈。她喜欢两者同时存在，一如她喜欢这个城市的白天和黑夜。光影的转换，像化装舞会一样新鲜刺激，混乱中的规则，可做不可说，可戏谑不可打破，这正是这一切的迷人之处。

阿四突然听到了自己的名字。是姆妈在问："阿四头呢？怎么好久没看见她了？"

姆娘悠悠然回答："小小姐在家的，刚才还看见她在厨房间里寻冰淇淋吃。"

阿四无声地笑，躲在主卧室隔壁的书房里。冰淇淋此刻就在她手里，从冰桶里拿出来的时间久了，表面开始融化，但她还舍不得几口把它吃光。她轻手轻

---

① 上世纪二三十年代上海上流社会女性流行的发型，将头发盘成如字母 S 的发髻。

② 英国自行车品牌，译作汉堡牌。

脚地关上书房门，扭开落地收音机，摸索着找到那个电台——啊，正是时候！

爵士乐如水一样，轻快地流淌在空气里，一把甜蜜的女声这样唱：

郎是春日风，侬是桃花瓣。但等郎吹来，侬心才灿烂。

唱到第二遍的时候，阿四已经可以跟着哼唱。她将双手背在身后，就着音乐和窗棂透进来的月光滑动舞步，校服的百褶裙摆像只灰蝴蝶。

书房门突然被推开了，姆娘狐疑的眼珠子在门口直打转，正欲开口，被阿四急得乱挥的手拦住了。她不高兴地撇了撇嘴，关门离开了。

阿四继续享受自己的快乐时光。下一首是《五月的风》，那歌声暖洋洋、细密密的：

五月的风，吹在花上。五月的风，吐露芬芳。假如啊，花儿是有知，懂得人海的沧桑，它该低下头来，哭断了肝肠。

书房门再次被推开了，这一次是姆妈，后面跟着板着脸的姆娘，阿四知道，一定是她告了自己的状。

姆妈奇怪地四处打量了一下："阿四，你一个人墨墨黑待在这里做什么？收音机是你打开的？"

阿四知道阿爸不喜欢自己听收音机，但这会儿阿爸不在，于是她兴高采烈地冲姆妈说："姆妈，你快来听，这个叫周璇的，唱歌老嗲哦！"

姆妈还没来得及回答，阿爸出现在书房门口。阿四趁着阿爸不注意，赶紧把收音机关掉了。

好在阿爸的注意力不在她身上。他喜滋滋地看着梳妆打扮好了的姆妈，嘴角咧着。

姆妈被他看得脸红起来，作势生气地说："看啥看，十三点！"

阿爸的回答是："哎哟！"

阿爸、姆妈和姆娘热热闹闹地下了楼，阿四欢欢喜喜地跟在后头。门厅里也很热闹，阿细拿着姆妈的天青色风衣，另一个女佣阿枝拿着阿爸的司的克 ① 和烟斗。她俩刚才分明正和司机打情骂俏，这会儿都一齐鸦雀无声。

阿细将风衣递给姆娘，姆娘替姆妈细心穿上。阿爸接过阿枝手里的司的克，

① 英语 stick 的音译，手杖的意思。上世纪三十年代，十里兰场的上海流入英语、法语、日语等多国语言，一些中上层家庭日常对话中时常中英文夹杂。

轻挥两下，一旁的司机连忙帮着点燃烟斗。

要出门了，阿爸突然回过头对姆娘说："你带两个人，把我书房里头的收音机抬到阁楼里锁起来。"

姆娘的目光从阿四沮丧的脸上滑过，回答道："知道了，老爷。不过——人是归伊管的呀。"

阿爸戴上礼帽，一边挥动司的克大步流星地离开，一边丢下这样一句话："但是，楼上是归侬管的呀。"

阿爸的回答换来姆娘的噘嘴和姆妈的轻笑。阿爸和姆妈上了汽车，车子绝尘而去。

对于阿爸的精明，阿四既气愤又无可奈何，只能眼睁睁地看着姆娘领着伙计直奔书房而去。她顿了顿脚，决定去厨房间找贞娘。

贞娘就是姆娘嘴里的那个"伊"。她是前年才进家门的，之前一直在英国使馆里做娘姨①，后来大使回国了，新大使从京城带了全副的家眷用人来，她才又开始找新东家，经由一个世交介绍，到他们家来做内务管家，统领着一个厨子、两个女佣和一个打杂的伙计，可以说除了姆娘，全部的用人都在她的管辖之下。然而姆娘是太太屋里的梳头娘姨，又是跟着太太从娘家来的，在这个家的历史最久，所以地位也不在贞娘之下。

贞娘和姆娘形成了微妙的对抗格局。她俩一个统管着楼下，一个统管着楼上的天地。阿爸有时候和姆妈开玩笑，说就连他俩也要听从贞娘和姆娘的调令。这话虽说是玩笑，却也有几分真。

贞娘和姆娘这两大将军，风格全然迥异，简直可以说背道而驰。

姆娘是典型的苏州女人，说话软糯，身材瘦小，一双小脚。贞娘是外地娘姨，也有外地娘姨惯有的大码子，粗糙面孔，细看嘴角上还有一点儿髭须。

对贞娘，姆娘开始是很鄙视的。尽管对方是男主人特意请来的管家，但姆娘单凭这两点就可以鄙视她：一是对方是外地人，二是对方居然是合同制的，而不是家仆，这在姆娘看来，简直和路边的走做②没有两样。

后来的一些事情，却让姆娘对贞娘不得不服。有一次，阿爸设宴招待新搬

---

① 女用人。

② 用工的一种方式，早去晚归，或干完事即离开，不在东家住宿。

来的邻居庄叔叔一家。庄叔叔是阿爸在德国慕尼黑大学的校友，事先说了携庄太太一起来，结果庄太太一亮相，竟然是张洋面孔！

大家一时间措手不及。阿爸和姆妈的洋文没问题，然而服侍的人呢？正等着给庄太太宽外衣的姆娘一下子愣在当地。

说时迟，那时快，贞娘不声不响地从另一边走到庄太太身后，用标准的英语问："太太，可以吗？"

结果，那一整晚庄夫人都由贞娘一手服侍，直至重新为对方穿上外衣。贞娘做得无可挑剔，阿爸和姆妈也觉得面上有光。临走的时候，庄夫人半开玩笑地对贞娘说："如果哪一天他们不要你了，记住我家的大门永远对你敞开！"

客人公然挖主人的墙脚，姆妈没有见怪，姆娘却在背地里骂庄太太是"白俄瘪三"，不知道是出于为东家的义愤，还是对贞娘的嫉妒。

对贞娘，阿四一直有一种好奇。这个大脚娘姨，到底是什么来路？对自己在大使馆当差之前的人生，她总是讳莫如深。然而她的气派、举止，分明都不是来自普通家庭。她就像是一个谜，随着日子一天天过去，暴露出来的部分反而让人更加迷惑，如洋葱一般，剥了一层，还有一层，越剥越多。

贞娘果然在厨房间，正在做夜宵点心，厨娘刘嫂在旁边打下手。这是贞娘来了以后带来的习惯，估计是使馆里的派头，无论主人吃还是不吃，晚归后的一份点心是少不了的。其实主人十有八九是不会动的，于是会由贞娘在临睡前将原封不动的夜宵拿给后门处候着的穷苦人。对于贞娘的这个习惯，阿爸起初略有些诧异，但很快也就默许了。在他能力许可的范围内，他是愿意跟使馆派头接轨的。

阿四觉得，这些夜宵点心根本就是贞娘为那些候着的人做的。阿爸和姆妈才不过是个名头而已。譬如门口那个脏兮兮的小姑娘中暑了，当天的夜宵里就会出现绿豆汤；而她的姆妈连声咳嗽，绿豆汤又会应时地变成冰糖雪梨羹……

贞娘今天的心情不错，一边搅蛋白派的奶油一边唱着歌。阿四听见她唱的是一首从来没听过的歌，旋律很美，歌词却离奇得很：

那一心求名的，偏叫世人把她忘记；一心求爱的，沦入孤惨惨地狱；如兰似香的，被千古编着骂名；想做孟姜的，叫她终老在烟花巷里……

阿四不知不觉地走前几步，问道："贞娘，这是什么歌？"

贞娘这才发现她，立刻闭上嘴，恢复了她惯常的空白表情，回答："随便唱唱的，我也不知道是什么歌，小姐。"

阿四明知道她在敷衍自己，兀自在厨房里磨磨蹭蹭地拿了个蛋白派啃了两口，又用手指头沾一点奶油舔掉。

这时候，一个少年从后门进来，冲刘嫂说："姆妈，我饿！"

阿四好奇地循声看。只见那少年约莫比她小一两岁，十三四岁模样，身形瘦小。面容倒是端正，头发浓密漆黑，两道浓眉尤其浓，神情看起来很憨厚。

刘嫂连忙从灶台后门拿出一个布袋递给少年，说："喏，今朝的剩菜。"

少年却接得不情不愿，咕哝道："为啥又是剩菜？这里这么多吃的，又不缺我的一口。"

刘嫂慌忙打少年让他住口，阿四却"扑哧"一声笑了出来。

阿四方才站在冰柜旁边，少年没看见她，这会儿看见了，一张面孔腾地涨红。

阿四打开冰柜翻翻找找，从里面拿了七八个新鲜肉饼，用油纸包好了，走到少年身前，对他说："给你！拿去热了吃！"

少年却不接，低下头，脸更红了。片刻，他鼓起勇气抬头看看阿四，又转头看看刘嫂和贞娘。

阿四的手坚持举在空中。

刘嫂说："小姐，使不得！"

贞娘却拦住她："我看倒也没什么，阿锋，小姐给你，你就拿了吧。"

阿锋这才犹犹豫豫地接过肉饼。刘嫂在旁边提醒："谢谢小姐！"

阿锋小声说："谢谢。"转头跑了出去。"小姐"两个字，却是被吞了。

阿四意犹未尽地看着他的背影，问刘嫂道："刘嫂，这是你儿子呀？"

"对的呀，小姐，没见过啥世面，叫你见笑了。"

"他读书吗？我平常怎么没见过他？"

"读也是读的，同小姐不好比，他就在弄堂里开的学堂随便识几个字。不过我这儿子还算要学的，他啊，最喜欢看书，人家都说他字也写得好。"刘嫂的声音很自豪。

阿四还想问，被贞娘打断了。贞娘问刘嫂："也不知道那边收音机收好了没有？你去把阿力叫回来扛一袋面粉。"

这就是贞娘的神奇之处，她仿佛不在现场，却对这个家每个角落发生的事都了如指掌。

阿四却被她的这句话扫了兴致，本就是为了躲这件事而来的，偏偏要哪壶不开提哪壶！

她正欲转身离去，贞娘拦住她，擦干净手，递上一份报纸："小姐，这是今天的晚报，老爷还没看过呢，你顺路帮我放在餐桌上，好吗？"

阿四接过报纸。她分明觉得贞娘将它交给自己的时候眼神奇异地闪烁了一下，在那双不大的三角眼里并不容易察觉，但阿四肯定自己错不了。

她轻轻翻动手里的《申江晚报》，果然，在角落里找到了一则小小的启事：

招聘启事

兹有华新电台，诚向社会大众招聘晚间节目主唱，亟愿有热爱音乐之人士前来一展芳喉。既定招入三人，于月内择优录取，即日生效。

阿四的心扑通扑通直跳。她知道，就在这一分，这一秒，她听到的是命运的召唤。命运想考验她是否足够勇敢，能够将那在魂里梦里都缠绕着她的音符唱出来给世人听；命运又担心她错过了暗号，因此为她派来了贞娘这个天使。

第二章
齐姐儿难敌中山狼

北平。

齐姐儿在此间是一个传奇。十六岁之前，她是坤班①名角，专司老生，擅演关公，一出《华容道》②脍炙人口，人称"小孟小冬"。十六岁那年，她被一场急病倒了嗓，前无古人地自老生转当话剧演员，竟然越发大红大紫。代表剧作是《娜拉出走》，配合着当时新文化运动的风潮，创下在北平及天津剧院连演百场座无虚席的奇迹。而齐姐儿也顺势成为戏迷心目中"新女性"的象征。

齐姐儿长得极美。一张欧式的鹅蛋脸，一双虎目黑白分明，如炬如电。她在台上扫视一圈，坐在观众席最后一排的人都觉得心头一慑。戏迷都说，就是因为这双虎目，她将关公和娜拉都演活了。改演话剧以后，她将留了十几年的辫子剪了，剪成时下新女性流行的华盛顿头。这短发并非在人人头上都能好看，不过和齐姐儿可谓相得益彰。她日常衣着还是喜欢带点"角儿"气派，一件毛呢大衣不爱好好穿着，偏要披在肩上，里面是男装衬衫，西裤口却又束得圆圆紧紧，露出一握纤腰，整个一个活色生香的男装丽人。

齐姐儿命好。演了多久，就红了多久。自打十三岁那年在梨园第一次亮相

---

① 京剧于清朝乾隆嘉庆年间形成，女性旦角角色都由男演员担任，称为"乾旦"。清末民初风气逐渐开放，很多女演员走上舞台，称为"坤旦"，京剧女子戏班在辛亥革命后称坤班。

② 京剧《华容道》也称《挡曹》，是京剧红生的传统经典剧目，取材于《三国演义》第五十回"诸葛亮智算华容，关云长义释曹操"。

得了个满堂彩，这五年来，她没演过配角。如此一来，她难免是个心高气傲的人。不过今晚，她遇到一件不得不低头的事。

因为这出《娜拉出走》，齐姐儿和北平大学的一伙师生混熟了。对这伙读书人，齐姐儿的态度是既尊敬又鄙视。她尊敬的是他们的脑子，鄙视的是他们的精气神。譬如现在，这伙人或靠或趴在梳妆室的靠背软椅上，一个个眼睛亮晶晶的，却不是为着齐姐儿，而是为着他们今晚反复说着的那个话题："革命军就快打来了，北平就要解放了！"

他们说这话时的那个快活劲儿，真是令齐姐儿费解。革命军打不打来，与齐姐儿，又与他们有什么相干呢？不论这城头的大王旗怎么变，老百姓一样要过日子，要买米买盐买洋火①。大不了，又再多几家银行，多几种钞票，银的铜的纸的，左不过是这几种。反正无论哪一种，依她看这些读书人都赚不来。看看他们那几件长衫上的补丁，藏在里面衬裤上的只怕更多。更别提待会儿的夜宵，还得她齐姐儿买单。这些人中有好几个都单等着晚上的这一顿呢。

齐姐儿启开玻璃盖方金的月中桂香粉，轻轻扑在脸上，从镜子里看着那快活的一小群，忍不住刺下一针："你们这么讨厌这个政府，可你们北大不就是这些年昌盛起来的吗？这些人就是再坏，不是拨了大把的银子供你们北大做学问吗？"

她的这句话将那群人问得语塞了，气氛骤然尴尬起来。齐姐儿惊觉不对，急忙转身冲那群人里年纪最大的抛了个媚眼，娇滴滴地说："许教授，我可什么都不懂，说错了可不许和我当真。"

许教授就是这一版《娜拉出走》的剧作者，也是齐姐儿的一个追求者。他的脸色随齐姐儿的这句撒娇缓和了，可语气依然是凝重的："你这话，倒也不能说是错呢。"

这时许教授身旁的一个年轻人接口了。他是许教授的学生，也是齐姐儿的另一个追求者："他们那纯属不怀好意！狼子野心，路人皆知！前些天，政府还派人找到许教授，说要授予他四等嘉禾章②，另行公家俸禄，被许教授当

---

① 火柴。

② 嘉禾奖章设于 1912 年 7 月，共九等（后有变动），授予那些有勋劳于国家或有功绩于学问、事业的人，授予等级按授予对象的功勋大小及职位高低酌定。

场拒绝。谁不知道，那是想花银子，买文人，买喉舌！"

齐姐儿问："此事当真？"

许教授缓缓点了点头，神情带着明显的倨傲。

齐姐儿想说什么，又咽回去了。她可不愿意得罪这些读书人。她虽然厌恶他们那迂腐的精气神，但她需要他们的脑子。更何况，她隐约明白，这脑子与这迂腐气是分不开的，就像一个银元的正反两面。这世上有这些不愿意赚钱的傻读书人，才会有她赚得盆满钵满的齐姐儿。这是齐姐儿懂得的朴素哲学。

齐姐儿将香粉在鼻子上按了按，说："好了好了，别管什么革命军了，我们出去吃夜宵吧，今儿去哪家？——是东兴楼的爆肚，还是玉华台的汤包？许教授，您不是最爱地安门那家的桂花皮炸吗？怎么的，今儿要不要走远一点儿？"

众人的念头一下子就被这些色香味俱全的字眼牵住了，脸上不知不觉泛起甜蜜的笑容，仿佛那爆肚的香、汤包的汁、皮炸的脆已经如在眼前。许教授不易觉察地吞了一口口水，刚要回答，突然，梳妆室的门被敲响了。

那敲门声粗暴霸道，让人心惊肉跳。满屋子的人都静下来，齐姐儿向身后的经纪人，也是她的大哥齐飞打了个眼神。齐飞高声喝问："谁在外面？有这么敲门的吗？"

"快开门！"一个陌生的男声回答。

门开了。

齐飞把脑袋探出去，只见狭窄的走廊上整整齐齐地列着两列大兵——这是打哪儿来的？难道是天兵天将？

一个黑瘦军官一把推开齐飞，挤进屋里，眼神炯炯地扫视了一圈，落到齐姐儿身上，突然一个立正，行了个军礼，呼道："齐女士好！北洋军第三师炮兵三团团长副官季大山敬礼！"正是方才叫门的声音。

齐姐儿气定神闲地转头看了一眼门口的季大山，又转回去，继续往鼻子上扑粉。如果有人此刻盯着那持粉扑的玉手细看，会发现那只手正以不易觉察的幅度颤抖着。可当齐姐儿开口时，声音里听不出半丝紧张："这位首长，您来捧场，这么大阵仗，我齐姐儿怎么担当得起？这会儿也散场了，您不如把人带到舞台上，我这就出来给大家行礼，致谢。"

季大山回答："季某一介副官，不敢劳齐女士行礼。咱们团长，吴大帅之子吴公子，正在外面车里恭候大驾，请齐女士这就赏光走一趟。"

齐姐儿手里的粉扑掉到了桌子上。她最害怕的事终于还是发生了。这是她无论用多少强自镇定都无法糊弄过去的。突然，眼睛前头一暗，齐姐儿晕过去了。

她在倒地之前被齐飞一把接住了。齐飞和齐姐儿一样，有一张俊秀的脸，只是嘴角的两道苦纹略深。他一边查看齐姐儿，一边做出卑微的样子，对季大山说："这位兵爷，您看齐先生这身体，齐先生在坤班的时候就不唱堂会，况且如今嗓儿也倒了，多少年没唱过戏了。"

季大山完全不被眼前的场景所动，回答："倒了嗓不要紧，能说话就行。就算不能说话，人到就行。"

"这是怎么一回事？"角落里的许教授回过神，愤怒地上前质问。可还没待他走近，就被两个大兵用枪杆隔开了。他无法往前，却也不愿后退，就隔着枪杆大声抗议着。他的一众弟子也跟上来，在枪杆的背后大声质问："这是一个什么样的世界？这里还有没有王法？"

季大山用眼角扫了那伙读书人一眼，轻蔑地一笑，话，还是对着齐飞说的："您看，是你们自己走，还是我们抬着走？"

"我操你大爷的！"齐飞被激怒了，一挺身子就要动作。许教授一众也眼看要突破枪杆的阵线，小小的梳妆室内一时间剑拔弩张。

这时，只听得一声厉喝："都给我住手！"

发出喝声的是齐姐儿，她方才只是假装晕倒。这会儿，她从齐飞怀里站起来，站得笔直，脸色苍白，吐出的话嘎嘣清脆："跟你们主子说，我齐姐儿不是让人拿来取乐的粉头！想见我，我这儿剧院敞开了大门欢迎。今儿你们，人，是一定要不到的。真要来硬的，尸，可以跟你们走！"

齐姐儿虎目圆瞪的样子，让季大山知道，眼前的这位女子可不是光说不练的主儿。他沉吟了一下，微鞠一躬告辞了。

梳妆室内的气氛一下子松下来。齐姐儿吐一口气，瘫在椅子上，齐飞就势倒在地上，许教授摘下眼镜，擦拭着因为激动和愤怒涌出的泪水。就在大家以为事情就这么过去了的时候，门口又有动静了——

唰唰唰唰！这是大兵们跑步列队的声音；啪啪啪啪！这是立定的声音。然后，一切陷入死寂。

这死寂比刀枪声还要令人恐惧，梳妆室内的众人面面相觑，几乎可以听得见彼此扑通扑通的心跳声。漫长的几分钟活像几个世纪，然后，门帘一挑，一个人影进来了。

是个男人。矮小清瘦，脸色白里透青，最与众不同的是左眼下的一道刀疤。这刀疤一直从眼睑下横入耳际，使得他的整个左脸都扭曲变形了。他穿的倒是一身笔挺的西装，手里拿着一根司的克，拇指上一枚显眼硕大的玉扳指。

他近似温柔地对众人一笑，从西装上衣口袋里拿出一块雪白的手帕，捂住嘴，清了清嗓子，擦擦嘴，轻声说："在下吴某，唐突了。"

大概是他的这种温柔给了许教授某种误解，他如释重负地上前打圆场，很洋派地伸出一只手，欲与对方相握："幸会！鄙人北大文学系许宗平，方才是一场误会……"

他话还没说完，吴公子挥挥手打断了他，转头和身侧的季大山说了句什么，然后又用手帕捂住嘴清了清嗓子，温柔地对许教授说："许教授，幸会幸会！改日吴某备茶在舍下款待。今日吴某还有点事要忙，望许教授见谅。"

他的眼睛分毫不差地落到齐姐儿脸上。齐姐儿随之哆嗦了一下。吴公子又是微微一笑，走近齐姐儿，绕着她走了一圈，一双眼睛将她从头到脚地打量，边打量还边不时得趣般点头、摇头、叹息、微笑，甚至还伸出手在她的脖颈上抚了一把，然后放到鼻尖上嗅了嗅。

大伙儿都是呆了。这吴公子，倒像是不把齐姐儿当成活人，而是当成什么宠物，抑或文物似的把玩起来。

齐姐儿只觉得，浑身被那姓吴的扫视过的地方，以及被他抚过一下的脖颈，全都像被毒蛇舔过，汗毛直竖起来，又麻又痒又恶心。她闭上眼睛，迸下两行热泪，手里头，捏紧了刚才在梳妆台抽屉里拿的一支银簪。

吴公子大约看好了，将嘴巴凑到齐姐儿耳根处，温柔地问："走吧？"

齐飞被季大山架住，正在边叫骂边挣扎不得。齐姐儿睁开眼睛，猛地亮出银簪，对准自己的心窝，刺下。

银簪在刚刚触及皮肉的地方停下了。满室的惊呼也就停在那里。齐姐儿绝望地四顾，发现那姓吴的正好整以暇地看着自己，仿佛早就看透了她根本就没有那个胆气去寻死。

银簪掉在地上，齐姐儿也瘫软在地上，吴公子闲闲地回头，冲着门外一挥手："带走！"

黑色奥本汽车风驰电掣般开走，齐姐儿最后的一瞥，是车窗外齐飞仓皇得几乎空白的脸。她此刻看不到自己的表情，不然会发现那和齐飞脸上的是一模一样的。

车子开进窄巷，停在朱门紧闭的四合院前。齐姐儿被那只鹰爪一般有力的手钳制着下了车，记不清进了几进几出的院子，然后他停下来，向齐姐儿做了一个"请进"的手势。

还有其他的选择吗？到了这个时候，齐姐儿反而冷静下来。这个世界还有什么吓人的东西要给她看的？那就一一亮出来。

打小的时候，她和齐飞相依为命，睡在京郊的破庙里，到了晚上，一点烛火也没有，寒鸦乱飞，齐飞吓得把头藏进烂褥子里，而她，总是选择睁大了眼睛面对。

她抚了抚还未来得及换下的娜拉戏服，是淡青色的西式宫廷马甲裙，领口和袖口包着密密麻麻的花边，这花边多少给了她一点勇气，她吸了口气，一步跨进门槛里。

门在她身后嘎的一声关上了。她的背影不由得一抖，然后又迅速挺直，高傲地回过头来，对那个个头还没有自己高的男人说："就在这儿唱吗？"

男人哑声而笑，像在梨园里看戏那样，三只手指头轻击掌心，响亮地叫了几嗓子："好！好！好！"

这几个"好"字可不是叫给哪个角色，而是叫给她齐姐儿的。男人转身走到八仙椅上坐下，说了今晚上第一句像人的话："你别怕，我不是茹毛饮血的野蛮人。正式介绍一下吧，我叫吴勉之，现北洋军第三师炮兵三团团长。"话刚说完，还没等齐姐儿有反应，他又问，"我去法国之前，你不还在唱老生呢吗？怎么才三年，你就改演话剧了？"

站在屋子中央的齐姐儿一惊。他竟然关注自己良久。这个发现让她感到更加绝望，仿佛有一张看不见的网，围绕着自己紧紧收缩，自己就像网中心垂死挣扎的鱼，注定无路可逃。她抱着最后一丝希望问："你是戏迷？"

没想到对方是这样回答的："布袋养鹌鹑——玩呗。"

齐姐儿看了看窗户纸上映出的卫兵影子，闭目，咬牙，准备好和着血泪将这个晚上一起咽下去。她问吴公子："你想怎么玩？"

吴公子缓缓从椅子上站起来，上下打量齐姐儿，再一次发出赞叹声："啧啧啧。"他拐进屋角的屏风后，拿出长枪和宝剑，将枪递给齐姐儿，亮了个架势，说："唱吧。我唱曹操，你唱关羽。"

自然是那出《华容道》了，看来他果真是自己的戏迷。齐姐儿无奈，只得强打精神，唱道：

　　睁开了丹凤眼仔细观瞧……

才唱了两句，她就觉得不对劲。那曹操随她的唱腔，一双眼睛越来越亮，脸孔上的刀疤兴奋得发红，步步紧逼，她只得后退，几句之后，已经退到了里屋，眼看就要离那张大床一步之遥。

齐姐儿的后腿弯终于抵上了床沿，而此刻她正好唱到"你好比鳌鱼吞钩钓，惊弓鸟，惊弓啊鸟，插翅难飞逃"，她鼻子一酸，哭出声来，手里的长枪哐啷掉落。骄傲了那么多年，今儿她才叫把屈辱真正尝了个透。之前都是她逗弄着别人玩，此刻她却像猫爪子底下那只可怜的小麻雀儿，求生不得，求死不能。

曹操哈哈一笑，扑到她身上。他知道，经历过这样的一个晚上之后，身下的这个女人已经从精神和肉体上都丧失了意志，可以供自己肆意取乐。

马甲裙的花边禁不住几下撕扯，就如雪花般飘落，千钧一发之际，齐姐儿突然奋力推开身上的男人。眼泪已干，她向对方抛出最后一个毫无把握的筹码："给我三天的时间准备，三天以后，我心甘情愿当你的女人，一心一意伺候你，叫你舒服。"

第三章

陌上少年足风流

抚顺。满铁的心脏。

陈大将军府今日有贵客。贵客是一位十八岁的清俊少年。少年从奉天城内来，是陈将军收了十多年的义子。

少年一身标准的西式装扮，暗纹西装内是合体的收腰马甲，向着陈将军和夫人弯腰鞠躬，说话是一口流利的京片子："义父义母！我父母让我问候您二老！"

陈将军哈哈大笑，从梨花木椅子上站起来，扶起少年："你父母身体还好？自打我们从奉天城迁走，一晃居然五年了！"

少年含笑，眼神似有意又似无意地掠过梨花木椅子背后亭亭玉立的少女。此刻另一张椅子上的陈夫人也站起来，拖过少女的手上前："淑华，来向文雄哥哥问好。"

少女上前，向整整五年未曾谋面的义兄行礼，却不是盈盈拜倒，而是哈腰鞠躬："こんにちは（你好）。"

少年急忙还礼："こんにちは。"

直起身来，他俩相视而笑。这是她学会的第一句日文，是他教她的，当时他还给她起了个日本名字：淑子。

陈将军的脸上掠过一丝不快，但即刻被隐藏住了。时近傍晚，他转头吩咐陈夫人这便去着人摆上宴席，自己要和义子好好喝上几杯。

陈将军朗声说："文雄，你父亲善饮，虎父无犬子，你想必酒量也好。义父这里藏了二十年的上好花雕，今日就权当验收你的功课！"

文雄的双手直摆，眼睛里倒是没有丝毫怯意："我的酒量，怎敢与义父相比？"

陈将军坐回椅子上，询问："听说你父亲正在与政府合作办学，进展得怎么样了？"

文雄随陈将军的示意，在左手第一张椅子上坐下，微微欠身回答："进展得颇为顺利。满洲国政府制定了一整套大东亚共荣圈的办学方针，正在与父亲商讨呢。"说到这里，他猛然瞥见了陈将军的脸色，急忙刹住口，"义父知道，我父亲只是个读书人，他只负责其中汉学推广和讲学事宜，其他的事情，他是一概不予过问的。"

陈将军点点头，脸色稍霁："你父亲的学问，我是一向佩服的。因此，当年才蒙他不弃，结拜了兄弟，又收你为义子。"

文雄急忙接口："这是文雄的造化。"

青木文雄，"满洲国"汉学家青木川的独子，五岁时随父母从北海道移居满洲，在中国广袤的东北大地上长大。他的父亲青木川一生醉心于汉学，喜欢中国、喜欢中国人，是在同胞之中出名的，甚至还因此被日方带走审查过。虽然最后被无罪释放，但在许多同胞的眼里，他仍然是一个对劣等民族有着变态迷恋的怪人。

也许正因为如此，青木川和陈将军成了知己。陈将军早年戎马，于长白山脉上凭十几个人、几杆土枪，发展成叱咤一时的"义匪团"，浩浩荡荡几百口人。袁世凯称帝之后，他接受招安，被编入张作霖麾下，却与对方不和，逐渐淡出江湖，留下全部人马军火，只携了不到十人的精兵亲信，隐于市，亦在张作霖的密切监督之下。这些年来，陈将军不问世事，一心享受天伦，在淑华之后又与两个妾分别生下两子，孩子渐大后，举家迁出奉天，来到抚顺。

那天晚上，宴席散了之后，夫人小姐们由内侍陪着回屋梳洗，贴身丫鬟问淑华要不要留一盏灯，她知道这大小姐天不怕地不怕，却素来怕黑。

淑华回她："灯熄了，你把窗户留半扇吧，许是喝了酒，我热得紧呢。"

丫鬟去了，淑华静静地躺在床上。初夏夜，晚风带着清凉，绸缎被褥贴在身上，像另一层皮肤。她似乎想了些什么，又什么也没想。少女听见命运的召唤，但因为不谙愁苦，因而无所畏惧。

然后，她听见门被轻轻叩响了。很轻，要不是她正竖着耳朵候着的话，几乎就要错过。她从床上爬起来，也不着鞋，就这样像一条光滑的鱼一样游到门口，打开门。

进来的人正是青木文雄。他直接将她抱起，门在身后合上，双唇凭本能在黑暗中贴向她。她只"呀"的一声，就欢喜地接受了他。软玉温香抱满怀，她这一整个儿身心都是他的。

只有他俩知道，他是为她而来。幼时的相伴，年少的分离，期间无数的通信，早已将他们变成一对爱侣。他们的身体虽然分离，心灵却随着日子一天天过去而紧密相依，一直到这种紧密又化为一种迫切的呼唤，呼唤着他们的身体也合二为一。

上一次分别的时候，他们都还是孩子。而此刻，他十八，她十七，少年精壮的身体，和少女柔软的空虚，他们没有片刻犹豫地就依着本能而行。

"呀！"她又低呼了一声，这一次却是因为疼痛。但她随即不需要任何人提醒地自行捂住嘴巴，用眼神示意他继续。

就这样在初夏的夜里，她义无反顾地将自己变成这个日本少年的妇人。

第二天早上，青木文雄神采奕奕地从陈府告辞的时候，谁也想不到他在凌晨四点才回到自己的床上。他此行除了拜见义父义母，还带着青木川的另一个任务——将一封亲笔信交给抚顺司令部负责宣抚的少佐山本亨。

陈将军和夫人将青木文雄送到门口，目送他钻进敞篷车里。此刻淑华正在自己的闺房里独自回味着昨夜，连早饭也没有下楼吃，她怕一旦与青木文雄四目相对，有关这两具肉体昨夜颠鸾倒凤过的气息就会喷薄而出，无法掩盖。

大门刚刚合拢，陈将军沉下脸来，抬头向二楼窗帘后的身影一声断喝："淑华下来！"

用人被遣退了，偌大的客厅里只剩下满面怒气的陈将军、满面费解的陈夫人和满面惊疑的淑华。将军走到淑华面前怒问："你和文雄，是怎么回事？他昨晚去你屋里干什么？"

"什么？"陈夫人手里的茶杯一抖，茶水洒出了大半。

"没……没有。"淑华心如火煎，脑子飞转，猜测着父亲究竟知道了多少。

"没有什么？你还要瞒我！"陈将军一巴掌拍在梨花木小几上，陈夫人杯子里剩下的茶水也洒了出来。

她和陈将军早已分房而居，昨晚睡得沉沉，怎比得上骁匪出身的陈将军，这屋子里就算有只甲虫经过，也瞒不过他的耳目。昨天的宴席上青木文雄刻意装醉，他岂能不觉察？本来想留意这义子到底存了什么心眼，谁知道竟然看见他在深夜溜进了独生女儿的闺房！

此刻只见淑华无言以辩的样子，将军心头仅存的一份侥幸也熄灭了。他大怒之下，竟一时不知拿这宝贝女儿怎么是好，回头指着陈夫人喝道："好好好！你养的好女儿！做出这种败坏名节、有违体统的事，我看你今天怎么向我交代！"

陈夫人双腿一软，倒在地上，涕泪纵横。淑华见母亲因自己受辱，倒消了惧怕的心，把心一横，正义凛然地对陈将军说："文雄哥哥昨儿向我求婚，我已经同意了。"

陈将军抬手一个耳刮子："放你妈的屁！"

淑华立刻跌落在椅脚。他正要再补上一脚，却被那张抬起来的小脸儿慑住了。

那张小脸儿上，此刻半分慌张也无，半分羞意也无，倒好像他这一个巴掌不是将对方打到了地下，而是将对方打到了天上。十七岁的陈淑华倚着椅脚半坐着，看起来好像一下子长大了好多，脸上缓缓泛起一个嘲弄的笑，一字一句地对陈将军说："您昨儿晚上，是在门口听壁脚吗？之所以不敢进来阻止，是因为他是日本人吧？"

这字字句句就像一把又狠又准的小刀，分毫不差地插到了陈将军心里。他终于恼羞成怒地将那迟到的一脚踢了下去："跟中国人做了丑事老子也要打死你，何况是和日本人！"

淑华被父亲一脚接着一脚踢得在青砖地上直打滚，但愤怒已经令她觉察不到疼痛，只迫不及待地想将嘴里的小刀一刀接着一刀，狠狠喂出去："我做了什么丑事？我喜欢就是喜欢，不喜欢就是不喜欢，不像你，虚伪，丑陋！你就不怕日本人知道，你亲近他们，不过是虚与委蛇，叶公好龙？"

"住嘴！"陈将军被女儿气得须发皆张，却被一种更深的忌惮提醒着，不能再放任她继续说下去了。他打开客厅门，喝道："来人，给我把她关起来！没我的命令，谁也不准把她放出来！"

被用人架起来的陈淑华和父亲喘息着面面相觑。一样的勇敢，一样的倔强，一样的被对方所伤。她突然有点柔软下来，带着赌气，也带着点解释意味地向对方宣告："我喜欢文雄哥哥，是因为他这个人，才不管他是日本人还是中国人呢。"

只是那个时候，她和父亲，他们谁也不知道，那会是此生他们的最后一句对话。

被软禁半个月之后的一个晚上，趴在卧室桌子上睡着了的淑华，突然被小石子击打窗户的声音惊醒了。她一个激灵，急忙推开窗户往下瞧时，下面站在树影里的人，居然是青木文雄！

淑华的惊呼声还未及出口，就被青木文雄的手势制止了。他挥着手臂悄声喊："跳下来，我接着你！"

人生在此处画下一个顿点。淑华凭着少女的直觉意识到：此刻在窗外等待着她的，不只是一个少年，还是一整个命运。留下来，还是跳出去？只犹豫了不到片刻的工夫，她就爬到窗口，纵身跃下，被青木文雄一把抱住，随即被在墙头接应的人带走。而此时，陈将军和夫人正在甫新上任的抚顺市长关士琦的家宴上，陈府的管家则刚巧被用人叫走，因为大门处突然有名叫山本亨的日本少佐来递名帖。

在千金寨的酒店里，淑华和青木文雄迫不及待地慰藉了相思，疲惫地双双倒在雪白的大床上。意识又一点点袭来，淑华心烦意乱地想，此刻在旧城区内，父亲一定已经展开了对自己的大搜索。千金寨是日本人的地盘，想必他不屑，也不敢搜到这儿来。而母亲，母亲的眼泪……唉！

文雄敏感地觉察到了她的思绪，翻过身，抛下了令人意想不到的提议："随我回日本吧！"

"日本？"淑华颇感兴趣地反问。尽管父亲不喜欢这个国家，她却从内心深处很难对之反感起来。她出生在中日夹杂的环境里，对日本文化里那些精致到极致的东西深深迷恋，譬如和服、茶道，以及女儿节，还有她此刻不知其名，日后却明白了那叫作"性感"的东西。况且，还有这丰神如玉的文雄哥哥，他的怀抱就像罂粟花的香气，得到的越多，想要的也就越多。

文雄颔首，缓缓解释："父亲痴迷汉学，我却志不在此。我已经考取了家乡的北海道帝国大学，三个月之内必须前去报到。淑子……"文雄找到她的手，轻轻捏住，"我的家乡北海道，是一个非常美丽的地方。夏天，樱花如梦如幻；冬天，皑皑白雪覆盖着远处的羊蹄山。你一定会喜欢那里的。"

她随文雄的描述悠然神往，在心里已经几乎接受了这样的安排，只是对于以什么样的名分前往，还心存疑虑。而文雄的下一句话就打消了她的疑虑："我们可以先订婚，再出发。你若不愿就这样仓促订婚，可以我义妹之名前往，我安排你在当地艺术系就读——你不是一直喜欢唱歌吗？"

她笑了，以一种天生的风情斜睨着青木文雄："我本来就是你义妹，怎么叫以义妹的名义？只不过，你对这义妹，可不大正派……"

文雄也笑了，翻身而上："怎么叫作不正派，你说给我听听……"

第二天，淑华随青木文雄踏上了开往长春的火车。他们将自这儿搭乘关釜联络船至日本下关，再转行北海道。

在火车站，淑华险些被父亲派来守株待兔的亲兵扣下。拉扯间，她灵机一动，大声与青木文雄说起了日语，青木文雄会意，也用日语大声作答。他们的对话很快引起了旁人的注意，几个日本军人也留意到了，朝这边走来。

那个亲兵有些着急。陈将军将他们分散在各处的车站、港口、闹市里，此时这里只有他一个人。他听不懂日语，不知道小姐和这个日本少爷满嘴唔哩哇啦的是什么。走过来的日本军人纠缠不清，他一个慌神，就让小姐挣脱开了，待到好不容易摆脱那几个日本军人，小姐早和日本少爷消失得不知去向。

淑华压低身子俯在火车座位上，这样的经历不仅没有让她后悔，反而令她觉得这趟行程更加刺激有趣。火车终于开了，她坐直身子，看着车窗外那个满脸懊恼的亲兵，禁不住笑出声来。

笑完了，她才发觉身边的人都在看着自己。用不着精通世故，淑华也能够分辨出那些目光中的含义只有一个：敌视。从抚顺到长春，这样的目光一路追随着她，尤以她与青木文雄用日文对话，以及拿出满洲币①使用的时候为甚。当一个妈妈劈手打开她递过去的糖果，气呼呼地抱着孩子转身走开时，她终于忍不住问青木文雄："他们为什么如此仇视我？"

青木文雄沉默了片刻，有些犹豫地回答："可能是因为，他们知道你是会说日文的中国人吧。"

淑华沉默了，这个理由让她吃了一惊。原来，在她所栖身的小世界之外，中日之间的仇恨已经达到这个程度了吗？

青木文雄安慰她："这个世上总是狭隘的人为多，也因此，才需要我父与你父那样的人。"

她点点头，心中的不安却并没有消散。因为有一件事是文雄哥哥不知道的，那就是：她的父亲陈将军，其实也是一个隐秘的仇日者。

---

① 日本占领东北成立伪满洲国后发行流通的货币。

第四章
叹阿四谁舍谁收

仿佛在一夜之间，姆妈病了。

先是在夜半时分，阿四被窸窸窣窣的动静惊醒，姆妈被阿爸和姆娘、司机紧急送进圣玛利亚医院，后来姆妈出院回家了，好了一段时间，又接着病起来，每况愈下，各路中西医大夫在家里流水一般进出，却谁也如以掌掬沙，止不住姆妈的逝去。

阿四的眼泪也是哭干了，后来就变得怔怔的，不大再哭。姆妈的卧室不让她进，她就时时坐在卧室隔壁的书房里。收音机已经不在了，那些个莺歌燕舞的呢喃，如今尽变成愁苦的低语。阿爸尝试背着阿四，但阿四还是渐渐从那些只言片语中抓住了整个故事：姆妈宫外孕，因为处理得太晚，引发了腹腔感染，又导致了败血症。

一切似场大梦般，距离那个早春的夜不过数月光景。

阿四被姆娘在书房里找到。姆娘的一张清水脸肿得发亮，本来就瘦小的身子也仿佛被悲伤煎熬得更加瘦小了。她一边擦拭着怎么也擦拭不尽的眼泪，一边对阿四说："小小姐，该换衣服了，车子一歇歇就来接了，素衣裳、素鞋都放在你屋里了。"

阿四感觉到冷。季节还是夏末，但许是天鹅绒窗帘太过密实的原因，这拥挤的灵堂竟然让阿四打起了哆嗦。她穿着深灰色凡士林布短袖宽身旗袍，黑色系襻方口布鞋，短发上别着白色绢花。如果姆妈还在的话，会叮咛她再披上一件开司米开衫。但如今姆妈再也不会操心她的这些事情了。

姆妈就在那里，平静地躺在咫尺之外的黄杨棺木里，看起来和平时熟睡的样子没什么两样。她老有种感觉，仿佛姆妈只是累了躺一会儿，不知道什么时候就会坐起来，伸个懒腰，唤她："阿四头！"其他人大概会吓得屁滚尿流，但她一定会立时扑上去搂住姆妈说："姆妈！我就知道你是在和我闹着玩！"

客人挨个上前来行礼，她与阿爸逐一还礼。他们会在阿爸的面前停一停，轻声劝慰他"节哀顺变"；女客们还会眼圈一红，摸一摸阿四的脸蛋，说一句"最可怜的是囡囡"。

阿四在想，如果姆妈能说话的话，要说的大概还是那句："这又何必？"这些仪式于姆妈是无意义的，对于姆妈来说，与这尘世最后的诀别，早在牧师在床头为她祷告的时候就已完成。一生都是虔诚基督教徒的姆妈，在"把苦难当作通向宁静的必经之路……相信你会把所有的事情都打理好，若我遵从你的意愿"的祷告声中，安详地闭上了眼睛。

母亲起棺的时候，阿四的脑海里突然滑过了"女人的一生"这五个字。十五岁的烂漫少女，被死亡突然推到了这个思考的面前。

女人的一生到底是什么？红颜刹那，芳华弹指，是否一切都注定了，只是一场毫无意义的努力与空虚？

姆妈死了以后，阿四一直恍恍惚惚的。有时觉得姆妈不过是出远门了，像她从前那样，回苏州娘家小住，或是去探望闺阁时候的同窗，不几天就会回来，在一个清晨带着慈爱的笑容坐在她床边，点着刚醒来的她的鼻子说："这么大了，睡觉还蹬被子。"

阿爸与她相依为命，为了抵御大宅里那无所不在的思念和悲伤，他开始带着阿四四处旅行。他们的足迹远至漠河，一直到了"满洲国"，父亲带她在那里小住，她还在附近的学校插班读过几个月的书，认识了一个叫山口淑子的美貌日本女孩。

接着又南下香港，住进浅水湾大酒店，许多亲友陆续来访，言谈间总免不了话及姆妈，叫她和阿爸的这趟遗忘之旅失却意义。

最后，阿爸只好带着她匆匆逃回上海。

如此又过了一年光景，与她相依为命的人变成了姆娘，阿爸又回到他无休无止的忙碌之中。他比从前工作得更加卖力，也许是想借此逃避什么。

自姆妈生病以后，姆娘一下子老了许多，这一年以来，已经是一个不折不扣的小老太太了。其实她不过四十出头的人，满头的头发白了一半，在脑后紧紧地绾成一个髻，身上再也没换过或黑或灰的衣服，唯有腕间一个明晃晃的金镯子从不离身，是姆妈留给她的。

随着阿爸又忙碌起来，姆娘的心事似乎更重了。陪伴着阿四的时候，她们之间的空气变得小心翼翼的，姆娘似乎总在等待、又在担心着什么。而这种等待与担心，是与贞娘之间有着默契的，这可能是她们"两大将军"为数不多的默契。

有一次，阿四无意间听到了姆娘和贞娘的一段谈话。

姆娘问："又出去了？"

贞娘答："嗯。"

"还是历家吗？"

"对，这礼拜第三次了。"

姆娘叹了口气。

过了一晌，贞娘没头没脑地说了句："估计快了。"

姆娘叹息："我们小小姐可怎么办哟？"

阿四这才知道，姆娘和贞娘的默契与自己有关。

又过了几个月，谜底终于揭开了。

那是一个晚上，阿爸例外地早归。车子停在门口的时候，阿四刚刚梳洗了上床，然后听到阿爸在客厅里唤她："阿四，阿四，下来一下！"

阿四披了件晨衣就往楼下跑，心里多少是有些兴奋的，从前姆妈在的时候，和阿爸一起出去赴宴，常常会帮自己额外多叫一份甜点心打包回来，那时候阿爸就会这样在客厅里叫自己。

阿爸坐在沙发上，背对着楼梯，直至跑到他面前，阿四才发现他身边还坐着另一个人，是位女客，约莫二十七八岁年纪，白皙的容长脸儿，穿着件鹅黄色旗袍，外披着白色蕾丝小开衫，头发烫得一丝不苟。

女客看到阿四，极其甜蜜友好地一笑。阿四急忙刹住扑向阿爸的脚步，对女客微笑颔首："历小姐，你来了。"

她在宴席上碰到过历小姐一次，阿爸为她做了介绍。要努力记住每一个被介绍过的人的名字和相貌，是姆妈给过她的教育。

历小姐向她伸出一只戴着蕾丝手套的手："阿四，都换好睡衣啦，被吵醒了吧？来，坐到这里来。"

阿四顺从地握住历小姐的手坐下，心里微觉奇怪。听历小姐的语气，倒好像这不是她阿四的家，而是历小姐的家似的。

看到她坐定了，更加奇怪的事情发生了。只见阿爸自然而然地拖过历小姐的一只手，在阿四瞠目结舌的注视中，缓缓开口说："我和历小姐，打算结婚了。以后，她就是你的新姆妈了。她已经答应了我，会像亲生姆妈一样照顾你的。现在，你叫一声姆妈吧。"

历小姐嗔怪地白了阿爸一眼："哎呀，你这个人，就是性子急。不好这样的，这么快，阿四接受不来的。阿四，叫我历姨吧，好伐？"

阿四还是呆在那里，脑筋一时锈住了，转不过来。

阿四在历小姐进门两个多月以后的一天，在早餐桌上，硬逼着自己喊出了那声"姆妈"。随着她的这一声出口，历小姐顿时喜笑颜开，阿爸也如释重负地露出了笑颜，那真是一个幸福美满的早晨。

但在那背后，是无数的眼泪，看着姆妈的照片默默饮泣。姆娘一直守在阿四的身边，反反复复地说着："我可怜的小小姐啊。"后来又变成："姆娘的这一颗心，就算是操碎了全给你，也值不了什么呀。姆娘是个没用的人，护不住你。你还是叫伊姆妈吧，啊？人在屋檐下，不得不低头啊。"

最终让阿四回心转意的并不是姆娘的规劝，而是姆妈的《圣经》。新姆妈进门后，依旧住进了楼上的主卧。主卧重新装修过，属于姆妈的东西全部被移到走廊尽头的空置房间里，包括姆妈陪嫁的红木大床、红木箱子，姆妈生前常看的医学书籍、最爱的《红楼梦》，和这本每天临睡前祈祷要用到的《圣经》。

于是阿四在家的时光，只要不妨碍或触怒到任何人，她都愿意在这间房间里度过。姆妈的家具被摆得七零八落，空隙里飞舞着光束和无数的灰尘，但仍不妨碍这里充满了属于姆妈的气息。她翻翻这样，摸摸那样，很容易地就能打发掉一个白天，或一个夜晚。

那本《圣经》放在姆妈床头柜的抽屉里，旧了，黑色的硬壳皮变得毛毛的，四个角略有磨损，它曾被姆妈那双白皙轻柔的手，在无数个黎明或黄昏，虔诚地翻阅、摩挲。

阿四轻轻翻开那本《圣经》。她不是教徒，姆妈也从未勉强过她。但此刻，她急切地盼望这本曾经给予姆妈力量的书，也能够给予她力量。她心里想的不是主，而是姆妈。她愿意追索着姆妈的心灵，去感受对方曾经感受的一切。唯有这样，姆妈才没有真正地离开自己；也唯有这样，她才有面对这一切的勇气。

然后她看到了那段话，被姆妈用墨水画了着重号。她相信那一定是姆妈在冥冥中给自己指引。

不是被理解，而是去理解。

不是被安慰，而是去安慰。

不是被人爱，而是去爱人。

因为只有给予，我们才会获取。

去原谅，我们才会被宽恕。

死于旧我，才会获得永生。

第二天早上，在早餐桌上，阿四接过历小姐递过来的牛奶，抬起头轻声说："谢谢姆妈。"

她清楚地看到历小姐被这四个字瞬间点亮的面孔，和阿爸因为这四个字绽放的笑脸。于是她后悔自己理解得太晚，安慰得太晚，因而自责不已。

姆娘是这样劝阿四的，但她自己却似乎并没打算在别人的屋檐下低头。那天，阿四照例躲在书房里，听见有人进了隔壁卧室。过了一会儿，她意识到自己正在旁听阿爸和姆娘的谈话。

阿爸说："新太太就要进门了，你不要担心。伊娘家的娘姨不打算带过来，以后还是用你当梳头娘姨。"

姆娘淡淡地说："我怕是伺候不好呢。"

阿爸到这时还以为姆娘只是谦虚，鼓励她："不要紧，伊不是一个挑剔的人，再说，我会帮你讲话的。"

姆娘却还是说："老爷，真是不好意思，我老了，太太这一去，我手也抖，眼睛也花，伺候不动新太太了。您还是重新找个梳头娘姨，我以后就去厨房间打杂吧。"

阿爸沉默了，这时候才彻底明白了姆娘的意思。过了半晌，阿四听见他微愠的声音："随便侬！"

就这样，两大将军到头来终于分出了胜负，姆娘自愿阵亡，从此以后归于贞娘的统管之下。而新姆妈，托人从苏州请了一个新的梳头娘姨，也从此不再正眼看姆娘一眼。

入秋的早上，阿四和用人们一起在厨房里吃早餐。新姆妈有睡懒觉的习惯，阿爸也跟着一道晚起，阿四要上学的天里，就等不及和他们一起吃早餐了。

她不让贞娘单独为她摆早餐，要在厨房里和用人们一起吃。姆娘起初激烈反对，但贞娘的态度是默许的，阿四又搂着她的脖子问："你不喜欢和我一起吃早饭吗？"也就只好这样了。

厨房正中的木头长桌，平常当操作台用，兼作用人们的饭桌。加上阿四，一共八人坐了四面，贞娘和姆娘各占一面，倒也其乐融融。阿四觉得，在这里吃早饭，比和阿爸、新姆妈一起吃早饭要开心得多。

今早刚开饭，新姆妈的梳头娘姨佳姐拿着一件旗袍进了厨房。阿四恍然抬眼一扫，依稀觉得那件旗袍有点儿面熟，姆娘已经失声叫了起来："佳姐，这件旗袍你从哪里拿的？"

佳姐一边将那件松香色的旗袍展开细看，一边回答："太太带我从走廊顶头的那个房间里找到的。"

阿四这才明白过来。一口羊角包含在嘴里，愣住了。这是姆妈去何家赴宴那晚穿的旗袍，那是阿四记忆中最后一个无忧无虑的夜晚了。

佳姐爱惜地抚摩着旗袍，啧啧赞叹："看这做工，一看就是好东西。看这个盘扣，现在难得见到这种盘法了。"

"那是当然。"姆娘倨傲地说："这是红帮 ①钱师傅做的，钱师傅去年归山了，如今全上海滩也难再找出一件这样的旗袍。"继而又警觉地问，"你找它出来做什么？"

佳姐说："太太让我拿出去把腰头放一放，晚上她要穿了这件旗袍去听音乐会。"

阿四心如刀绞，一时忘了避讳，脱口说道："这是我姆妈的东西！"

佳姐这才明白过来，有点不好意思："哎哟，小姐，我不知道呀。太太昨晚上叫我过去，我才第一次看到。不过你不用着急，那间屋子里的东西，太太就看中了这一样……"

阿四急道："这一样绝对不能动！"

佳姐无奈地笑了笑，将旗袍用包袱包好，放到旁边的台子上，坐下来默默吃饭，一副打算息事宁人的样子。

阿四正要再说话，被姆娘的一个眼神制止了。她既气愤又委屈地把剩下的羊角包塞进嘴里，味如嚼蜡，眼泪扑簌簌地掉在面前的牛奶里。

吃好了，厨娘收碗筷，大家正要散，墙壁上的拉铃响了。佳姐抬头一看："哟，是太太起床了。叫我去梳头的。哎呀，这可怎么办，本来想早上把旗袍送到褚师傅那儿，下午赶着拿回来。这下可来不及了。"

这时姆娘不慌不忙地接口了："你只管去吧。一会儿我要出去买东西，我顺便帮你把旗袍放到褚师傅那里。"

"真的？那谢谢你，谢谢你。"佳姐慌不迭地跑上楼去了。

姆娘站起身，拿起台子上的包袱，正要出去，贞娘在身后叫住了她："我看你不要去了，东西我让阿细去买，旗袍也让她送吧。"

---

① 红帮裁缝在中国服装史上有悠久的历史和深远的影响。起源于清末，在旧上海以制作西式服装扬名，成为知名的服装流派。

姆娘回头，微笑着对贞娘说："不用了，这件事还是我自己做的好。"

那天黄昏，新姆妈发了很大的脾气。因为佳姐在裁缝褚师傅那里没有拿到旗袍，褚师傅说今天没有黄府的人来过，而姆娘，也找不到了。

姆娘在天黑透了之后才回来，悄悄地回到用人间，但很快就被人叫到客厅里了。

新姆妈没去音乐会。其实她并不缺这一件衣服，只不过很多积累的情绪，是到了一个该爆发的时候了。

黄花大闺女嫁进来当续弦，满屋子处处摆着前女主人的小照，她何尝不是一肚子的委屈？

姆娘站在新姆妈的面前，瘦小的身子似乎更瘦小了。阿爸也被叫下楼了，莫名其妙地坐在沙发上。阿四也急忙跟过来坐下。

新姆妈厉声问："你把旗袍拿到哪里去了？"

"我收起来了，太太。"姆娘的声音很小，但是很清楚。

新姆妈逼问："收到哪里了？"

姆娘轻轻答："收到我们太太的柜子里了。"

新姆妈的脸色随"我们太太"四个字又阴了一层，转头唤佳姐："佳姐，你去看看！"

过了半晌，佳姐奔过来，手里捧着那件旗袍，唤道："找到了！太太，找到了！"

阿四紧紧盯着身旁阿爸的脸。那张脸在看清了旗袍之后，分明有困惑、回忆、恍然大悟和惆怅在其上一一闪过。于是她知道，阿爸也和自己一样，想起了这件旗袍，想起了最后那个早春的夜晚。

新姆妈问佳姐："旗袍改过了吗？"

佳姐翻看一阵，将旗袍递给新姆妈，回答："好像……没有改过。"

新姆妈一点儿也不意外。"为什么没有拿去改？"这句话问的是姆娘。

姆娘抬起头，飞快地分别瞥了新姆妈和阿爸一眼，又垂下头，求告地说："这是我们太太的遗物，不方便改，请太太穿别的吧！"

"哼哼。"新姆妈打鼻腔里发出几声冷笑，转身把旗袍抛到阿爸的膝盖上："你都看到了，你说，该怎么办吧？"

阿爸的脸僵了一下，然后开始沉下声音训斥姆娘："姆娘！看在你带大阿四的分上，我不想扫你的面子！你年纪也不小了，怎么越来越糊涂？太太嘱托你做事情，你事情不做，去哪里偷懒了？还不快向太太道歉！下次再敢这样磨洋工，必定重罚！"

阿爸的话一个字一个字吐出去，姆娘的头越垂越低，阿四在心里暗暗为阿爸鼓掌，希望他的这个法子能奏效。

可阿爸刚说完，新姆妈腾地从沙发上站了起来："黄文轩！"新姆妈气得对阿爸直呼其名了，"侬勿要帮我捣糨糊！"

"我捣啥糨糊了？"阿爸还在装糊涂。

新姆妈气呼呼地："你不要问我！你心里头和明镜一样的！"

阿爸劝她："好了，消消气。和下人赌什么气，失了身份。"

新姆妈站在沙发前，环顾四周。敷衍了事的丈夫，貌合神离的继女，公然对抗的女佣，那个无所不在的影子。她突然觉得这个被枝形吊灯笼罩着的客厅里寒冷刺骨，让她情不自禁地一个寒战跟着一个寒战。她轻轻缩起脖子，捏紧拳头，全力从那阵寒冷中挣破出来，大声说："我今朝倒要做一件失身份的事情了！我跟你讲明白，这个下人，有她没我，有我没她！"

新姆妈掷地有声地将这句话扔在空气里，身子一扭，上楼了。

姆娘离开的那个早上，阿四和全家的用人们一起在后门送她。贞娘叫了黄包车，车子会把姆娘送到吴淞码头，从那里沿苏州河一路南下，回到苏州。

阿四事先想好了不哭的，因为这与姆妈的离开不同，与死别相比，生离的痛苦是双方面的，她不愿意让姆娘记住自己最后的样子是哭泣着的，不愿意让她走得更加揪心。

为了做到这一点，她甚至没有敢留出一点单属于自己和姆娘的时间，就这样仓皇地挤在众人之中，看姆娘拿着她那简单的行李（里面还装着阿爸偷偷给的二十个银元），匆匆踏上黄包车，消失在街角，消失在她十六年的人生里。

姆娘的背影刚刚消失，阿四就用双手捂住脸孔，泪水迸流。

姆妈死了，姆娘去了，阿爸有了新娘子，如今她是彻彻底底的一个人了。

阿四抬起哭肿的面孔时，发现身边还有一个人没有离开——是贞娘。她那张宽大扁平的脸上一如既往地欠缺表情，看到阿四望向自己了，她平静地递上一个包裹："小姐，这是姆娘留给你的。"

阿四疑惑地打开这个淡金色的包裹，里面是姆妈的那件旗袍——那件引起了这场纷争，最后却被所有人遗忘了的旗袍。

阿四紧紧抓住旗袍，心里头滋味万千。贞娘近前来，将旗袍卷好放回包裹里，将包裹细细打好，重新放回阿四的手里，语气里有着前所未有的温柔："小姐，太太的东西，可要收好了。"

阿四感激地看向贞娘，立刻被贞娘的眼睛接住了。那双不大的三角眼里，此刻泛着某种与姆娘类似的光芒。贞娘，这个强壮凛冽的妇人，此刻用这样的方式表明了：虽然与姆娘的方式截然不同，她却也在以自己的方式，守护着阿四。

第五章
齐姐儿定居大上海

北平郊区宛平县。

房东大婶将冒着热气的早饭端到门口，轻轻叩门，唤了声："早饭来了！"

稍迟，旧木门咯吱咯吱开启了一道窄逢，露出的英俊面孔狐疑地四处打量，接过大婶手里的饭匣子，立刻将门粗暴地关上了。

大婶不以为意。这人儿真是好看。昨天晚上来的这对男女，两个人都那么好看。是兄妹？是情侣？怕是遇到了什么难过的事儿了吧？一路仓皇而来，甩出半包银元，说要租这房子一段时间，条件是伙食用品一律要送到门口，而且，不得向任何人提起他们的到来。

门里，齐姐儿百无聊赖地将一顶贝雷帽戴在头上，对着镜子反复打量，对齐飞放在桌子上的早饭视而不见。镜子里是一个几乎可以乱真的女学生，梳着斜分短发，身上是长棉袍和外罩的阴丹士林[①]大褂，苹果脸儿红扑扑的。

这世上唯一靠得住的，怕只有这张脸了吧？齐姐儿轻抚着腮想。无论遭遇了什么样的颠沛流离，每天早上坐在镜前，这张脸从未叫自己失望过。

齐飞把早饭放到桌子上："吃点吧。"

齐姐儿恹恹地说："我没胃口，你自己吃吧。"

---

① 国内自民国早期到解放区流行的一种布料，多为青蓝色。

在那个惊魂未定的晚上，她心惊胆战地抛出了连自己都毫无把握的筹码，本以为会被身上的男人一口拒绝，然后在瞬间被对方撕成碎片。

没想到，他却停住动作，笑了一下，念叨了一句自己听不懂的法文，挥手将她放了。还是那辆黑色奥本，风驰电掣地将齐姐儿原路送回哈尔飞剧院，除了马甲裙的花边被扯破了几条，与去时没什么分别。

齐姐儿本以为，这三天里吴公子会派人将自己严密看管起来，谁承想并没有。她稍一思忖，就明白了其间的道理。是啊，这偌大的北平城，她又能逃到哪里去呢？只要还想吃这口饭一天，她齐姐儿终归不能躲起来，而只要她露面，她就还是他笼里的雀儿。逃出去的路只有一条，那就是：死。但那条路是她没胆子走的，吴公子和她自己都很清楚这一点。

到了第三天下午，她依旧毫无办法，焦虑得快要死去。晚上她还有演出，不出意外的话，演出之后她就会再次被那辆黑色奥本拉走，而这一次，再无逃脱的借口。

齐姐儿在梳妆室里机械地化着妆。齐飞进来了，和旁边的人耳语了几句，片刻之间，梳妆室里就只剩下了他们兄妹二人。齐飞看了看镜子里色若春晓的齐姐儿，皱了皱眉，转身去衣帽间里一阵翻腾，拉出几件衣服扔在齐姐儿身上，说："快换上，走吧。"

齐姐儿蒙了："去哪儿？"

齐飞说："还能去哪儿啊？反正不能在这儿待着了呗。赶紧的，我估计他的人就在台下，演出一结束就会直接过来要人。快点，一会儿开场了，就没机会走了。"

齐姐儿还是怔怔的。就这么走了？把这剧院，这营生，这娜拉，这齐姐儿的名头，都抛诸脑后？

齐飞的一声断喝惊醒了她："还不快走！那刀疤脸吃了你不会吐骨头！"

就这样，他们在这儿了。

齐飞几口喝干净自己和齐姐儿的粥，歪倒在榻上，抖动着二郎腿："姐儿，如今你想怎么地？要我说，咱们还是投奔刘部长去。他不是说过要娶你吗？虽说是偏房，但背靠大树好乘凉，日后生下个一男半女，你这辈子也就过得去了。"

齐姐儿冷笑一声："你这上下嘴皮子一碰倒是利索得很！你怎么不给人做妾去？另有李部长、马大帅，据说都是好男风的，要不您去找棵大树给我靠靠？"

齐飞被抢白了，倒也不动怒："又把好心当作驴肝肺了不是？我这是为您着想为您打算。当初我怎么说的来着？您这样演下去，早晚要出事。树大招风。那年您倒了嗓，我就劝您收手嫁人。又不是没有人选！又拖了这些年，时局越来越乱，这会儿要找人容您这尊大菩萨，也不知人家有没有这个庙？"

齐姐儿一听齐飞这话，气得柳眉倒竖，一把掷了贝雷帽，站起身来："你良心被狗吃了！我为什么不嫁人继续演戏卖唱？我还不是为了你，为了这个家！"

齐飞息事宁人地走过来，搂住齐姐儿，按回椅子上："看，说着说着，又动气。气大伤身哪。"待得齐姐儿的脸色和缓一些，他继续说，"要说您究竟是为了什么，您自个儿心里清楚。打小儿，您就不是一个愿意落下风的主儿。五岁那年，您非要和大孩子比赛爬树摘果子，一个倒栽葱摔下来，差点没摔掉小命；八岁那年，您进梨园学戏，功练得晚了，劈叉劈不过人家，您为了激我对您下重手，用簪子划我，划得我这手臂上好大一条口子。我这疤还在呢，您瞧瞧。"

"瞧个屁！"齐姐儿啐了一口，"你别担心，我日后就是去当一个换洋取灯儿 ① 的，也连累不到你！"

齐飞柔声说："咱谁和谁，说什么连累不连累的！你要是不好，我还能独自好好活着？"

齐姐儿沉默了。吵闹归吵闹，她知道齐飞这句话是真心的。和这个世上唯一的亲人，她早已打断骨头连着筋，爱和恨都密不可分，无论这辈子怎样，齐飞都是她的亲大哥。

再开口的时候，齐姐儿流眼泪了："刘部长那里，但凡有一点别的办法，我是真不愿意的。哥，我这辈子不嫁人了，就咱俩做伴，不好吗？再者说了，

---

① 老北京旧时也称火柴为洋取灯儿或取灯儿。旧社会一些贫苦劳动妇女出来讨生活，背着火柴走街串巷叫卖，拿火柴与人换取其他物品。

这会儿我们得罪了吴大帅的公子爷，刘部长还能要我？别送上门去被捆了给人当礼送去。"

齐飞被她的这几句话说得眼眶湿润了。齐姐儿关于刘部长的疑虑，也并非毫无道理。他想了想，一拍桌子："此处不留爷，自有留爷处！不是俗话说：北京学戏，天津成名，上海挣钱！咱们去上海！"

齐姐儿与齐飞逃到上海后，一时也无处可去，就投奔了一家名叫月火的歌舞社。以她在京城的名气，对方岂有不愿的道理？

因为是逃过来的，齐姐儿心中难免有顾虑，就和月火社的社长商量能不能用化名演出。对方对齐姐儿的前尘往事一概不知，听闻这话，愣了一下，回答："这，我们这一行，做的就是一个名头，怎么好随便改名字呢？"

这话说得也在理。

齐姐儿犯愁，和齐飞商量。最后齐飞一拍大腿："这些军阀们也是各人头顶一片天，就算他吴大帅，到了上海滩照样玩不转。咱们就在这儿踏踏实实地唱！"

就这样，齐姐儿依附着月火社，开始了她的上海滩生涯。

月火是上海滩的三大歌舞社之一，资源众多，齐姐儿渐渐地小有名气。月火社找人为她量身定做的两首歌，在电台播出后，渐渐传唱开来；百乐门的演出也随着齐姐儿风华绝代的大幅海报一票难求。

但齐姐儿觉得，还是差了点什么。她一来上海，就爱上了这里。这十里洋场，五光十色，纸醉金迷，活像那人世间的一场大戏，真正是属于她齐姐儿的舞台。她发誓要在这里搅出一场血雨腥风，哪里能够满足于这芝麻绿豆大的一点儿名气？只是眼下，差了点气数，也差了点胆色。她还是怕这厢闹得太喧腾，传到了京城那个被自己耍了的吴公子耳朵里，激起了对方的报复欲。万一对方下了狠劲，一定要将自己逮回去，岂不是糟了吗？

就在这时，一封来自北平大学许教授的来信，彻底地给齐姐儿吃了定心丸。

彼时国民革命军改编完毕，一度中断的北伐继续，中华大地又在风云变幻之际，齐姐儿对此自然毫不关心，只不过这一次，她自个的命运恰巧与中华民族的连在了一起。

东北军统帅张学良的一封拥蒋通电，宣告了反蒋联军的结束，名噪一时的西北军就此分崩离析，其中也包括了那吴公子的生父吴大帅。

仿佛在一夜之间，北平又换了一片天，穿着蓝色军服的军阀像被秋风扫去的落叶，穿着黄色军服的革命军又像被春风点燃的野火，曾经令齐姐儿觉得是此生劫数的吴公子，竟然就这样烟消云散了。

许教授在来信中热烈呼唤齐姐儿的回归。革命军进驻之后的北平，被他形容为一片充满了勃勃生机的新天地，出于对民族文艺事业的期颐，自然，也出于对个人情怀的考虑，他迫不及待地希望齐姐儿尽快回到北平。

然而，齐姐儿却迟疑了。倒不是对上海滩多么留恋，她来上海毕竟时日不久，这新欢虽好，怎比得上生她养她的北平城？

而是，她遇见了一个人。

那天是中秋节，月火社社长在社里摆了三大桌私宴，请全社的人入席。齐姐儿前天刚接到许教授的信，心里高兴，就也赴宴了。宴上喝了几杯，心口发热，齐飞又一贯地喝多了发酒疯，拦也拦不住，她一时心烦，索性撒了手，借故离了席，到社里的小花园里走走。

一开始有月亮的，可齐姐儿刚走到空地上，月亮就被乌云遮住了，过了半晌，竟淅淅沥沥地下起小雨来。齐姐儿四处看了看，找了一处屋檐下躲着，头上是一盏昏灯，照着秋蛾乱飞。

齐姐儿一时还不想回去，心里头怪惬意的，就唱起曲来，唱的不是月火社给她做的歌，而是《贵妃醉酒》：

海岛冰轮初转腾，见玉兔，见玉兔又早东升。那冰轮离海岛，乾坤分外明。皓月当空，恰便似嫦娥离月宫，奴似嫦娥离月宫……

唱了一会儿，齐姐儿惊觉不远处有个人正看着自己。那个人逆着光，看不清，只知道是个男人，个头高高的，手插在西裤口袋里，也不打伞，就这么站在雨里，痴痴望着这边。齐姐儿心头一凛，来不及放下手里拈着的兰花指，提高了声音喝道："什么人？"

男人回过神来，慢慢地朝这边走过来。走到近前，朝齐姐儿微微颔首，抬起头来的时候，竟然又是呆了。

这一次齐姐儿却不惊慌了。像这样被自己的容光所慑的男人，她也见得多了，不稀奇。而眼前的这一个，一看就不是什么歹人。

那男人约莫二十三四岁，身形清俊，一双天然带笑的眼睛，眼神清亮，鼻直口方，穿着件白衬衫，袖口随便挽着，下面是灰色西服裤，满面书卷气。他恍恍惚惚地开口问："你是谁？"

齐姐儿掩口一笑，这一套她再烂熟不过了，飞起一只眼俏皮地问："你连我也不认识？——偏不告诉你。"

那男人大约没想到齐姐儿会这样回答自己，又是一愣。齐姐儿却说："你还不快到屋檐底下来？雨越来越大了。"

男人这才进到屋檐下，但还是与齐姐儿保持着两肩的距离。最初的失态过去后，他恢复了礼貌，站得端端正正的，眼神全不朝齐姐儿这边乱瞟。齐姐儿想，这倒是个正经人儿，想来是来找社长办事的，兴许是自家人。

雨一时还没有停的意思。齐姐儿百无聊赖地四处看，闷不过，嗔怪地问那男人："你怎么不说话？想把我闷死？"

男人这才侧头看了她一眼，问："你方才在唱《贵妃醉酒》？"

齐姐儿回："嗯。好听吗？"

男人说："好听是好听的。不过你的音色偏低沉，唱青衣不如唱老生好。"

齐姐儿偷笑。这叫瞎猫碰到死耗子。她又一转念，不对，莫非对方根本知道自己是谁，玩的是欲擒故纵的伎俩？她故意讹对方："你好大的口气，我是红遍全国的大青衣，你居然说我唱青衣不好？"

男人急忙道歉："是我有眼不识泰山，请原谅。我刚回国不久，孤陋寡闻得很，请问……请问芳名？"

这是他今晚上第二次问自己的名字了。齐姐儿答："说了不告诉你，就不告诉你。"

男人无奈地笑。

齐姐儿又指着屋檐角落处的花问："那是什么花？"

男人顺着她的手势看过去，若有所思地说："那是晚香玉。"说完，他走到屋檐外，冒雨摘了一朵，回来，递给齐姐儿。

齐姐儿接过那白色香花的时候，无意间碰到了男人的手。那一瞬间居然有微微电流的感觉，叫她自己也好生奇怪。她低头嗅了嗅那朵晚香玉，突然听见齐飞在屋里提高了嗓音嚷嚷，心想着是该回去的时候了。

齐姐儿跑出屋檐的时候，听见那男人在自己身后吟了一句诗。齐姐儿不懂诗，可那诗句却清清楚楚地留在了她的心里："落花人独立，微雨燕双飞。"

齐姐儿觉得，这个晚上，这个男人，还有那句诗，都是她难以忘记的。只是她还有许多事情要做，没有时间留给这样的小儿女情怀。

之后的几天，齐姐儿照常忙碌着，除了唱歌、演出，还有各色采访。这时候上海租界内外，大小报纸三十几家，齐姐儿是来者不拒。

只是，在忙碌的间隙里，她常常想起一张书卷气十足的脸，和一句似懂非懂却沁人心脾的诗。好像心念转了个轱辘，一不留神就往那个地方滚去。

这天，齐姐儿却起了个大早，把自己拾掇得山清水绿，叫了黄包车来到月火社，去赴一家小报的专访。做好访问，拍了照片，欲回家时，才发现门口让候着自己的黄包车已经不知去向了。

天不知什么时候暗淡下来了，淅淅沥沥的南方秋雨，延绵看不到边际。为了拍照，齐姐儿只穿了件月白色无袖旗袍，外披着镂花针织短披肩。这件旗袍是定制的，腰身处做得极细，穿时要死命吸气，还要搭上义乳。为了穿上它，齐姐儿没吃早饭，这会儿又冷又饿，街角却连半辆黄包车的影子也没有。

正在这时，一辆黄包车驶至眼前，上面下来一个穿风衣的男人，和齐姐儿打了个照面，各自又是一愣：正是那天晚上一起避雨的那位。

男人惊喜不已："是你……你怎么在这里？"

齐姐儿说："我想叫车子，只是不见来。"她不知为何竟有些止不住地脸红，又想起今早的自己想必是极美的，心里暗自高兴。

男人打量了一下衣裳单薄的齐姐儿，赶忙脱下风衣笼住她，扶上车子，问："你去哪儿？"

齐姐儿平素奉行的是"见人防三分"，此刻却不假思索地报了地址。男人嘱咐了黄包车夫，掏出钱夹付过钱。临出发前，也又细心地将齐姐儿头上的遮雨篷拉好，将她脚底的油布铺好。

车子驶动了。齐姐儿冒着风雨，将脸探出遮雨篷看，男人静静地站在路边，任凭雨点儿打在白衬衫上，没有向她挥手告别，也没有走开。直到那身影看不见了，齐姐儿才扭回头坐好，愣愣地随着黄包车颠簸了一会儿，发现自己到了闹市上。天色已经大亮了，街上的人流密织起来，擦身而过的人那么多，一眨眼的工夫，也就淹没在人群里再也找不见。

齐姐儿突然使劲拍打着黄包车的前挡板，对闻声回头的车夫喊道："掉头！掉头！回我刚才上车的地方去！"

齐姐儿赶回社里的时候，男人正巧从社长办公室里出来，那张英俊的面孔看着有些忧郁。齐姐儿闪身在一旁，没让他发现自己。

此刻最重要的，并不是再与他聊上一句半句，而是尽快弄清楚——他是谁。

在还没来得及对自己的心仔细分析之前，齐姐儿已经坐在了社长办公室的单人皮沙发上，在对方有些意外的寒暄声里，假装没事找事地闲聊起来。

齐姐儿说："黎大哥，你好忙啊，想找你聊聊天，又老怕打扰了你。"

社长笑说："这是哪里的话，求都求不到的。今早的采访，还顺利？我刚才好像看见你走了，怎么又回来了？"

齐姐儿一笑："这不是想起没和黎大哥打个招呼，心里不安，就又回来了呗。"

社长连连摆手："不敢，不敢，你和我用不着这么客气。我啊，别无所求，你保养好自己，保护好嗓子，唱得开心，那么我就开心。至于其他的，我这个人都不介意。"

齐姐儿明知道社长嘴里的那个"其他的"，指的是前段时间以来自己的冷淡和齐飞的无礼，但她只是装傻，继续用随意的语气问："刚才我进来的时候好像有人出去，我没打扰你和别人谈话吧？"

"什么？"社长一时间想不起来，愣了一下才说，"哦，诸葛光啊。没事，没事，一个留洋回来的小青年，自己写了几首曲子，想让我看看。"

齐姐儿心里对这样的介绍，难说是失望或不失望，只是凭本能地问："什么曲子？"

社长又愣了一下，因为齐姐儿这反常的兴趣。他顺手拿起放在茶几上的几张曲谱递给齐姐儿："你自己看。"

齐姐儿接过来，看了一会儿。天知道，她是不识谱的，尽管这只是简谱而已。从前在梨园里，师傅讲究的是口手相传，一词一句、一招一式都亲身演示，哪儿有识谱这种需求？来了上海以后，送到她手上的歌，她都私下请了人帮她唱谱，竟然从来没穿过帮。

齐姐儿装模作样地看了一会儿曲谱，放回到茶几上："还可以，有点意思。"

社长摇头："意思是有一点，但总归差了点什么，特色不足。"

"那倒是的。"

"所以刚才我已经婉拒他了。不过，算是惜才吧，欢迎他随时来这里用琴房作曲。"

怪不得刚才在门口看见他的时候，他的神情那么落寞。

齐姐儿今天第二次踏上回程的黄包车的时候，总算是正式认识了她在雨中屋檐下邂逅的那个男子：他叫诸葛光，一个尚未出道，也不知能不能出道的作曲家。

齐姐儿叹了口气，轻轻抚摸着包裹住自己的那件男式风衣。藏蓝色的，质地精良，却不见标签。和它的主人一样。

齐姐儿望向车外的景象。电车铛铛，小汽车鸣笛，黄包车灵活地在其间穿行。大北电报公司，亚细亚大楼，通商银行的字牌耀眼，还有更多的大楼前竖立着脚手架和起重机。红头印度巡警高傲地游弋，中外语音杂陈。报童完成了一天的工作，脖子上挂着未售完的《神州日报》走回报业公司。马路拐角，德国总会正对的汇中饭店旋转门处，一群半醉的水兵正搂着说英语的旗袍女子出门。

上海，这个第一次令她心动的地方。她决定留在这里。

第六章
淑华忍痛抛骨肉

一个人要到懂得疼痛的那一天，才会懂得什么叫爱。

在北海道，陈淑华懂得了什么叫爱。

当她站在甲板上，"皇后号"随着低沉的汽笛声缓缓驶离横滨港，她面无表情，感到左边的胸腔里空荡荡的，那是因为心脏疼痛得麻木了，或者说，心脏随疼痛而消失了。

从今天起，她就是一个被摘了心的人。如同比干。

北海道的冬天是绵长的。白如梦幻的雪覆满了冷杉和平房的屋顶，远处的羊蹄山也在雪衣下平静地呼吸着。淑华穿着女子学校的校服，和同学们嘻嘻哈哈地放学归来。短短半年，她已经习惯了此地的生活。习惯了吃生食、睡榻榻米，也习惯了帮奶奶将茅草收集起来，天气晴朗的时候，文雄哥哥会从大学里回来，帮她们翻修屋顶。

这是她第一次在村庄里生活。她是在城市里长大的孩子，而这里，是文雄哥哥的故乡。这里质朴的人们不懂得什么侵略或歧视，他们伸出热情的手欢迎她，称赞她的美貌，她动听的声音，她天生玲珑的小手小脚。

她在女子学校学习日语和此地的知识，为来年考入文雄哥哥的大学做准备。她自幼便谙得日语，这对她来说并不是问题。只是文雄哥哥说，北海道大学艺术系唱的是美声流派，这于她却是一片茫然，幸亏文雄哥哥为她联络了一位老师，每周两个晚上，教授她练习美声唱法。

有笃定的未来，有文雄哥哥的爱，她却还是沉静不下来。深夜里她在床铺上辗转反侧，血液里流动着她不敢细想的躁动，那躁动的名字叫作——后悔。

是在第二个，抑或第三个月的某一次，文雄哥哥回来了。与往常不同的是，这一次，他们没有迫不及待地彼此温存，一直到那天晚上也没有。他们各自蜷缩着身体在床的一边睡去，她了解到了这样一个事实：她和文雄哥哥的这段感情，已经从肉体的狂欢中冷却下来了。

与肉体的冷却同时到来的，是她发现她与文雄哥哥并没有太多的话好说。早先在"满洲"的时候，他们通信，可信中大多都是绵绵情话，或是通报彼此的生活状况，真正的交流并不多。现下他俩生活在一起，本是灵魂真正融合的好时候，她却惊愕地发现：融合不了。

那天，文雄哥哥给她一本《万叶集》古本。这诗集她是知道的，日本的"诗经"。这本是会令她欣喜的礼物，可文雄哥哥翻到一页，"みがためおしからざりし命さへ長くもがなと思ひけるかな"，得意地对她说："'与君一相遇，乃始思长生'，这么美的诗句，你们中国就没有。"

她觉得好笑。

"我住长江头，君住长江尾"呢？"两情若是久长时，又岂在朝朝暮暮"呢？"身无彩凤双飞翼，心有灵犀一点通"呢？她也是书生气发了，当场就和文雄哥哥理论起来。文雄哥哥说不过她，变了脸，拂袖而去，当天就回北海道大学了，隔了一个月才又回来。

她愕然，不解，继而明白了：文雄哥哥想要的，并不是一个势均力敌的女人，从来不是。女人家有些见识，在他看来，不过是用来取悦男人的手段，一旦完成了取悦，这点儿见识，最好知情识趣地适时放弃。

她感到失望，失望之余，还有很多失落。她不是与爱人成功私奔的少女吗？为什么她一点都不觉得快乐？她越来越想念抚顺，想念祖国。这里的生活，太乏味，也太落后了。那些连电灯都用不上的人们在半明半昧的煤油灯下吃掉一碗汤面，脸上发出满意的微笑，欠身感谢上天的恩赐。她打从心底里觉得他们可怜。

这个世上没有任何一本书来教育人们：私奔的少女如果后悔了，该怎么办？

她一日日地陷入困惑，却也别无他法。

如果不是收到了父亲的家书，她大约就会这样认了命，乖乖地在这异乡的农舍里，做一个最平常的妇人。可那封信终于随着连绵大雪的终止而到来，信纸上是她再熟悉不过的草书。

我女淑华：

你一去已三月余，父忧心，母夜夜饮泣。自文雄家书得知你已在北海道，连其父母亦不知情，大惊。尔等此番行动，大错特错。未婚男女私自出走，扰乱纲常，失于廉耻，况你于今风雨之际赴日，更令为父忧之深也。

你或已知悉，日本人已于我辛未年九月十八日亥时起发动战争，入侵奉天，妄图染指大东北。你读信之际，又不知有多少中华土地落于敌手。张将军号令东北军军火入库，不事抵抗，虽得礼义，失我八千将士，令人痛心之至！河山沦入铁蹄，亲眷遭人蹂躏，凡有血性者，孰不可恸。日本人潜伏我东北多年，兽性未减，狼子野心，人人可诛。吾已决意拼死一战，誓将日寇逐出我中华大地。

此一去生死未卜，想起昔日，为贪图天伦，与狼共室，苟且经营多年，耻为笑谈。人生早知如此，何必当初！我本军人，他日战死沙场，亦可含笑九泉也。只是想起弱女飘零敌土，虽死不能瞑目也。

父涕泗书于辛未年十月十三

她的脑子有一刻是空白的。然后最重要的两件事浮现了出来：打仗了？日本人真的是坏蛋？那么，此刻她就是孤身陷在敌国了。父亲去参战了？那么母亲呢，还有姨太太和弟弟们，她的那些从未经历过风雨的家人们如今在哪里，是什么情形？

奇怪的是，在那个命运转折的时刻，她一分一秒也没有想过去找青木文雄求助。也许是从小被父亲耳濡目染，也许是流淌在血液里的军人天性，自从她得知祖国陷入战争的那一刻起，她个人也处于备战状态了。而眼前的这些异乡人——青木文雄、奶奶、乡邻、同学、老师们，即使不是敌人，也都是敌营中的人。

纸门被拉开了，奶奶的问询声打断了她的思绪。奶奶是来问她晚饭想吃什么的。她迅速擦掉泪水，吸一口气，转过头去向奶奶绽放笑容。她的心还在手里捏着的那张薄薄的信纸上，而她的头脑已经高速运转起来，判断着下一步该怎么做，怎么才能最安全、最快地达到她的目的——回到中国去。

回想起来，大小姐陈淑华不是在她被军统招募的那一刻，而是早在她对奶奶绽放笑容的那一刻就死去了。从此代替她活着的，是将头脑和心分开放置的女特务妙妙。

那个周末，青木文雄从大学里回来的时候，她向他发起了准备多日的试探。

她将大酱汤和玉子烧摆在青木文雄面前的案几上，自己在右侧跪下，看着对方以男主人的姿态庄重地吃着饭。在青木文雄陶醉地咽下第一口玉子烧的时候，她以闲闲的语气问道："我听说，中日开战了？"

青木文雄的喉头凝结了："你听谁说的？"

"女子学校里的同学。"

青木文雄持着碗箸的手不自觉地用力，目光闪烁地打量她。她知道，这是他在揣测自己知道了多少，是否已经得知父亲参战的消息。于是故意叹了一口气，说："别的倒也罢了，我就是担心自己的家人，也不知道他们的生活是不是受了影响。"

她看到青木文雄明显地松了一口气，回答道："你放心，我父亲一定会关照他们的。过段时间，也许就能安排他们来日本和你相聚。"说到这里，他抚摩着淑华放在大腿上的手，"多亏你当初随我来了日本，否则，此刻留在那里，免不了吃苦受怕。虽说战事很快就会结束，以后就能过上大东亚共荣的太平日子，不过嘛，打仗这种事，总是不适合让女人看到……"

淑华看着眼前的这个男人，觉得非常陌生。她简直想不起自己当初怎么会爱上他的，如此迟钝、愚蠢、狂妄自大的男人。如此不可爱的男人。

随着这个念头的出现，她的心里突然一阵轻松。这样她就无须留恋什么了。曾经以为的爱情，不过是幻觉：她根本不认识真正的青木文雄，青木文雄也不认识真正的她。

第二天，淑华趁着青木文雄不在家，翻箱倒柜地收拾行李。她刚刚合上那口小小的藤编手提箱，纸门一响，青木文雄回来了。

他劈头便质问："有人从中国写信给你了？是谁？昨天你为什么不说？"

终究是纸包不住火，早在她的意料之中。她从容地反问："是我父亲。那你昨天为什么不说，他老人家早已和你们日本人反目，投身从戎？"

青木文雄噎住："那……那是他不辨大势，不明是非。我父亲再三规劝，他却充耳不闻，态度更是毫无礼貌。"

"礼貌？面对敌人，谈什么礼貌？"

青木文雄吃了一惊，居然有些失望："敌人？你怎么会这样说？我原以为，你和普通的中国人不一样，会更有智慧。战争只是暂时的，为的是永久的和平，更先进的统治。你们的政府，昏庸无能；你们的社会，已从古时的强大帝国没落。大日本帝国会带给你们文明昌盛，天皇的统治才是你们最明智的归宿。你的同胞越早意识到这一点，和平就能越早到来。"

淑华冷笑："无耻。这是侵略者无耻的说辞。你们的无耻之甚就在于：为自己的无耻找到了理论，因而无耻而不自觉。"

这时，青木文雄发现了手提箱，惊道："你要干什么？"

淑华骄傲地站起身，舒展了一下因久跪而酸麻的膝盖，拎起箱子，回答："我要回到我的祖国去，和我的父亲、我的同胞们一起，击碎你们这些侵略者的幻梦！"

青木文雄一急，上前拉住她的胳膊："你不要胡闹！我不许你走！"

淑华一把甩开他："你不许？我若是不许就能禁得住的人，此刻又怎会和你在这里？"

青木文雄无言以对，也不得不承认：她说的确是事实。眼前的这个女人尽管已被自己精心"驯养"了半年时光，却无论从精神还是肉体，都是他无法驾驭的。情急之中，他只得再次抓紧了她的胳膊，试图用蛮力让她屈服。

淑华被彻底激怒了，边挣扎边怒喊："放开我！放开我！"他俩从柜子边扭扯着到了纸门前，淑华见挣脱不得，使出父亲教她的小擒拿术，用力抓住青木文雄的四指，反向一掰，对方痛哼一声，应声撒手，淑华随即拉开纸门，意欲夺门而逃。

纸门唰地被拉开了。阳光透过客厅的窗户扑面而来，金色的，生机勃勃的。淑华只觉得眼前一亮，耳边轰然一响，便失去意识倒在了地板上。

下一个秋天，北海道被红叶覆盖的季节里，一个粉红的、丑陋的、小得不似人类的肉体，被产婆塞进淑华的怀里。淑华在近乎虚脱的疲惫中打量了那个肉体一眼。

她不再哭泣。在最初短暂的一声号哭之后，她就陷入心满意足的沉睡里。而此刻，仿佛感觉到了母体的到来，那个小小的头部拱动了一下，无师自通地找到乳头含进嘴里，就像个不知疲惫的小机器那样开始运转起来。

起初，淑华不明白她有什么可吮吸的，更不理解她吮吸之后那副满足的神情。她刚刚结束生产，此刻她的乳房和她本人一样，除了疲惫和麻木什么也没有。但且慢！她惊愕地看着自己的乳头，随着婴儿离开的小嘴，一滴滴地落下了乳黄色浑浊的液体。

那是初乳。如黄金般珍贵的、母亲给予自己孩子的第一口关怀。她小看了自己的乳房。它早已自动进入了角色，远在自己之前。

在那个和青木文雄撕破脸的冬日，她悲哀地发现自己怀孕了。这个来得完全不是时候的小生命，拖住了她回国的脚步，将她和祖国、和亲人隔在海洋的两端。

隔在战争的两端。

在孕早期，她想了很多办法要赶她走。甚至包括一些可怕的尝试。可她顽强地活了下来，一直到孕晚期，淑华不敢再轻举妄动，也明白了：肚子里的这个小生命，顽固不在自己之下。

她败下阵来。没有败给父亲和青木文雄，却败给了这个小生命，乖乖地，顺着她的指示，走过了九个月的人生。

但那小东西要的可远不止如此。她就像一个巨大的、吞噬生命力和精力的黑洞，吞噬着那个叫作母亲的人。她哭了，她饿了，她大便了，她笑了，她病了，她向着色彩好奇地张望……

青木文雄一定很得意。人算不如天算，他用最后的这一招，彻底驯服了这个女人，生下他的孩子，变成他的女人，变成一个毫无想法的，只会用包裹背着孩子在院子里一圈一圈兜着圈子的女人。

女儿八个月的时候，也许是为了补偿，青木文雄带她到东京旅行，他将之称为"迟来的蜜月旅行"。她的态度是无可无不可。这男人看似憨厚，其实精明的地方可精明得紧。自打她透露过要回国的意图之后，她身边就从未缺过陪伴的人，也从未有过一文半子。

在东京，青木文雄带她到浅草寺看樱花。已经是四月中了，早樱已落，幸而还赶得上晚樱。她穿着乳白色印着八重樱图案的和服，身形已然恢复，是一个秀丽的少妇。不时有赏花人用欣赏的目光打量她和青木文雄这一对，她恍然未觉，青木文雄却看在眼里，欢喜得意。

突然，她浑身一个激灵。她听见了一句话，一句用自己的母语说出来的话。那是一个男人的声音，他在对自己的同伴说："快去快回。"

她蓦然回首，看见了方才说话的那个男人。他约莫二十七八岁年纪，面容清癯，身材消瘦，戴着一副金丝眼镜，看起来和任何一个日本人无异。但她几乎可以确定：他是自己的同胞！

那男人也发现了正痴痴打量着自己的日本少妇，眼神从奇异、不安，到一点若有所悟。在那电光石火的一瞬间，淑华的脑子飞转，随即对浑然未觉的青木文雄说："那边有人在吃樱花味的和果子，我也想吃，你去给我买些吧。"

青木文雄为她难得的兴致而感到高兴，迫不及待地说："好，好，我去那边小街的店铺里找，你在这里等我。"

青木文雄走了。她和那个男人四目相对。时间有限，她快步走向对方，问了最重要的问题："你是中国人？"

　　用不着多说什么了。他们重重地握了几下手，忍着激动和泪花。男人简单地介绍，他叫商林森，是早稻田大学文学系的留学生，又问她："你是住这里的华侨？"

　　也不知怎么的，她就对这个陌生男人将身世和盘托出。从与青木文雄私奔来到北海道，再到得知战争爆发、父亲投战后她欲归国，却发现自己身怀六甲，如今陷于半被拖累半被软禁的局面。

　　她的话音刚落，发现青木文雄的身影已经在小街的尽头出现。商林森也看见了。他略一思忖，简短地丢下一句"今晚到寺院后门的雷门旅社206房找我"，就迅速闪身走了。

　　是夜，确定青木文雄睡熟之后，淑华悄悄起身。他们亦投宿在浅草寺旁的旅社中，淑华趁着夜色，从寺院的西门走到后门，找到了雷门旅社，敲响了206的房门。

　　门内只有商林森一个人，但淑华毫不犹豫地闪身而入。女人有直觉，她的直觉是：面前的这个男人只会帮她，不会害她。

　　果然，商林森从床边的抽屉里，取出几张文件递给她："这是你的出境和入境文件，已经准备好了。"

　　"什么？"淑华震惊，低头翻看那些文件时，商林森在一旁解释："我今日白天已经核实了你的身份，陈作龙将军确有一女，也确实传说与人私奔到了日本。你用这里的假日本身份离境，但若是以日本人的身份在上海入境，会十分麻烦，若用这张国民政府颁发的'入境许可证'，则可以中国人的身份入境。一会儿我送你去火车站，你先赶夜火车到横滨，明天一早那里有一艘英国轮船出发去上海。船票在这里。"

　　淑华愣愣地接过商林森递过来的船票。商林森耐心地等了半晌，见她仍然愣在那里，出声提示："我们没有太多时间，要是想赶上火车和海轮，必须在一刻钟之内出发。"

　　淑华终于理清了思路，她的第一个问题是："你是谁？"

　　商林森笑了："我是早稻田大学的学生。但也可能是别的人。这些，你现在不用问。我有预感，你回国后，我们早晚还会再打交道，甚至是，做同事。"

淑华隐约听懂了他的意思，也就不再追问。她低头看着手里的文件和船票，喃喃地说："有了这些东西，我就可以马上离开日本，回到中国去……"

"是的。"商林森说，"这不是你的愿望吗？你的祖国，你的家人，你的父亲……"他似乎想说些什么，又咽了回去，继续说："都在等着你。难道，你还有动摇，还有不舍吗？"

"动摇……不舍……"淑华下意识地跟着商林森重复着。她的思绪，回到了刚刚被自己留在客房里的青木文雄身上，并未感到丝毫的触动；紧接着，又回到了北海道，那个昨天在奶妈怀里和自己道别的小身体上，那个还不会叫妈妈，刚开始发出"咿咿"声的小身体上。一想到此生再也无法碰触到这个小身体，她的心脏突然掠过一股无法忍受的刺痛。

商林森看出了她的犹豫，于是将刚才咽回去的话吐了出来："你的父亲，陈作龙将军，已经在锦州保卫战中，光荣牺牲了。"

淑华的脸一下子变得苍白，难以置信地盯着商林森。直待从对方的脸上看出了这个消息是无可挽回的事实，她闭上眼睛，眼泪掉下来，心底的火苗却燃起来，将方才的犹豫燃烧殆尽。她睁开眼，坚决地对商林森吐出三个字："我们走！"

于是，她迎着朝阳站在"皇后号"的甲板上了，将能舍弃和不能舍弃的一切都远远甩在身后。她握紧双拳，试图以此来对抗回忆，将那绵软无助的小身体搂在怀里的回忆。

她甚至还没来得及为她起一个中国名字。或者是因为她从未正视过这个孩子除了是青木文雄的，也是自己的这个事实。

从未正视过，她爱她的这个事实。

心里流过一句熟悉的诗句：恐哭损残年。她握紧双拳，指甲深深嵌进手心的嫩肉里，借着疼痛，将眼泪狠狠咽回。

第七章

新妇辣手治黄家

上海滩社交圈这段时间以来最火的词，是"黄家的下午茶趴体"。名媛太太们聚在一起，话题总免不了要落到"黄家下午茶的请帖"上，谁若是没有收到，那个夜晚势必辗转反侧，直到第二天早上，邮差和着早餐铃声将那张薄荷绿烫金的请帖送来，这颗心才算落定。

新姆妈的娘家历家，是上海滩有头有脸的人家。清末做官盐出身，到了民国，转做海上贸易。新政府时期，站对了队，保得家业繁荣。唯一的问题是人丁单薄，这一代仅得一男一女。不过这样一来，历小姐的嫁妆自然丰泽，这对阿四的阿爸来说也并非没有意义。他虽在汇丰银行身居高职，可祖上不过是普通人家，当年他自清华大学毕业后，考取了公款留学，才得机会留洋。如今跻身上海滩的上流社会圈子，但在这个圈子里，他总归是底气不足的，说到底，他是个"new money①"。新妻的嫁妆和家世，都是他新增的底气。这是段强强联合的婚姻，除此之外，当然了，历小姐的人他也是喜欢的。

新姆妈入主黄家之后，立刻开始了新官上任三把火的社交生活，法租界里一时刮起一股"黄氏旋风"。到了十一月，恰逢新姆妈嫁入黄家之后的第一个生日，自然要大肆庆祝一番。生日宴提前一个月就开始筹备了，为了慎重起见，

---

① 暴发户。

当天特意请了和平饭店的主厨来帮忙。这些天来，阿爸每晚都和新姆妈坐在沙发上核对生日宴的客人名单，阿四则默默地坐在角落里读书，生怕太早回房会惹人不快。

阿爸拿着手里未发出的邀请函问："这张劼是什么人？"

新姆妈头也不抬地回答："哟，要问这张劼，来头可就大了。他是早年广东叶举将军的参谋，因为年纪轻，人又极聪明，人送外号小孔明。叶举将军退出军界后，他就弃政从商了。如今名头是通商银行的副总经理，与傅派是极熟的，和北平那边的奉系、直系也有私交。听说还和共产党有关系。总之方方面面都很吃得开，是个再厉害不过的人。"

"这样的人，我们请他干什么？"阿爸的眉头锁着。

新姆妈抬起头，笑着轻轻拍了阿爸一下："说你憨你真的憨。和这样的人打交道，难道还辱没了你？他能来出席黄家的宴席，不是件面子上有光的事情？"

阿爸摇摇头，不以为然。他说到底是个读书人，本能地排斥这些政商勾结的复杂营生。从前和姆妈相比，阿爸算是入世随俗的，但是和新姆妈相比，好像又不是。

阿爸说："我们这样的小庙，请不起这尊大菩萨，我看还是算了。"

新姆妈的嗓音提高了："你讲这种话什么意思？我已经把话递出去了，怎么收回？再说，他是我阿哥的朋友，我是阿哥唯一的妹妹，我的生日宴，连张邀请函都不发给他，要我阿哥在朋友面前怎么做人？"

阿爸看新姆妈急了，声音一下子软下来："你不要急呀，我就是说。"

新姆妈哼了一声："说说，你倒是轻松，人家听了刺耳刺心——那你说，这张劼到底请还是不请？"

阿爸哄道："请请请。当然请。你都说请了，我能不同意吗？"

"哼！"新姆妈又哼了一声，像是满意了。阿爸凑过去在她的耳朵旁边又说了些什么，阿四就听不见，只看见新姆妈嗔怪地用小粉拳捶了阿爸一拳。

这会儿阿爸的心情看起来很不错。阿四灵机一动，她有件事要和阿爸商量，正苦于找不到合适的时机，眼下这个时机看起来正合适。

阿四走到沙发前，小声说："阿爸，他们说，要给我出唱片呢。"

他们，指的是华新电台。那个早春的晚上，贞娘给了阿四那则神奇的报纸招聘启事之后，也不知哪儿来的勇气，也许是因为太喜欢唱歌了，阿四居然去应征了。

而且，居然选上了。

拿到录用通知的那天晚上，阿四被阿爸劈头盖脸地痛骂。从来没见阿爸发过那么大的火，阿四嘟起了嘴，不服气地小声和阿爸辩论着。

阿爸发现了："你还不服气？你嘴里咕咕哝哝地在讲什么？"

阿四干脆讲出声："又不是我一个人去的！我们班的乔娜，还有隔壁班的楚君，大家一道去考的。只不过，最后只有我一个人考上就是了。"

"那么你还光荣得很喽！"

"那也没什么丢脸的吧。"

阿爸气得不得了，绕着她团团直转："还不丢脸？我黄家的面孔都被你丢尽了！这是你一个闺秀好去做的事情吗？这说不好听，就是一个戏子的事情！"

"好了好了。"这时旁边的姆妈开口了，"你这个话讲得也没有意思了。还老说我的头脑跟不上新社会。唱唱歌，况且只是在电台唱，又不露面，我看也不是什么大不了的事情。"

阿爸的反驳憋在喉咙里。他不赞同，但又不愿和姆妈抬杠，一切最终还是依了姆妈的意思：阿四和华新台只能以不签约的形式松散合作，也就是在姆妈和阿爸同意的时候，她去玩票唱上几首歌，每次都由黄家的司机接来送往。

饶是这样，她还是渐渐地小有名气了。她的艺名起作"黄莺"，是华新台给她起的，暗合她的本姓，又合乎她的嗓音清甜婉丽，如莺出谷。后来她渐渐固定为每周三晚上唱两个小时，歌迷也都知道在那个点钟候着，那两个小时里，华新台的点播电话常常占线，全都是冲着黄莺来的。

于是就有了出唱片的事情。

她心里忐忑，因为姆妈不在了，没有人再帮自己说话。但也说不上有多焦灼，因为她也并不是多么想出唱片的，一想到自家的大幅照片出现在唱片封面上，多少还有点不好意思呢。若是阿爸不同意，大不了，就不出了呗。自己也有个充分的理由拒绝华新台了。

此刻阿爸听了她的话，先是愣了一下："啥人？"

阿四："就是我去唱歌的华新电台。"

阿爸还没来得及回答，新姆妈开口了："阿四啊，你去电台驻唱的这件事情，我是前段时间才知道。最近忙，也没来得及和你谈，我看啊，你以后就不要再去了吧。"

"什么？"阿四大吃一惊。

新姆妈接着说："我实话讲给你，这件事情，我刚刚知道的时候可是吃了一惊。你可是中西女中的高才生，大家闺秀，怎么能去这种地方、做这种事情呢？要我说，有些人是太新潮了哦。"说到这里，她扫了旁边面露尴尬的阿爸一眼。

阿四说："我……我们同学，都很喜欢听这个电台的。当初，还有好几个人想和我一道去呢。"

新姆妈根本不睬她："你虽是不领薪水的，旁人不知道的，还以为我们黄家，缺那三文两子，要大小姐出去卖唱养家呢。这说小了呢，我出去见人的时候，面上无光。说大了呢，影响了你阿爸在生意场上的事情，可就了不得了。"

她把话说到这个地步，阿四不知道该怎么接口了，急得泪水在眼眶里直打转。她只能抓住最后的救命稻草，希望能借此唤起阿爸的援手："当初姆妈……"

她的话被新姆妈打断了："我晓得，这桩事体，当初是你姆妈点头的。她是你亲娘，自然不会害你。不过呢，就是亲娘，也难免有欠考虑的时候。我虽然是你的晚娘，不过要看你出嫁、对你负责到底的人是我，我终归要为你的名节考虑的。"

阿四哭得一塌糊涂，可怜巴巴地望着阿爸，希望阿爸能替自己说句话。可对方只是板着脸沉默着，不知道在生谁的气。

事情就这样定了。原本是为了出唱片的事情去同阿爸商量，没想到连电台唱歌的事情也一同泡了汤。第二天早上阿四去上学的时候，眼睛肿得像桃子，被闺密乔娜和楚君一眼发现了。

阿四同她们说了事情的原委。乔娜心直口快："这桩事体是你姆妈在世的时候同意的，你新姆妈没权利更改！"

楚君说："话不好这样讲。毕竟，钰茹如今唤姆妈的人是她。"

乔娜恨恨地说："哼！天下最毒妇人心！"

阿四擦擦眼泪反对道："不要这样讲，新姆妈也是为了我好。"

乔娜说："你这个傻瓜，到现在还在帮她讲话！唉！"

三个人一齐陷入无奈的沉默。过了一会儿，楚君说："我阿哥说，今天大夏大学那里有请愿游行，早课后我们一道溜出去看看吧。"

她们三人赶到中山路的时候，游行正进入高潮，愤怒和悲伤汇成一条滚烫的河流，靠近它的人都会情不自禁地被卷入、灼伤。

除了大夏大学的学生之外，震旦大学、光华大学和大同大学的学生也陆续赶来。蜿蜒近百米的游行队伍从大夏大学出发，沿中山路往市政府所在的清源环路进发。队伍中的学生们举着大旗和标语，上面有的写着"坚决抗议《塘沽协定》①，我中华国土不可分割！"；有的写着"打倒卖国贼罗文干！"；有的写着"打倒日本狗！立刻对日宣战"；更有一小队神情肃穆的年轻人，头缠写着血字的头巾，手举的牌子上写着："走到南京去！用我们的血，向国民政府表达抗日的决心！"

游行队伍的情绪尚还可控。学生们一边发出整齐的口号，一边向路两边的行人散发传单。警察也已经赶到了，黄色的保安队和棕色的警察队伍包在游行队伍的外围，警车缓缓跟在游行队伍的后面，但并未采取进一步的行动。

阿四被行人挤到了游行队伍的前面，一个戴眼镜的年轻人从一辆敞篷吉普车上俯下身来，看着阿四身上的校服，对她说："小阿妹，你是中西女中的学生吧？你知道吗，国民政府就在昨天下午和日本侵略者签订了丧权辱国的《塘沽协定》，把我们的热河省拱手送给了日本鬼子。我们读书是为了什么？如果正义黑白可以随便颠倒，如果我们的母亲正在受人凌辱，读书何用？读书

---

① 1933 年 5 月 31 日，中日签署《塘沽协定》，实际上默认了日本对东北、热河的占领，使华北抗战处于极为不利的态势。

何义？"

说着说着，年轻人的眼泪从镜框后面流下来，阿四也不知不觉地泪流满面。她茫然接过车子开走之前年轻人塞给她的一张传单，看着上面写的"还我河山！抗日到底！"八个大字，只觉得心口有一阵不熟悉的疼痛。

是的，世界颠倒了，黑白不明了。连姆妈的"爱和理解"，到了这个世界里也不再管用。有些事情，无法不恨，恨得眼泪流尽，恨得心头作痛。

阿四当晚回家时，心情非常低落。分手前，她和乔娜、楚君抱头哭了一场，因为在中山路看到的震撼心灵的一幕，也因为她们都清楚等待着自己的命运——从中西女中毕业在即，不出意外的话，她们都将在父母的物色之下，许给门第相若的大好青年，在举行过订婚或结婚仪式之后同赴海外留洋，从父母的手中转到夫婿的手中，一辈子藏在与这滔滔洪流无关的锦绣天地里。

阿爸果然又和新姆妈在沙发上忙碌着，阿四打过招呼，换了衣服后，默默地找了个不引人注目的角落坐下。就在这时，有人进到客厅里来了，是贞娘。

贞娘先挨个叫过他们："老爷，太太，小姐。"然后将视线锁在阿爸身上，递上手里的一张纸，问，"老爷，这张表里的张劼，是从前叶举将军手下的那个张参谋吗？"

阿爸诧异地接过那张宾客排位表，看了看，回答："是啊。你认识他？"

贞娘的脸色一下子涨红了，然后又一下子变得苍白，轻轻说："老爷，太太，对不起，这位张劼先生，我不能伺候。"

"什么？"阿爸更加诧异了，和新姆妈快速地交换了一个眼神。

贞娘又清晰地重复了一遍："我不能伺候这位张劼先生，对不起，太太的生日宴上如果有这个人的话，我做不了，我引咎辞职。"

这次阿爸还没来得及回答，新姆妈站了起来："放肆！你这是什么态度！"

贞娘平静地看着她："对不起，太太，我有我的苦衷。"

阿爸和新姆妈几乎异口同声地问："你有什么苦衷？"

贞娘摇了摇头，表情突然变得凄楚："我不能说。"说完，她向阿爸和新姆妈躬了躬身，退下去了。

阿四追出去，在走廊上追上了贞娘，她喊："贞娘！"

贞娘没有回头。沉默的背影，肩膀似乎在不易觉察地耸动。

阿四又哭了，眼泪流过已经干了的泪渍，生疼。这二十四小时过得太糟糕了。她抽泣着用手拉住贞娘的袖口："贞娘，不要走……"

贞娘转过身来，她居然也在流泪。这是阿四第一次看见她哭。那张平日里毫无表情的脸上，此刻眼泪就像开了闸就止不住的泉眼，一串串飞速地落下。

她轻轻牵过阿四的手，不知不觉地，阿四已经在她的怀抱里了。好舒服，好熟悉，这个第一次依偎的怀抱，竟然带着和姆妈、姆娘相同的气息。阿四听见贞娘在自己的耳旁小声说："小姐，我也不想走的，但是，不行的。"

"为什么？"阿四问，"你和张先生有仇？"

"是的，有仇。"

阿四好奇地看着贞娘问："你和他有什么仇？"

贞娘闭着眼睛，满脸近乎疯狂的恨意和悲愤被生生咽了下去："如果不是他们，老爷当初不会被逼离开广州，现在一定还活着。"

阿四："老爷？你是说我阿爸？哦不对，你是说你从前做过的人家？"

贞娘睁开眼睛，恢复了平静："你别多问了，小姐。总之，我贞娘绝对不会服侍那个姓张的，他前脚跨进这扇门，我后脚就走！"

阿四回到客厅里，阿爸和新姆妈正在紧张地议论着。新姆妈看起来要比阿爸愤怒得多。她捏着拳头说："那就给她辞工好了！不要给她推荐信！这种人，我看她还去哪里找工作！"

阿爸不发一言。阿四紧张极了，她怕等阿爸开口的时候，会赞同新姆妈的决定。

但阿爸缓缓地吐出一个字："不——"

新姆妈奇怪地问："不？你是什么意思？"

阿爸说："现在找一个会管家又通洋文礼仪的人，不容易。况且时局正乱，此刻若引一个素未谋面的人进家门，我不放心。"

新姆妈沉默了，看来有些被阿爸的说辞打动，她踌躇着问："那你说，怎么办？"

阿爸说："我看贞娘倒不像是胡搅蛮缠目无主家的人，也许这一次，她真的有不得已的苦衷。要我说，我们就容她这一次，想办法把张劫敷衍过去。不然，你找大哥商量商量。"

新姆妈还不甘心："就这么便宜了她？"

阿爸拍拍新姆妈的肩膀："只此一次，下不为例。"

事情居然就这样解决了，阿四的一颗心放了下来。贞娘不会走了。但阿四觉得，阿爸还有着未说出口的话，藏在他告诉新姆妈的理由背后，例如他像自己一样，还留恋着过去的时光，也像自己一样，舍不得抹去姆妈所有的痕迹。姆娘已经离开了，如果贞娘再离开，这个家就真的面目全非了。

阿四迫不及待地去把好消息告诉贞娘。贞娘在厨房间里，若无其事地做着夜宵，看起来仿佛什么都没发生过。

阿四喊："贞娘！你不用走了！他们不请张先生了！"

贞娘连头都没抬："哦。知道了。"

阿四略觉无聊，但一时还不想离开贞娘，就找了张椅子坐下来，看贞娘忙活。厨房间的前后门都开着，一头通向小花园，一头通向用人卧室的走廊，晚风习习。阿四突然又伤感起来：距离那个早春的夜晚过去多久了？可这些穿堂风里再也不会有姆妈那好听的女中音了。

她突然想起来，环顾四周，奇怪道："刘嫂呢？"

贞娘叹了口气："今天中午被太太开掉了。当场赔了点钱就叫她收拾东西走了。"

阿四："为啥？"

贞娘过了一会儿才回答："能为啥呢？左右不过是不顺眼、不顺心六个字。只是可怜她一个女人家带着个儿子，今后只怕更加不易了。"

阿四怅然，想起说话轻声慢气的刘嫂，还有她那个和自己差不多大的儿子，也不知怎样得罪了新姆妈，此刻流落到哪里去了。

贞娘看了看兀自出神的阿四，问："昨天晚上，在客厅里的时候，你怎么哭了？"

阿四扁着嘴："新姆妈叫我不要去电台唱歌了。"

贞娘问："那你还去不去了？"

阿四迟疑地说："要是姆妈还在的话……"

贞娘接口："要是你姆妈还在的话，她会让你去的。"

阿四抬起头看着贞娘，眼睛晶晶亮，泪光闪烁，但嘴角浮上一个笑容。因为她心里也是这么觉得的。

阿四问："那贞娘你讲，我该怎么办？"

贞娘将手里的面团啪啪甩在桌子上，从容不迫地说："要我讲，你还是去。唱片也要出。时代不同了，女人有自己的事业，是件好事情。老爷和新太太从来不关注这些，你仔细点，他们未必能察觉。我呢，会帮你的。"

阿四从椅子上蹦起来，一把抱住贞娘，在她的面孔上香了一记："贞娘，你太伟大了！"

贞娘被她突如其来的吻吓了一跳，捂住面孔，笑了。

打那一天起，阿四就在贞娘的掩护下，继续在华新台唱歌。为了向阿爸和新姆妈交代，她参加了国际礼拜堂的唱诗班，可以不时假借唱诗班排练的理由外出。她的第一张唱片《秋水伊人》一经面世，就大受好评。十七岁的阿四，就这样自如地切换在闺秀和歌星两种身份之间，在姆妈的保佑和贞娘的保护之下，试图谱写自己的人生。

第八章
齐姐儿机关算尽

1937 年的春天，齐姐儿再一次听到诸葛光这个名字。

那会儿齐姐儿正坐在梅花歌舞社的社长办公室里，跷着二郎腿，抽着烟。

三年前，和月火社的合约约满后，她就没有再续约，转投了梅花社。梅花社给她的分成更高，梅花社的社长也不对她管头管脚，更重要的是，梅花社虽小，却一切以她为尊，在这里，她是当仁不让的女王。

齐姐儿从四年前开始抽烟喝酒，起初的时候，她还心有顾忌，后来长发发的一句话说得好："那绞死猫的声音都能红，我们姐儿怕什么？"

长发发是地头蛇，上海话叫"小瘪三"，瘦小猥琐，一嘴黄牙，见树靠树，见风随风倒。这一回，他靠上的这棵树，就叫作齐姐儿。齐姐儿厌烦他，但又离不了他，毕竟，遇上个需要本地人出头的事情，他的油滑市侩，比齐飞老北京的浑不懔风格好使。

齐姐儿这两天的烟抽得格外凶了。大约一个月之前，上海滩最著名的音乐电台——华新台联合《大晚报》，发布了举办"首届歌后大赛"的消息。这是开先河之举，是第一次真正意义上的民选歌星。整个赛事将于四十五日的赛程之内，完全凭听众的投票数目来评选出冠、亚、季三大歌星。当然，真正的歌后，只有一位。

前无古人，后必有来者。

像齐姐儿这样的名歌星，当然早在消息发布之前就接到了华新台的邀请。但其实并非每一位接到邀请的歌星都会报名参加比赛，多半是出于各种各样的考虑——怯场、爱惜羽毛，又或是看透了其中的玄机，不愿去搅这塘浑水。

可齐姐儿从来没有过半分犹豫。甚至可以说，她早就期待着这样一场比赛，只嫌来得太晚。当然了，她参赛的目标也只有一个——歌后。对于这个名头，齐姐儿势在必得，舍我其谁。

可眼下，赛程已经过去了近半，现实很残酷——齐姐儿的排名，在一次短暂的坐二望一之后，就一直稳定地盘踞在第三名的位置上。其他的一二两名倒是有所交互，时进时退，唯有她这个千年老三，稳如磐石。

齐姐儿无法接受这样的结果。其实对于这段时间以来的上海滩来说，歌星大赛的一二三名都是炙手可热的人物，无论哪一位出现在公众场所，都能引来万人空巷的效果。组委会召开的大大小小的发布会上，前三名也总是并排坐在主席台上，共同接受媒体记者和闪光灯的簇拥。在这样的发布会上，齐姐儿总是精心打扮，艳压群芳，从未因第三名的身份而受到半点冷落。

此时，她那个小小的智囊团，正在梅花社的社长办公室里展开紧急磋商——除了她齐姐儿，共计三个人：齐飞、长发发和梅花社的乔社长。

齐飞的手里，拿着一张今天最新的《大晚报》。为了这届"歌星大赛"，大晚报开辟了专版，于每日报道有关赛事进程的各种消息：官方的，和八卦的。与官方消息比起来，人们更喜闻乐见的，还是各色各样的八卦消息：某参赛歌星的风流韵事啦；合影前某女星临时将短袖旗袍换成了无袖旗袍啦；某歌星在采访中提起某歌星时这样称赞对方："她长得，自然是很好的。"——言下之意是唱得不怎么样。

而这些八卦之中的八卦，自然就是三甲的故事了。随着赛事越来越火爆，她们三人的来龙去脉早就被爆料了一轮又一轮。这其中有记者访出来的，也有自家经纪人透出去的，总之你情我愿，半遮半掩，于赛场之外，上演着一出满足观众们好奇心的粉红大戏。

齐飞抖索着报纸，觑着一双眼，问："这个叫黄莺的，还有这个妙妙，到底是俩什么玩意儿？"

他问的正是眼下排名第一和第二的两位。

乔社长接过齐飞手中的《大晚报》，首先扑入眼帘的，是黄莺的超大幅照片，笑容温婉；紧挨着的，是妙妙搔首弄姿的倩影；旁边再小一点儿的，才是齐姐儿国色天香的玉照。报头的大标题这样写："莺莺清婉，妙妙销魂，绝色齐官，鹿死谁手？"

乔社长说："这黄莺，是华新台自己捧出来的，唱了多年了，大家看着一点点红起来——据说是法租界黄家的千金小姐，也不知是真是假。倒是这个妙妙，不知道什么来历，仿佛横空出世一般，叫人捉摸不透啊。"

长发发插嘴道："我听讲，这个妙妙的背后，有日本人的。"

齐姐儿不禁打了个寒战。淞沪会战之后，日本人被骁勇的十九路军和一纸《淞沪停战协定》拦在上海滩之外，可谁都知道，那只是一只被暂时震慑住的饿狼，随时可能再次跳起来咬人。这妙妙要是真的与日本人有染，那可真的如半人半鬼般可怖了。

乔社长摇头："我看不会。她若真的敢冒这天下之大不韪，莫说是华新台，便是整个上海滩也容不下她。我倒是听说，她原是将门之女，其父于'九一八'事变之后，捐躯于锦州保卫战。"

看得出来，乔社长说这段话的时候，面色和心情都是沉重的。可屋里除了他之外的三个人，显然没有受到这种气氛的影响。长发发听完之后唯一的反应是敲了敲脑门，骂了句："册那！这个料够足啊！"

齐飞叹道："一个是千金小姐，一个是将门之女，对比下来，我们没有什么夺人眼球的料呀！"

乔社长问："什么叫料？"

长发发抢着回答："料，就是材料，也是食料，茶余饭后，扭开广播，翻翻报纸，当作点心吃下去。老百姓看这歌星大赛，听的是歌，吃的是料，两样都重要。眼下我们姐儿，歌唱得没话讲，可就是这个料——还差了把火。"

齐姐儿的眉头拧得越来越紧，手里的香烟吸得越来越凶。这时她听见乔社长说出了那句话："唉，要是能请得歌王出山就好了。"

"歌王？你是说诸葛光？"

听到这个名字，齐姐儿和齐飞同时不安地扭捏了一下。

乔社长说："对啊，如果这时候，他能够替齐小姐写一首歌，那么歌也有了，料也有了，肯定是上海滩娱乐圈最大的佳话，最大的料了！"

齐姐儿狠狠地吸了两口手中的美丽牌香烟，将烟蒂捻进烟灰缸里，说："不可能的事情，就不要浪费时间来讨论了。"

时间回到四年前。齐姐儿与彼时名不见经传的诸葛光，有一段流产在萌芽状态的恋情。在月火社的两次偶遇之后，他们又有了更多的偶遇，再后来，就是在琴房里有意识的相遇，进而到咖啡馆里的相约。

就在他即将向她袒露心迹之前，发生了这么一件事：那是她第一次得到《歌星画报》的专访机会，自然极为重视。当记者问最后一个问题"齐小姐目前是否有心上人"的时候，她几乎是未加思索地回答："目前以唱歌事业为重，未考虑个人事宜。"

事后她想，那并不是面对记者的权宜之计。扪心自问，对于诸葛光，她其实未有长远的打算。他所带给自己的甜蜜与优雅，不过是上海滩五光十色的其中一味，远不能与她胸中的那份野心相比。如果有一天，这份甜蜜与优雅阻碍了自己前进的脚步，她会毫不犹豫地将之舍弃。

而那一天，只怕就是现在了。齐飞冷笑着，将一沓照片扔在她的面前。她莫名其妙地拾起来看时，惊讶地发现那都是她与诸葛光在咖啡馆里的合影。照片里他俩的样子都照得极清楚，男俊女美，是十分养眼的一对。

齐姐儿问："这是什么？你哪里得来的？"

齐飞冷笑："你该庆幸，《歌星画报》的那个记者是你的歌迷！这些照片，配着今儿你的采访登出，原可以将你的歌唱事业毁得连渣儿都不剩！"

齐姐儿颓然瘫在床上，后怕不已。

她不知道的是，齐飞除了找她之外，还找了诸葛光，并且将话说得更加难听。不知道是因为齐飞的话，还是因为看了《歌星画报》上齐姐儿的专访，诸葛光从此再未出现过。而对于他的消失，齐姐儿仍然说不上是惋惜还是庆幸。

回想过去，齐姐儿竟说不清自己更后悔的是哪件事情——是没有成为他的爱人，还是没有唱他写的歌。但如果那时自己成了他的爱人，想必也会唱他写的歌，那么此时的自己是更红，还是更落寞，也真的是一件难料的事情。

真是造化弄人。

无论如何，齐姐儿从未向成名后的诸葛光约过歌。除她之外的海上当红歌星，每一个都唱过歌王的歌，也都唱红过歌王的歌。在上海滩的娱乐圈里，他俩如今都是赫赫有名的人物，却都颇有默契地保持着井水不犯河水，在每一场活动里恰到好处地彼此错过。别人约莫知道他俩有过不快，但于详情，谁也不得知。

齐姐儿掐断了回忆，烦躁地又点燃了一根香烟，说："别尽说那些没用的，你们且说说，咱们眼下到底该怎么办？"她的目光轮流在齐飞、长发发和乔社长的脸上扫过。

长发发说："我倒有个办法。"

见齐姐儿、齐飞、乔社长的眼睛一起落在他身上，长发发来了人来疯，拍着大腿说："你们晓得上海人最喜欢的事情是啥哇？就是轧闹猛 ①，赶潮流，人越多，越有劲。国际饭店的西点部，为啥永远排长队？买蝴蝶酥！蝴蝶酥真的那么好吃？不晓得！反正别人排队我也排队，别人喜欢我也喜欢，个么我喜欢就更多人喜欢……格就叫轧闹猛！"

齐飞打断他："别扯那些！拣要紧的说！"

长发发赶紧言归正传："我的意思就是，要想让很多人喜欢姐儿，就要先造出一个很多人喜欢她的样子来。个么大家就会好奇，这个人有什么好喜欢的呀？个么就会来听上一听，看上一看。我们姐儿，当然是越听越想听，越看越要看。这，就叫请君入瓮，只要入了瓮，人心嘛，都是肉长的，不怕他不着迷。"

说得有几分道理。那么怎么造出一个很多人喜欢齐姐儿的样子来呢？长发发自有妙计："如今我们找一个人，假扮成姐儿的疯狂歌迷，为了见姐儿一面，

---

① 沪语方言：凑热闹。

闹着要自杀。到时候我们联络上各路记者，再多叫些人来围观，事情闹得大一点。千钧一发之际，当然是我们天仙一般的姐儿，降临到人间，化险为夷，上演一出感人至深的大戏啊！这真的是天上掉下个林妹妹，似一朵轻云才出岫……"长发发说得口沫横飞，摇头晃脑地唱将起来。

齐飞骂了一句："我操！亏你小子想得出来，倒真是一条猛料，板上钉钉的大头条！"

齐姐儿却撇了撇嘴："我还得出现？既然是演戏，到时间让他们自个收了不就行了吗？"

长发发说："姐儿，这你就有所不知，这料里，一定要加上您梨花带雨的玉照，那才叫色香味俱全哪！"

齐姐儿忍不住咯咯娇笑。

旁边的乔社长却提出了顾虑："能找着合适的人吗？万一弄巧成拙，可就把新闻变成了丑闻。"

长发发猛拍胸脯："乔老板你放一百个心！我长发发别的没有，要找人，这上海滩上只要还在喘气的，没有我找不到的。就算他不喘气了，我长发发也能让他再站起来跳上几步嘣嚓嚓！"

"啐！"齐姐儿啐了长发发一口，"鬼话连篇！你快去布置吧，这件事如果做得好了，我齐姐儿亏待不了你。"

长发发果然有些手段，不几日，齐姐儿的疯狂歌迷卧轨自杀未遂的消息就轰动了上海滩，再加上一连串齐姐儿慰问合影的新闻，霸占了《大晚报》《申报》《上海日报》等各大报纸的娱乐头条。而齐姐儿的选票也随之一路扶摇直上，终于雄踞冠军宝座；原本第一、二位的黄莺和妙妙，则顺势后退，屈于亚军、季军的位置上。

齐姐儿登顶后不几日，恰逢华新台十周年台庆。中午，齐飞兴兴头头地从外面赶回家里，将手中的鸟笼子往桌上一放，说："要说妹妹你的福气可真叫好，这台庆早不庆晚不庆，偏赶上你正出风头的时候庆。这下可好，您且瞧着吧，到了那晚，这全上海滩的眼睛，就只看见我这赛天仙的大美妹子。这真是人有王相，挡也挡不住！"

没想到，正面朝里倚在被垛上的齐姐儿却将身子一扭，不高兴地说："要去你去。我可不去。"

齐飞吃了一惊，问道："哎哟，您这是又怎么了呀我的女皇妹妹？"

齐姐儿用脚使劲踢了一下，将缠住脚的一件旗袍踢开，说："你看这满床的衣服，哪有一件可穿的？难不成让我穿着这些劳什子去丢脸？"

齐飞打量着那满床的狼藉，这才知道，齐姐儿想必早已得到消息，在这里翻行头翻了半天，越翻越火大。他看看那堆得小山似的绫罗绸缎，翠玉珠环，温言相劝："我说女皇妹妹，陛下妹妹，这些怎么会丢脸呢？再说了，你的脸搁哪儿也是艳冠群芳。"

齐姐儿依旧说："反正我不去。不去就是不去。"

齐飞的眼珠子转了转，笑了笑，不再相劝，转而坐进椅子里，又从屁股底下扯出一条珍珠项链，放在手里把玩着，似有意又似无意地说："早间听长发发说，龙凤布庄新进了一批好的贡品绸缎。"

"当真？"齐姐儿听闻此话，眼睛一亮，翻身从床上坐了起来。

"九一八"事变之后，日军侵占了东北；淞沪会战以后，上海如惊弓之鸟；再加上长三角连绵水灾，国民党一心尽在内战，此时国内的制造业已成苟延残喘之势，租界里的好东西，无不是海轮跨越重洋从欧美大陆运来的，像"贡品绸缎"这样的字眼，不知有多久没有听过了。

齐飞说："怎么不真？这原是江宁织造府为老佛爷做的最后一批贡品，太平天国一把火烧了江宁织造府，也把这人世间最后的八枚缎烧了个干净。"

"既然烧了个干净，怎么又在龙凤布庄？可见是假的。"

"你别急啊我的妹妹。这江宁织造府的八枚缎，原本是应该付之一炬的。可就在太平军拿下南京之前，这些缎子里有几匹，被秘密送到了上海。原来是李莲英看上了高桥绒绣府的绒绣手艺，为了讨老佛爷的欢心，偷偷准备了这一手。太平天国的事儿一出，这茬儿也无人再提，绒绣府的主人，就将这八枚缎妥善收藏，直至最近，才重见天日。"

齐飞说这番话的时候，齐姐儿的身子越坐越直，眼睛越睁越亮。待到他说完，齐姐儿已经挪到床边，蹬着两只穿绣花拖鞋的脚，直叫："我要我要！你去给我弄了来！"

齐飞摇头叹气："这还用得着你说？哥哥我一听到这个消息，就马不停蹄地去了龙凤布庄，可还是晚了一步。"

"嗯？"齐姐儿眼睛不眨地盯着他。

齐飞说："这八枚缎一面世，不过两三天光景，就被闻风而来的名媛贵妇抢了个精光，不止上海，连南京、北平都有人连夜派人赶来。我今早去的时候，布庄里只剩下了最后的一块，可也是有主儿的了。"

"是谁？"齐姐儿抢着问。

齐飞望着她，一字一顿地说："不是别人，正是和你一起参加歌后大赛的那位，妙——妙。"

"是她！"齐姐儿的粉脸一阵潮红，又一阵煞白。她咬了一会儿嘴唇，匆匆从床上下来，穿上外套，拿上手袋，换了鞋，一阵风似的卷走了。

齐飞看着她的背影，一脸计谋得逞的笑容。

齐姐儿一阵风似的卷进了龙凤布庄。布庄的伙计看见是她，立即领着她进了里间。布庄老板孙师傅从案头上抬起头，遍布皱纹的脸在眼镜后堆满笑容："齐小姐，侬有辰光没来了。"

齐姐儿也笑笑："可不是。我听说你这儿进了些好东西啊。"

孙师傅面容一紧，冲着伙计摆了摆头，待对方出去了，凑上来对齐姐儿说："齐小姐，你也听说那批贡品八枚缎的事情了？"

齐姐儿似笑非笑："可惜我听说得太晚了。本以为凭我们的交情，你说什么也会给我留下一块，没想到……"

孙师傅急得直打趺："不是的齐小姐，这桩事体真的不归我说了算。要不是绒绣府的主人举家迁去香港，我也拿不到这批货。本来想再放个几年，慢慢销，没想到拿到货的第二天，市面上就传开了。来买货的都是手能遮天的主儿，哪一位我也得罪不起……齐小姐，你知道的，我孙裁缝做了一辈子旗袍，只有两位我是不收钱也愿意做的，一位是上官小姐，一位就是你。帮你们两位做旗袍，本身就是一种享受。如果能够，我怎么会不留给你呢？"

这话让齐姐儿听了好生舒服，她忍不住抿嘴笑了笑，说："好了好了，你真以为我是来和你算账的啊！除了那批货，还有什么好货色，你赶紧地拿了来，帮我好好做一身参加台庆的行头！"

"好啊齐小姐！"眼看风波过去，孙师傅笑得合不拢嘴，"我这儿有云南新进的品月缎，虽然只是五枚不是八枚，货色也是极佳的。我用烫金线帮你做一件槟袖中长的——如今的旗袍是袖子越来越短，开衩越来越大；周围呢，按照时新的式样镶上珍珠花边，保管艳惊四座！"

齐姐儿的尺寸，孙师傅有一套全的。不过齐姐儿说自己最近又瘦了些，让孙师傅重新量量，将腰身再往里收收。这边孙师傅用软尺量着她的身体，那边齐姐儿好奇地说："孙师傅，五枚缎我是常见的，这八枚缎，我还从未见过呢。你拿出来，让我开开眼吧。"

孙师傅的目光在齐姐儿的脸上睃了一眼，只见对方一派天真烂漫的表情补充道："我是皇城根儿下长大的，你知道，对老佛爷的东西，可好奇得紧呢！"

这句话彻底打消了孙师傅的疑虑，他将最后一块八枚缎战战兢兢地捧了出来，对齐姐儿说："只剩下这最后的小半丈了。已经被妙妙小姐订了去。实话讲，齐小姐，初见这料子的时候，我心里就想起了你。妙妙小姐也是我们这儿的常客，可她啊，穿黑色最好看。这鹅黄色，正是你的颜色。唉，这大概也是缘分吧。"

齐姐儿笑盈盈地，似乎对孙师傅的话不以为意。八枚缎在明亮的日光中展开，流光溢彩，鹅黄中泛着浅金，绒绣的牡丹花图案栩栩如生，国色天香，除了她齐姐儿，又有谁堪相称？说时迟，那时快，齐姐儿一把抢过八枚缎拥在胸前，从案头上抓起一把剪刀，作势欲铰，嘴里说着："这么美的东西，我得不到，别人也休想得到！"

孙师傅吓得魂飞魄散，想扑过去抢，又怕拉扯中伤了八枚缎，只能一个劲地摇头摆手："哎呀齐小姐，你这是做啥？有话好好说，好好说。"

齐姐儿一手举着剪刀一手举着八枚缎，盯住孙师傅："没什么好说的，很简单。这料子进了我的手，就是我的了。你若给我做呢，我就穿；你若不做呢，我现在就把它铰了。钱，我照样付给你。"

孙师傅为难得五官都挤在一处："齐小姐，这料子已经卖给妙妙小姐了呀！订金都付过了，怎么好出尔反尔？"

"订金还三倍给她，我出。另外，你把这儿的料子选最好的做一件给她，钞票还是我出。这八枚缎，我要定了。"

"这这这……我可怎么对妙妙小姐交代哦……"

"你尽管推在我身上，就说我用枪指着你。"

孙师傅看着面前样子既霸道又调皮的齐姐儿，无可奈何，只得叹了一口气，默认了。齐姐儿吐舌一笑，说："那你这会儿就按照我的尺寸，把这布的大片儿给裁了，不然，我还是要铰了它。"

几天之后的晚上，齐姐儿志得意满地走进"远东第一楼"——国际大饭店二楼的宴会厅。九点钟刚过，酒席渐散，众人转移到舞池，正是齐姐儿算准了闪亮登场的时间。她穿着那件贡品八枚缎裁就的鹅黄色旗袍，樽袖短款，裙摆才到小腿。旗袍紧掐着她又细了半寸的腰身，和托着义乳的酥胸，开衩直到大腿上方，行走间春光无限。一尾银色的狐毛围脖，看似随意地轻搭在肩上。

果然，赞誉像潮水般涌来。她透过人群，满意地看到了舞池里的妙妙，身上穿着的，正是被自己放弃的那件品月缎旗袍。妙妙将之包了黑边，中袖，长及脚踝，穿在那水蛇腰上，自然也是极曼妙的，不过要论风华绝代，今晚上没人能与她齐姐儿相比。

齐姐儿脸上绽放出胜利的笑容，扶了华新台虞台长的手，向舞池中央走去。可就在这时，她又看了妙妙一眼，只这一眼，她就明白了：今儿晚上，她已经彻底输了。

因为，那搂着妙妙在舞池中旋转的人，正是诸葛光。

第九章
不系明珠系宝刀

直至凌晨，妙妙才坐进来接她的轿车里。

全身制服的司机将车子开到国际大饭店门口的甬道上，拉开后车门，恭敬地服侍妙妙坐好，她看也不看司机一眼，坐进车里。

车里却全然是另一幅景象。

刚关上车门，司机就用上级对下级的口气问："见到副市长了？和诸葛光合影了没有？"

妙妙慵懒地拉掉头上的纱网小礼帽，打乱发髻，靠进座位里："见了，合了，还跳了舞。"

司机问："如何？"

妙妙答："能如何呢？无非是男人嘛。"

司机不易觉察地笑了笑，说："明天的头条肯定是你了。我看见黄莺一早就走了。只是齐姐儿，怎么才进去，就出来了？"

妙妙思忖着转动着手腕上的钻石手镯："是啊，奇怪。"她分明看到，齐姐儿是在看到自己以后脸色大变的，之后和虞台长勉强跳了支舞，就草草告辞。她知道，对方今晚身上的那件鹅黄色八枚缎旗袍，是硬生生从自己这里夺去的。孙师傅将事情原委吞吞吐吐地告诉她的时候，本以为她会大发雷霆，没想到得到的不过是一句轻描淡写的："她喜欢，那就让给她好了。"

可今晚，齐姐儿的脸上，为什么全然没有胜利的喜悦呢？

她的思路刚转到这里，司机在前面说："我这就送你回去，早点休息。明早《东亚大和平》就要正式开机了，你必须保持一个好的状态。"

妙妙的思路被拉了回来，不高兴地说："为什么叫我拍这部日本人投资的电影？你到现在还没有告诉我。当初可是你告诉我，你们是和日本人作对的，我才会加入的。"

司机听闻这话，从后视镜里审视了妙妙一眼。这一眼，才看出这司机的一双眼睛，如鹰隼一般，看人一眼，仿佛剜人一刀。

那是不知经过多少生死关头，多少步步为营才能历练出来的眼睛。

司机沉声说："这你不用多问，到该告诉你的时候自然会告诉你。"

妙妙被司机的这一眼所慑，沉默了一会儿，叹了口气，说："只是如此冒天下之大不韪，只怕歌后大赛那边，也终归是一场泡影了。"

"这你放心，组织上自有安排。这歌后的桂冠，铁定是你的无疑。"

统共只剩下不到一个月的工夫，组织能有什么灵丹妙药，能让自己从第三名的位置上翻盘？妙妙的满腹疑窦没有问出口，因为她知道即使问出口，前面这个叫作丘麟的男人也不会回答。

她如今叫作妙妙了。前世，她叫作陈淑华。

自己是怎么走到这一步的，妙妙觉得就像一场梦。

在那个四月，陈淑华身无长物，狼狈地回到祖国。初到上海，她举目无亲，唯一的熟人，是在抚顺沙龙剧团排演话剧时认识的男主角。他们当年一起排演过《威尼斯商人》，她演鲍西娅，他演安东尼奥。虽说话剧最终不了了之，他却着实追求了她一段时间。

她去找了那个男主角。他当时在上海的一家歌舞社里跑龙套，她就也顺理成章地进去了。没有地方住，她又顺理成章地搬进了他在武进路租的房子里。

武进路在租界的边界线上，平日里鱼龙混杂。《淞沪停战协定》签订一年，空气中尽是诡异离奇的味道。周恩来刚刚离开上海，但他一手创建的中央特科就像深植的火种，秘密燃烧，保护着被军统白色恐怖威胁着的人们；国民党内部势力错乱纷呈，除了军统之外，还有中统和陈氏兄弟的 CC 系争权夺势；杜月笙的青洪帮叱咤上海滩，囊括了商界和党政军界的各路能人；张学良在东北沦陷后沦为千夫所指，黯然隐于福煦路的水木清华大厦；鲁迅等进步作家依靠《申报》和《自由谈》的阵地，对国民党竭尽冷嘲热讽之能事……

陈淑华寄居于男主角的羽翼之下，不是不痛苦的。与青木文雄不同，对这个人她甚至连一星半点的爱和敬重也谈不上。在那些被对方求欢的夜晚，她唯有如角力般地获得比对方更大的快感，才能抵消这种痛苦。

钱，她迫切地需要更多的钱。跑龙套的收入有限，她到新开的百乐门夜总会里当舞女，不过几个月工夫，就以"卡门"的艺名小有名气。点名冲她而来的客人不少，要与她共舞一曲也需付出比其他舞女更多的代价——起码四张舞票。

将近黎明时分，她疲惫地回到武进路的小屋里。男主角还没有回来，她如释重负地吐出一口气，将高跟鞋踢掉，也不开灯，借着微弱的曦光走到大床前，将自己抛上床，塞满了现金的手提包扔在一旁。少顷，她又翻身坐起来，拿过手提包开始掏里面的钱。

就在这时，她的眼角余光告诉她：这屋里还有另一个人！

那是一个陌生男人，在曦光中像一个剪影，默默坐在靠窗的沙发椅上。他应该是早于淑华进门的，只是沙发椅的位置正处在进门的视线死角上，她居然没有发现。

淑华觉得，他的心脏突然不在胸腔里了，而在喉咙口。但她只僵住了不到十秒，随即非常自然地抚了抚头发，看向门口的方向，自言自语般问："今儿怎么这时候了还不回来？"

她重新穿上高跟鞋，向门口走去，整个人的神情姿态都像是在记挂着晚归的男友，想开门探视一下。就在她几乎要成功的时候，突然，脊背被一支冰冷的枪杆抵住了，一个男声在她背后说："别开门，对你没好处。"

淑华哆嗦着，乖乖松开了握住门把的手。她身后的男人伸过手来，仿佛将她整个人抱住，原来只是拉亮了墙上的电灯。然后，她听见对方说："转过来吧。"

她转过身。

那是一个三十多岁的男人，身形魁梧，脸部却极瘦削，双颊凹陷，像是总在不满地噘着嘴。他将手枪放回西装内袋里，彬彬有礼地对淑华笑了笑，说："请坐。"

淑华想了想，在餐桌前的椅子上坐下。男人坐回靠窗的沙发椅上之前，拉上了窗帘。

淑华估量着眼前的男人。他看来气度不凡，有枪，不像是普通的入室抢劫或是强奸犯，他来找她，一定有特殊的目的。她在等着他开口。

男人果然开口了，呵呵一笑："陈小姐果然不同凡响，面对意外，如此镇定。"

她吃了一惊，因为对方的那句"陈小姐"。她问："你是谁？怎么知道我姓陈？"

男人回答："我不仅知道你姓陈，还知道你的很多事情。你出生于奉天，成长于抚顺，毕业于抚顺女子学院，父亲是西北军叱咤有名的陈作龙将军，战死于锦州保卫战中。母亲是前清道台之女。三年前，你离家出走，随一个叫青木文雄的日本年轻人到了日本北海道，半年前，在一个叫作商林森的同胞的帮助下回到上海。如今，你的身份，是锦江歌舞社的末位女配角，以及百乐门歌舞团的红舞女。"

淑华的眼睛随着男人的陈述越睁越大。男人说完了，她想了想，问："你调查我？为什么？"

"因为，我想找你，演一出大戏。"

"演戏？"淑华的眼睛亮了，"你是哪个电影公司的？光明？华光？还是……满映？"

"都不是。我是这个。"咔嚓咔嚓几声响，男人从西装内袋里掏出刚刚放进去的手枪，飞快地卸下弹夹，装上子弹和消音器，打开保险栓，瞄准头顶的电灯，手起灯灭，屋里陷入了一片黑暗。男人随即迅速站起身，拉开了窗帘。

清晨的光线重新照进来，晨曦已经有了朝阳的苗头，屋里比刚才看得更加清楚。距离男人打灭电灯不会超过半分钟的光景，可他分明看见淑华的人已经不在餐桌前，她紧紧靠着近门的墙壁站着，手里握着从桌上摸来的一把餐刀。

男人的脸上露出赞许的微笑："很好。"

眼看逃跑的计划再一次失败，淑华苍白着脸问："你到底想要什么？我没有钱。除非你想要的是……"

男人的微笑变得有些讥讽："不不不，陈小姐。恐怕你并没有你自己以为的那样美。当然了，你很美，否则，也就不会有我们今天要谈的事情了。"

"我们要谈什么事？"

男人站起身，走近，路过餐桌的时候将手枪放在餐桌上，用空出来的右手冲着她行了一个军礼："正式认识一下吧。在下丘麟，军统上海区情报组副组长，原十九军五十五师十六团八连排长。"

她吃惊地瞪着他，不明白这样的一个人来找自己干什么。

两个小时之后，丘麟从武进路的小屋里走出来，冲角落里的同伴做了个手势，同伴会意地转身离开，去释放被随意找了个由头抓进警局的男主角。

而留在门内的将门之女陈淑华，从此成了军统女特务妙影，后来又被影迷叫成了"妙妙"。这名字与她的人一样，叫人生出无限遐思，第一就想到她那把低沉迷离的烟嗓和那胸极丰、腰又极细的水蛇身材。

此刻那水蛇正躺在浴缸里，叫人脸红心跳的部位都被泡沫覆盖住，涂着血红色丹蔻的手拿着一张今日的晚报，看着上面她和诸葛光的大版面绯闻，问道："这就是你说的，组织上的安排？"

一旁的丘麟坐在合着的马桶盖子上，抽着雪茄，眼光不时在浴缸里的泡沫上掠过，未置可否。

妙妙不屑地说："我还当组织上有什么妙招呢。这也太小儿科了。"

"小儿科？这两天你的票数，可是噌噌上涨呢。"

"可这是假的，假的真不了。只要诸葛光出面否认，绯闻就不攻自破。"

丘麟吐了个烟圈，语带嘲讽地说："他不会的。因为他是个绅士。绅士的原则就是：绯闻必须由女士首先出面否认。"

妙妙摇了摇头："这倒未必。他非得否认这条绯闻不可，就算不在乎自己，怕还有其他在乎的人。"她的思绪转到晚宴那天齐姐儿苍白的面孔。

丘麟不解地问："你是什么意思？"

妙妙不回答，拉开话题："有情人，多么美好。若不是生逢这乱世，我也要找个有情人，好好地爱它一场。"

丘麟不响，仿佛被她的这句话噎住了。妙妙撩动着水，将一只纤瘦美好的足踝伸出水面，又问："到底为什么非要让我演《东亚大和平》，现在能告诉我了吗？"

认识丘麟一年时间了，妙妙对这个人还是吃不透。换了平时，她是不敢这样和他说话的，可此刻的气氛令人不知不觉地放松下来。更何况，此刻她是裸着的，当裸着的她和一个男人说话的时候，无论对方是谁，她相信都是不会对她翻脸的。

果然，丘麟乖乖回答："让你去拍这部电影，是为了让你认识一个人。"

"谁？"

"就是《东亚大和平》的男主角，山本亨。"

妙妙意外："什么，是他？"她的脑海里一下浮现出山本亨的身影，那是一个好看的日本男人。那好看不仅在他清秀的眉眼，还有那谦和儒雅、令人如沐春风的姿态。如果不是明知道他是日本人，妙妙真无法将他与侵略者联系在一起。

可这样的一个山本亨会有什么情报价值呢？在妙妙的眼中看来，此人除了有几分自命风流之外，并无半点可疑之处。

丘麟接触到她满是问号的眼睛，深吸了一口雪茄，说："可不要小看这个山本亨，此人喜好结交，朋友遍天下。'九一八'之前，他在'满洲国'抚顺司令部任宣抚少佐，满映成立之后，又改头换面当起了艺人。你不是在'满洲国'长大的吗，从前不认识他？"

"不认识。当时我还在读书，认识的人很少。这样的人，接近他有什么用呢？"

"接近他，不是为了他，而是为了他的哥哥。"

妙妙不解："他的哥哥？"

丘麟说："对。山本亨的哥哥山本男，是一个狂热的军国主义者。他原是日本关东军的宪兵分队长，关东大地震之后，趁乱将一个无政府主义者全家灭门，被判刑入狱，但后来又被日本军方暗中解救出来，进入中国。在中国，他的军国主义有了用武之地，屡次升职，一路从陆军次官升至第四师团长，前不久刚刚被升为陆军大将。眼下驻中国的日本总领事即将离职，据说山本男极有可能是接任者。而你的任务——"丘麟非常严肃地盯着妙妙的眼睛，"就是潜伏在山本男的周围，伺机取得我们需要的情报。为了做到这一点，你必须首先迷住山本亨，成为他的情人，深入他的圈子。能完成任务吗？"

妙妙没有回答。她慵懒地从水中坐起，将湿发盘在头顶，水珠从发际流下，一路流过细长的脖子、瘦削的锁骨、圆润的肩膀、丰满的双峰，每一滴都是诱惑。

答案不言而喻。丘麟情不自禁地咽了一口口水。妙妙转头，媚眼如丝地看着他："从今往后，我就要当别人的女人了。你就不会舍不得？"

丘麟笑了一下，掀开马桶盖，将吸了一半的雪茄扔进去，然后弯下腰，只一下，就将湿漉漉的女人整个从浴缸里捞起。

第二天一早，妙妙又来到《东亚大和平》的拍摄现场。这部电影讲的是一个日本船员与中国少女之间的爱情故事，意图虚化政治背景，从人性层面唤起国人对日本文化的亲切感，是日本"大东亚共荣圈"战略的一项重要部署。

妙妙饰演那个中国少女。山本亨饰演名为"川崎"的日本船员。另有一个对男主角怀有好感的房东女儿，由一个名叫李明的上海女演员扮演。这李明也不知是戏假情真，还是脑子发昏，戏里戏外，处处对山本亨献殷勤，与妙妙别苗头。今早上第一幕原本没她的戏，她依旧还是赶来了，还给山本亨带了早点。两屉的食盒，一屉是四大金刚，一屉是紫菜卷。

山本亨拿到食盒，连声道谢，坐下来预备享用，抬头看见妙妙，连忙招呼她："妙妙小姐，你也来用一点，是李明小姐特意带来的，足够很多人吃呢。"

他的中文发音很标准，几乎听不出是异国人。

妙妙瞥见一旁神情复杂的李明，微觉好笑，摇首道："我吃过早点了，你慢用。"她本欲走开，不在这儿充当李明的电灯泡，可一转念，想起昨晚与丘麟的对话，又缩回脚步，在山本亨和李明的旁边坐下了。

李明白了她一眼，娇声问山本亨："好吃吗？"

山本亨举起一块金黄色六角形的点心，问："这是什么？"

李明回答："老虎脚爪。这是上海的特色点心。"

"唔，美味——妙妙小姐，你真的不来一块？"

妙妙依旧摇首，似笑非笑，突然指了指自己的嘴角，对山本亨说："你这里，沾了一点。"

山本亨伸手擦了一下，看着妙妙。妙妙摇头，意指他没擦掉。她从袖笼里抽出带着体香的手帕，欠身向山本亨，奇怪的是并没有用手帕，而是用自己的食指，在山本亨的嘴角处轻抚了两下，说："好了。"这便起身走了，身后背着李明怒视的目光。

妙妙有些好笑，这李明，足足大了自己四岁，一把年龄却仿佛活到了狗身上，对于男人的心思，竟没有半分了解。她可没有兴趣陪李明去演这出争宠戏。

她再轻轻回头，眼波一个流转，山本亨已经酥了半边。人是在李明的身边，可整个姿态、整个心神，都如设好了频道的雷达一般，只朝着妙妙开放。

这男人是她的了。

第十章
黄莺偏遇尴尬事

黄莺一大早就被虞台长叫到了台里。

她有些意外。这样和虞台长直接对话的时候少，除了出唱片的时候。这段时间歌星大赛，她和众歌星都是下午才过来，彩排、直播，虞台长有时过来看看，有时不来。

时间不过早上七点多，虞台长请她在沙发上坐下，自己站在窗前，看着黄浦江上还未散尽的晨雾，说："这个时候，名媛淑女们都还没起床，上海滩难得清静，正是商量事情的好时候。"

黄莺问："虞伯伯要帮我商量撒事体？"

虞台长回过头，看着端坐在沙发上的黄莺。她穿着蓝格子棉布旗袍，棕色半跟鞋，一张素脸干干净净。虞台长是在娱乐圈里打了半辈子滚的人，早已练就了见人说人话、见鬼说鬼话的功夫，不过，什么样的人值得捧、值得另眼相看，他肚子里自有账本。

他走到黄莺对面坐下，问："比赛过去一半了，感觉怎么样？"

黄莺笑笑："说实话，有些累呢。到了今天，也不知道是不是后悔参加这个比赛。不过，既然走到这里了，那就认真走下去吧。"

"怎么认真走下去？"

"自然是，好好排练，好好唱歌。"

没想到虞台长大摇其头："你这是老实人的笨办法。"

黄莺的眼睛里都是问号。

虞台长笑了笑："前几天台庆，难得歌王诸葛光过来，本来想引荐你们俩认识，我连相关的记者那里都打好了招呼，你怎么还是走了？结果现成的头条让妙妙抢了，这几天报纸上全是她和诸葛光的绯闻，我估计都是她自己放出去的。"

黄莺有些明白了："哦，是这样，虞伯伯，真的对不起，我答应过家父，九点钟之前一定要回家的。"

虞台长说："眼看着妙妙的票数这两天一点点涨起来，就和前面齐姐儿歌迷自杀事件的效果是一样的。再这样下去，你马上就要被她们两个，从第一赶到第二，从第二赶到第三了。"

黄莺低下头："真是对不起，我知道，华新台一向是当我女儿一样的，都怪我自己，不争气。"

"不不不。"虞台长摇手，"这不是不争气。"他停顿了一下，似乎在考虑该怎样措辞，最后直截了当地说，"这样，黄莺，我呢，也不和你多说了。你只要知道一件事情：华新台要你赢，我要你赢。虾有虾路，蟹有蟹路，别人有邪门歪道，奇门巧数，我华新台自家也不是吃素的。"

黄莺不解地看着他，虞台长继续说："人们都在讲，三强各有各的后台。齐姐儿呢，和商会一向要好，交关大亨，都是伊的拥趸；妙妙呢，听说在政界有关系，况且如今又拉上了歌王来炒作；你呢，当然就是我们华新台的亲生女。既然如此，我们不要枉担了虚名。他们可以控制政界、金融界、传媒界，但是不要忘记了最最关键的一点：比赛是在我华新台里举行的！"

虞台长得意地看着黄莺："你接下来只管好好去唱，放心，过不了几天，你就会回到冠军的宝座上的！"

黄莺还是不解："这，您怎么能这样肯定？名次的事情，是观众票数决定的呀。"

虞台长："这里面自有玄机——这次大赛的票数分两块。一块投票站，是由《大晚报》负责的；另外一块电话直播，可就是由我华新台说了算了——难道我不能让打电话的观众多投给你吗？"

"这怎么能够做到呢？电话直播，是做不了假的呀。"

虞台长摇头微笑："电话直播是做不了假的，但是不代表直播之前我不能先做点手脚。我已经安排了人先行将听众删选一遍，问到是我们需要的意向，再接进来。当然，为了显得更真实，也不会全部放你的歌迷，放一些你的，放一些她们的，反正总数保证你的最多，哈哈哈。"

黄莺听明白了。她沉默良久，突然从沙发上站起来，向虞台长深深一鞠躬。虞台长吃了一惊，连忙也站起来，问道："怎么了，怎么突然给我行礼？"

黄莺恳切地说："虞伯伯，我在华新台唱歌有七年了。您可以说是看着我长大的。我一直把华新台当成我的家，把您当成我的长辈。今天，我有件事情想拜托您。"

虞台长问："撒事体？"其实心里约莫有数。

"歌星大赛的事情，我求您不要插手，随我去。我总归好好唱，唱到最后，能怎样就是怎样。"

虞台长恨铁不成钢，直摇头："你以为我不想？我也想干干净净、清清爽爽地比赛啊！可是你愿意，我愿意，别人不愿意，就是要一个个玩花头，搞诡计。我不能眼看你这样吃亏啊！"

黄莺幽幽地说："姆妈在世的时候同我说过，吃亏就是占便宜。虞伯伯，我求求您！不然，就算是拿了第一名，我一生也不会开心。"黄莺想了想，又说，"我这一生一世，不求富贵荣华，只愿别人给我的，我给别人的，都是真的、善的、美的。"

虞台长被她的话打动了，重新坐回到沙发上，思忖了一会儿，说："那么就依你。黄莺啊，你很好，我真的希望你能赢，希望你所说的真善美能赢，真的希望。"

黄莺感激地说："谢谢你，虞伯伯，我一定会尽全力的。"

说起黄莺参加歌星大赛的经历，也真叫好笑。

　　话说那个时候，阿爸还坚决地站在新姆妈的一边，反对她再去电台唱歌。她借着教会合唱团的名目，在贞娘的掩护之下，暗地里继续着歌唱事业。

　　然后就是那个令人啼笑皆非的夜晚了。

　　那天她一回家，就看见阿爸兴致勃勃地在客厅里捣鼓着一台留声机。她还没来得及发问，阿爸已经将一张唱片放到留声机上，搭上唱针，随着音乐的流出陶醉地闭上了眼睛："来了！"

　　她彻底傻了。流淌在空气中的，正是她瞒着阿爸偷偷摸摸出的那张唱片——《秋水伊人》。

　　阿爸在沙发上坐下，闭着眼睛，手指叩着大腿，边听边感慨："唱得多么动人！这嗓音迷人极了！叫我想起在德国留学时听过的卡巴莱 ①！"

　　黄莺蒙了，眼神转向站在一旁的贞娘。贞娘用手势和口型同时示意她："讲！讲出来！"

　　一个冲动，黄莺就脱口而出："这是我唱的。"

　　"什么？"阿爸还没反应过来，眼睛仍然闭着。

　　"我在讲，这首歌，是我唱的。唱片封面上的那个黄莺，就是我。"

　　"什么？"阿爸的眼睛猛地睁开了，难以置信地瞪着她。

　　十几分钟以后，黄莺讲完了整个原委。阿爸手里拿着那张唱片封套，瞪着上面的浓妆丽人："我是觉得这个面孔有点像阿四，原本以为只是长得相像而已，万万没想到……"

　　黄莺恳求："阿爸，你勿要生气。这件事情，是我做得太大胆了。但是，你知道的，我天天都是九点钟之前到家，除了唱歌，我一点其他的事情都没参与过。"

　　可阿爸的表情看起来并不愤怒。过了半晌，黄莺意外地发现，他居然笑了："没想到我黄家居然出了一个歌唱家。你阿爸我是没有这方面的天赋的，你姆妈倒是很喜欢音乐，想来你是遗传了她。"

　　黄莺喜出望外："阿爸！那你不反对我唱歌啦？"

---

① 欧洲的一种歌厅式音乐剧。

阿爸假装摊摊手："你都唱得这么大了，我还怎么反对？"

"那……姆妈那边……"

"我去同她说！从前阿爸以为你是瞎胡闹，现在知道了你是真的有才华，我当然要支持你当一个 Artist[1]！"

黄莺扑过去搂住了阿爸的脖子："阿爸！"

就这样，阿爸不仅不再反对黄莺的歌唱事业，还专门派了司机老丁负责接送她往返电台。

这段时间歌星大赛，贞娘向阿爸毛遂自荐，每天护送黄莺来回。阿爸一听她的提议，立刻接受了，并且觉得这正是最好不过的安排。这个强壮的大脚妇人，总让他有一种莫名安心的感觉。

私下无人的时候，阿爸对黄莺还有另一番嘱托："阿四，你如今也二十一岁了，除了唱歌，也该考虑些别的事情。你姆妈平素交往的那些世家，与你年纪相仿的年轻人不少，我已经嘱托了她悄悄留意。你自己也要上心一点，总不能一辈子当黄小姐。"

黄莺娇嗔："阿爸！我就要一辈子当黄小姐，你还要赶我出去不成？"

阿爸知道她是害羞，也不与她争辩，摆摆手，笑着上楼了。

黄莺被留在客厅里。天光渐渐暗了，她也不开灯，静静地坐在沙发上，想着刚才阿爸说的话，眼前渐渐浮现出一张书卷气十足的俊脸。那是在一个玫瑰园里，他对自己说："以后，我要给你写一首最好听的歌。"

如今，不知道他还记不记得这个约定呢？

从虞台长的办公室出来，回家路上，黄莺一转念，决定去礼查饭店吃个早午餐。她刚推开饭店的转门，领班就认出了她，小跑着上前，领她到靠窗的僻静处坐下。

黄莺点了金必都汤和芝士焗蛤蜊，外加一客车厘子梳化。已经有食客认出了她，好在都是些有身份的人，不过好奇多看几眼，并没有人上前打扰。黄莺舒了口气，除下手套，一边喝汤，一边拿出随身携带的歌谱细看。

———————————

[1] 艺术家。

这时，她一抬头，看到了令她瞠目结舌的一幕。在另一个角落里，她的新姆妈正和一个五十岁出头的胖男人手拉着手亲密谈心，谈到欢畅处，新姆妈掩住嘴娇声而笑，而那个男人则握住新姆妈的另一只手，放到唇边吻了一下。

黄莺白净的面孔一下子涨得通红，腾地从座位上站起。领班因为一直留意着这边的动静，立即走过来问她有什么不妥。黄莺只能无力地摇摇头，从钱包里抓出几张钞票，塞到领班的手里，头也不回地匆匆离去。从她离去前的一瞥里，她恍若看见新姆妈已经循声望向了这边。

黄莺钻进等在饭店门口的黄包车，吩咐车夫向黄府驶去。一路上她心烦意乱，胃里活像吃了无数只苍蝇。她虽是个尚未有婚恋经验的姑娘，可也明白今天自己看到的一幕意味着什么。新姆妈背叛了阿爸，她打心眼里为阿爸感到委屈难过，情不自禁地流下了泪水。

黄莺回到家里，贞娘不在家，阿细过来帮她宽衣，问她要不要用点心。黄莺摆摆手，径自朝楼上走，想了想，又回头对阿细说："我有点累，先回房了。如果……有人问起我的话，就说我睡了。"

黄莺愣愣地坐在床边，不知道过了多久，房间门被嘭的一声推开了。她吃惊地回头看时，发现推门的人正是新姆妈。她想必是跟在黄莺后面出了礼查饭店，奇怪的是她的脸上此刻没有半丝羞愧，反而是暴风雨欲来的愤怒。

新姆妈先声夺人："你今朝去哪里了？"

黄莺站起来，走过去，将房间门关上，看着新姆妈的眼睛，回答："礼查饭店。"

新姆妈被继女的平静震慑住了。眼前这个不卑不亢的女人，早已不是五年前她嫁进黄家时的那个柔弱少女。她不由得降低了声调，继续问："那么你看见我和赵董事长喽？"

黄莺皱了皱眉，闭了闭眼，回答："看见了。"

新姆妈居然笑了笑，向前走了几步，边走边问："你知道他是谁吗？赵伯光，东方汇理银行的董事长，也是——我的情人。"

黄莺吞下了涌到嘴边的一个词：恬不知耻。

新姆妈一转头，犀利地盯着她："是不是觉得我无耻？可过一会儿你就会明白，真正无耻的人，不是我。"

新姆妈走到窗前，凝视着即使在寒冬中仍然碧绿如茵的草坪，问道："你在这黄府里住了多久了？哦对了，你是在这里出生的，那么，也就是二十一年了。可你大概不知道，在你出生之前，这里，也不过刚刚落入你阿爸手里。敢叫他运道好，刚刚从德国留学回来，就遇上晚清的金融危机，踩在沉没的清政府身上，赚了最后一票，穷小子从此翻身，打入了上海滩上流社会，置下了这座大宅。有了家业以后，你阿爸发誓不再碰投机市场，一心做实业。不过赌博这个事情，一旦沾上了，就会有瘾的。"

新姆妈的声音逐渐低沉，似乎透出无限的凄苦："你大约不会关心，就在过去半年不到的光景里，上海滩经历了两样事情，一样叫作股疯，一样叫作股崩。"

黄莺隐约知道，过去一段时间来，众业所的外商股票炒得火热，报纸上天天头条，连娘姨女佣都在用一点儿积蓄炒股票。难道说阿爸也参与了这场狂欢？她心里涌起了不祥的预感。

新姆妈接着说："你阿爸是在股疯的最后辰光才忍不住杀进去的，之后就是长线的阴跌，中间又跟着小幅的反弹，总之是魔鬼伸了钩子，专门勾人的心。他不断补仓、补仓，自信凭自己的眼光，能够拉低买入价，最终跑赢股指。到了最后，我们——就什么都没啦。"

"什么都没了？"黄莺难以置信地问。

"你知道的，你阿爸虽然在银行里身居高职，也不过是个领薪水的而已，手停口停，远水解不得近渴，手里的头寸，其实是有限的。他的身家，也无非是这栋房子而已。"

黄莺盯着新姆妈，不敢再向下问。可新姆妈还是说出了那句话："这栋房子，此时此刻已经不姓黄了，说起来，它是东方汇理银行的房子了。"

东方汇理银行？好耳熟的名字。对了，新姆妈方才不是说，她的那个情人，正是东方汇理银行的董事长？

新姆妈说："那段时间，我和你阿爸表面上看起来没什么，其实忧心如焚。银行已经发出了催缴通知，再不偿还贷款，这栋房子就要被拍卖，我们一家不仅无处可归，从此以后都别想再在上海滩的社交圈子里做人。然后，有一天晚上，你阿爸回来了，告诉我一个消息：他攀上了东方汇理银行的董事长赵伯光，这人平时铁面无私，可就有一个软肋：好色。"

黄莺不敢再听下去了，她觉得自己即将接近的事实太黑暗、太龌龊了，对于她来说，那远比离开这栋生于斯长于斯的大宅还要可怕得多。她伸手捂住了耳朵，痛苦地对新姆妈说："请你不要再说下去了！"

新姆妈突然放声大笑："哈哈哈！你以为，你阿爸是告诉我，那赵伯光看上了我？哈哈哈！你想错了！姓赵的是看上了我们家的女人，只不过，那个女人可不是我，而是名满上海滩的红歌星，人称小黄莺的黄大小姐！"

黄莺怔怔地放下了捂住耳朵的手。

新姆妈又说："不过你不用担心。你阿爸虽然不是个好男人，却是个好阿爸。对你这个独养女儿，他就是死也不会拿你去喂狼的。个么怎么办？只好让自己老婆上啦。"

新姆妈说完了，黄莺一时陷在震惊里。新姆妈等待了半晌，见她不再接口，惨然一笑，意欲离开。黄莺被她开门的声音惊醒了。她一时也不知道自己该怎么办。这样的情况远在她的经验之外，也远在她的是非观之外。她只是凭着一股善良的本能感觉到，不能让一个和自己如此亲近的人，这样怀着心碎独自走开。

她扑过去，从背后抱住了新姆妈，喊道："姆妈！"

新姆妈身子一颤，回过头来，紧紧抱住黄莺，放声大哭。

黄莺抱住她，一时间，仿佛新姆妈变成了小孩子，而她变成了对方的长辈。她轻轻拍着新姆妈的背，柔声说："好了，好了，不要怕，有我呢。"

新姆妈站直身子，透过泪眼看着她："阿四，我和你阿爸已经落到地狱里了，注定万劫不复。你一定要赢了歌星大赛，成为上海滩上独一无二的一代歌后，我们黄家才能有救！"

第十一章
齐姐儿玉照夺标王

《大晚报》这段时间的"歌后大赛专栏",原本叫齐姐儿称心得很。那排行榜上面她的芳名,自打大半个月之前,就一直在起首的位置上没下来过。可这个把星期以来,那专栏又叫她瞧着有些不顺眼了。

譬如此刻,她正拿着份《大晚报》,在闺房里如困兽般四处走。兜头看见齐飞进来了,她扬手将报纸一股脑儿扔到齐飞面前:"你看看!你看看!这是今儿的报纸!"

齐飞从地上捡起来一看,《大晚报》每日更新的排名上,齐姐儿的芳名依旧高高在上,不过第二的人由黄莺换成了妙妙,黄莺居第三。

齐飞再往下看,八卦新闻一条接着一条:

"妙妙提歌王诸葛光含羞";

"传歌王与准歌后婚讯将近";

"诸葛光深夜出门,疑夜探妙妙香闺"……

想必这就是妙妙转季为亚的缘由了。齐飞看齐姐儿一眼,躬身将报纸放到桌上,说:"咱们放料,别人也不闲着。姐儿不用担心,这妙妙如今虽然靠着和歌王炒绯闻,博上了老二的位置,但是她这人背景不干净,和日本人的一些猫腻始终说不清道不明，所以人气注定高不到哪儿去，铁定是挤不掉你这个老大的。"

齐姐儿气急败坏："什么料不料的？有眼睛的人一看就知道，这是那小蹄子在借着诸葛光炒作！"

齐飞笑了："炒作又怎么样？人家如今郎情妾意，您又算哪根葱哪？我说句不好听的，就算这新闻戳了您的心窝子，您也只能怪自个儿的心窝子浅，打落牙齿和血吞！"

齐姐儿无话，半晌，挤出一句："我不管！我就是见不得她拿……拿诸葛光炒作！"说到这里，她眼圈儿一红，对齐飞说，"你还敢说！要不是你……"

此刻她已经知道了当年齐飞背着她去找诸葛光的事情。

齐姐儿想起华新台台庆的那个夜晚，她扶着虞台长的手走向舞池中央，蓦然发现近在咫尺的一对，正是西装革履的诸葛光与妩媚入骨的妙妙，那一刻她的灵魂仿佛被直接抽走，五脏四肢都不再属于自己。

她不明白是怎么回事。这男人于她也不是什么大事，特别是，与她心目中的远大前程相比。

但还是忍不住用眼角余光偷偷打量他。四年时间，他从除了才华之外一无所有的年轻人，变成了写一首红一首、名满上海滩的歌王，人，也显得成熟长大了好些。此刻他身上的那套三件式西装，熨烫服帖，仿佛长在身上一般，配上那股宛如当年的书卷气，以及比当年更甚的优雅从容。这男人是已醇香的酒。

也许是心理作用，她觉得他也在偷偷地看着自己。这是唯一可以安慰的事情——她知道今晚的自己是极美的。那件费尽心机从妙妙那儿抢来的八枚缎旗袍，正如龙凤布庄的齐师傅所说，本来就该是属于她的东西，那鹅黄色用来衬托她的国色天香，再合适不过了。

她这一支舞跳得魂不守舍的。想着待到曲终，他们想必会自然而然地谈话。相隔四年的第一次谈话。他会是怎样的语气，她该持怎样的姿态……还没等到她想明白，舞曲已停，而诸葛光，在向妙妙微一躬身之后，就一言不发地向门口走去。她看着他的背影，既委屈又失落，却不经意间遇上了妙妙的目光，发现对方正饶有兴致地观察着自己。

她没好气地冲妙妙翻了个白眼。

没想到这没脸没皮的小蹄子，不多久之后就开始大肆炒作自己和诸葛光的绯闻。打死她也不相信诸葛光会真的和这个小蹄子搞恋爱，她省得诸葛光的性子，他只怕不是不介意，而是压根儿还不知情。他本就不大和别人交际，这些个娱乐报纸，他又从来不看。妙妙那小蹄子正是吃准了这一点，才敢背着他作怪。

齐姐儿秀眉紧蹙，思忖片刻，一个主意打心眼里浮上来。

半个时辰之后，她换了身齐飞的长衫，头上压了顶齐飞的礼帽，鼻梁上架着副粗框眼镜，揽镜自照，自己"扑哧"一声先乐出来。想了想，她又去箱笼里寻出从前演话剧时用的假八字胡贴上。这下更加雌雄难辨。

她出门，叫了辆车，往诸葛光住的蝶村而去。别问她怎么知道，报纸上什么没有？不过到那儿之前，她还有件事情要办。

她叫车子停在愚园路路口，在报纸摊头上将《大晚报》《申报》《文汇报》……尽数买了一份，卷成一个筒儿，用丝带扎了，轻轻放在诸葛光门前的台阶上，然后，敲了敲门。

她听到门里的脚步声，那个熟悉的声音随着门旋开在问："哪一位？"

她的心跳得如擂鼓一般，急忙闪身躲到篱笆后面，偷眼看诸葛光开了门。他穿着件家常长衫，上面满是褶皱，头发蓬乱，想是又通宵作曲了。他纳闷地左右张望几下，将台阶上的报纸拾起来，回屋掩门了。

齐姐儿将脸埋在膝盖上，闷笑。好傻的一个诸葛光，好傻的一个自己。不过这样子，总确保他能看到了吧——慢着，她知道诸葛光那人的脾气：和女士相关的绯闻，对方不否认，他不会先行否认；对方不让他承认呢，他也不会擅自承认；对方叫他退出，他便永远不再出现。

想到这里，齐姐儿叹了口气。事情到这里，还未办到火候。她又找到附近的公共电话亭，憋着声音拨了个电话："喂，是《大晚报》吗？我是诸葛光先生的秘书，请明早十点准时到诸葛光先生的府上来，他要发布和妙妙小姐的订婚声明……"

如是四五个电话打好，齐姐儿从电话亭里出来，拍拍手，这便功德圆满了。

她回头，看往方才搁报纸的那个台阶，心里头的喜悦还没延续一支烟的工夫，就被怅惘取代。这男人，对自己，竟就这样放手了。只是"斯人如彩虹"这句话，此时倒不知究竟是他还是她的惆怅了。

　　事情果然往齐姐儿预想的方向发展。

　　第二天早上，诸葛光就在家门口被诸大报纸的记者包围，不胜其扰，不得已在第三日傍晚发布了与妙妙关系的澄清说明。不几日，报纸上的舆论就纷纷转向，变成了："诸葛光否认与妙妙订婚""落花有意，流水无情"……齐姐儿捧着报纸歪在贵妃榻上，笑得眼泪直流，脑海里浮现出妙妙此刻尴尬的模样。这叫作螳螂捕蝉，黄雀在后，活该这小蹄子沦为全上海滩的笑柄。

　　对妙妙，这口气像是平了；可对诸葛光，却终究还差那么一点儿。齐姐儿想起自己那日女扮男装猫腰蹲在诸葛光家篱笆下的样子，心里没来由地恨起来：这辈子自己何曾为一个男人如此狼狈过！况且为的这个男人，放下她倒好像放下一只吃空的饭碗那样便当。思及此，齐姐儿迫不及待地到梳妆台前揽镜照了照。

　　并没走样啊！还是那一张闭月羞花的脸。齐姐儿抚了抚腮，她今年满二十四岁了，比起十八岁的时候，脸庞清瘦了些，神韵多一份妩媚，额头上原本细细的茸毛不见了，皮肤这些年得了江南的水土，越发肤若凝脂。

　　他大概是忘了自己有多么美吧？那么，就想办法让他再想起来！

　　齐姐儿这边正琢磨怎样能够惊艳诸葛光一回，那边长发发给她送来了一个好主意。长发发得知诸葛光和妙妙的新闻是她做的手脚，大不以为然，拍着大腿说："姐儿你真是糊涂了。这叫作鹬蚌相争，渔翁得利！姐儿如今最大的威胁，不是妙妙，而是那个叫黄莺的！本来她被妙妙压住，你这样一来，她又趁机翻了身，坐二望一！"

　　齐姐儿撇了撇嘴："黄莺又有什么了不起的？虽说她是华新台自己捧出的，可就凭她那白开水一般的嗓子，白开水一般的面容，我就不信，她能赢得了我？"

　　长发发大摇其头："错了错了，那黄莺，心机可深得很呢。况且这上海滩，更是她自小玩得转的地方。最近《良友画报》在搞一个拍卖会，姐儿可知道？"

齐姐儿摇头。

长发发说："你看你看，姐儿，不是我说，你们虽是打皇城根下来的，这上海滩上的事情，还得多问我——"他的话被坐在一旁的齐飞一声"喊"给打断了。

长发发看看齐飞，倒也不见怪，接着说："这拍卖会，是打着抗日的招牌办的，参加的，多是演艺界人士。如今这上海滩上，除了姐儿你，怕是都在里面了。"

他这一说，齐姐儿想起来了，前些日子恍若是接到《良友画报》的一封邀请信，不过自己对于这种事从来不放在心上。

长发发口沫横飞地说："那些明星们，一个个争先恐后地将自己的私物拿出来拍卖，所得的款项尽数捐给反日救国义勇军。这样一来，一则是有了爱国的名；二来呢，也亮一亮各自的人气。姐儿猜猜，如今这拍卖的物什里头，人气最高、筹款最多的，是谁人的？"

齐姐儿没接话，齐飞猜道："莫非就是那个黄莺？"

长发发点头："正是！黄莺的一张签名唱片封面，昨儿个晚上刚以三千元的巨额被清白肥皂厂的周董事长拍走，成了到目前为止的标王。三千元白花花的大洋啊！买一张封面，可其实，卖的是黄莺天大的一张面子。"

这下齐姐儿和齐飞同时坐直了。齐姐儿咬了会儿嘴唇，问道："那依你之见，我也该去参加这个拍卖会？只是，卖些什么好呢？"

齐飞接口："这也容易。她卖签名唱片封面，我们就卖签名唱片封面外加签名海报。"

长发发摇头："使不得。东西拿出去，真要拍得比黄莺那边的价格高还好，万一拍得不如她，姐儿岂不臊一鼻子灰。"

这话说到了齐姐儿的心坎里。齐飞又说："要想稳赢，倒不如拿些值钱东西出来。妹妹有什么水色好的珠宝，拍卖会上识货的人可多得很。"

齐姐儿的视线从玛瑙项链，转到钻石耳环，再转到珍珠手链，哪样也舍不得。她将求助的目光投向长发发。

长发发摸着下巴，说："姐儿若是拿出值钱的东西，即便赢了，也不出奇，不能彻底灭那黄莺的威风。偏要拿算不出价钱的私己物儿，敢情拍它的人一定是冲着姐儿这个人，才叫赢得彻底、赢得畅快。"

这话又正中齐姐儿的下怀。她看着长发发，喃喃地问："那么，到底是什么私己物儿，能让人家心甘情愿、板上钉钉地出大价钱呢？"

长发发早有准备，从怀里掏出一本花红柳绿的杂志，对齐姐儿说："姐儿，你看！"

齐姐儿定睛望去时，只见那杂志封面上写着看不懂的洋文，想是长发发不知从哪个洋人那儿弄来的。这没什么，可那封面上还印着一个泳装洋女，穿的布料可着实节省，叫人看了脸红心跳。

齐姐儿将杂志接过来，着迷似的盯着看。长发发打量着她的神情，试探地问："姐儿，你瞧这照片，拍得美不美？若是姐儿你也能拍上这么一张，拿到拍卖会上，那保准是呱呱叫、响当当、风光无限啊！"

齐飞也觑着眼直瞧那泳装洋女，一副又爱又怕的样子："这……使不得吧？"

齐姐儿将杂志拍到贵妃榻上，一锤定音："怎么使不得？我瞧就使得。"

就这么着，上海滩上的第一张分体式泳衣明星照诞生了。照片上的齐姐儿身着两件式翠绿色滚白边泳衣，上身是挂脖抹胸式样，下身是平角短裤；姿势极其撩人：仰卧于泳池边，双手上举，袒露出腋窝，视角是从腿部向上的，雪白丰泽的大腿一览无余。

照片一经问世，就引起一片哗然。然而海上之人的意识本就开放西化，齐姐儿的这张照片又实在美艳绝伦，最后的评论归结为一片赞美之声。照片在《良友画报》的拍卖会上，以五千元的巨额中标价，挤掉了黄莺的签名唱片封面，成了当仁不让的新标王，而齐姐儿的人气，也随着拍卖会再一次冲向高峰，扶摇直上。

拍卖照片的那晚，齐姐儿亲自去了。她将签好名的照片递到光明火柴厂的刘老板手里时，感到对方借着照片的掩护，悄悄地捏了捏自己的手。

齐姐儿愣了一下，也就莞尔一笑。这些场面上的风月，她齐姐儿可不是愣头青。果然，刘老板得了她这一笑，心满意足地开支票去了。

主持人将气氛炒得一团火热，将刘老板和她炒成了上海滩再无人出其右的两个爱国男女。她在暴风雨般的掌声中，心里转的只有一个念头：这下子，诸葛光可该躲不过、忘不掉自己的美了吧？

齐姐儿以为，拍卖会的事这就算告一段落，她可错了。刘老板拍出了白花花的五千大洋，为的可不是一张泳装照和捏捏小手而已。第二天，他的拜帖就送过来了：请齐小姐共进晚餐。

意思很明白，齐姐儿却不想去。不想去也没什么难的，照她想来，回帖拒了，大不了措辞客气一些也就是了。像这样的有钱登徒子，她拒了的也不是一个两个。

长发发却拦住了她："姐儿，使不得。这刘老板，是上海商会的副会长。你可知这一趟的歌后大赛，主赞助商是谁？正是商会。如今刘老板跺跺脚，只怕上海滩的地面也要抖两抖，更不要说华新台和《大晚报》。万万不能惹他不痛快。"

齐姐儿有点急："莫非真让我去和他吃什么劳什子晚餐？那岂不是羊入虎口？"

长发发不说话，拿眼睛觑她，笑得会心又淫荡。齐姐儿更急了："你笑个屁！我齐姐儿卖艺不卖身，不然也不会特特从北京城跑到这儿来！"

长发发见她认真，连忙收了笑，正色道："那可难办了，刘老板既动了这个念，怕是难叫他再收回去。"

齐姐儿妙目一转，笑道："这倒也简单。要叫他收了这个念，这个世界上只有一个人可以办到。"

"谁？"

"他的夫人——刘太太。"

第十二章
妙妙初会山本男

依旧是一张《大晚报》，不过今日气急败坏地拿着它的人成了丘麟。令他气急败坏的，是一则声明：

声明

近日风传妙妙小姐与鄙人订婚在即，鄙人感念诸君美意，然此不实新闻已对妙妙小姐之生活产生困扰。在下受妙妙小姐所托，特此声明：凡有关我俩之桃色新闻均属不实，妙妙小姐与鄙人仅为同行合作关系。望大家多多关注吾等之音乐作品，共扬上海滩之文娱事业！

诸葛光

丘麟愤愤不平地说："好个诸葛光，虽然写了受你所托，有脑子的人谁看不出他急着撇清的味道？亏他自诩绅士，竟然这样不顾风度！"他一屁股坐进沙发里，思忖着，"待我想个什么法子，定要将你的面子从他这里讨回来！"

这则声明的女主角——妙妙，正坐在梳妆镜前，往脸上打着转涂冷霜，气定神闲地微笑道："他倒是事先同我打了招呼的。"

丘麟意外："事先同你打招呼？"

妙妙点头。这则声明登报几日之前，诸葛光曾派家佣往她这儿送过一张便条，措辞极客气，内容倒十分有趣，大意说他在家中被记者包围，不知怎的谣传自己与妙妙有了婚约，请妙妙出面澄清，似乎更为妥当。

妙妙读着便条，抿嘴微笑。那家佣问她有没有回执，见她摇头后，又说先生嘱托了，转告妙妙小姐，他等三日。

三日之后，妙妙仍无动静，逼得诸葛光甩出这则声明。此刻，妙妙劝丘麟道："罢了罢了，何必纠缠？咱们既摆了道儿，人家挣脱了，怕也不能算错吧？再者说，他好歹是上海滩的歌王，日后也是要名垂史册的人物，即便他自己不爱惜羽毛，你又怎么知道他没有要在意、要交代的人儿？要我说，顶要紧是日后从他那儿能再邀着几首好歌，至于别人笑不笑我，我又看不见听不着，打什么紧儿？"

丘麟无话，心里却不得不对这个女人的大气感到叹服。这时，他听见妙妙缓缓吐出最重要的一句话："反正，得不得这个歌后都不重要了，我已经见到山本男了。"

前日下午，妙妙和山本亨在华尔道夫酒店用下午茶。歌后大赛正如火如荼，山本亨特意带她来英国人的地盘上躲个清静。

妙妙着意打扮过，穿件黑底白花的洋装连衣裙，泡泡袖，宽裙摆，大腰封，行走间袅娜多姿；她的妆容也极特别——在上海滩，刷下睫毛是打妙妙这儿起的。她开先河，将下睫毛刷得又浓又粗，看起来有几分沉甸甸懒洋洋的味道，号称"洋娃娃妆"，又叫"妙妙妆"，引发无数女人竞相模仿。

三层的英式点心吃到第二层红丝绒蛋糕，山本亨微笑道："我想为你引见一个人。"

她循山本亨的示意望去，心内随身旁竖琴少女的抚弦而咯噔一声——在不远处的桌子上看着他们的男子，目光阴沉，八字胡整齐，正是她早已从照片里认识的山本男。

山本男身旁还坐着一个皮肤糯白慈眉善目的中年日本女人，正是他的夫人，山本亨的大嫂。

时候到了。妙妙恍然间听见宝剑出鞘的声音，才反应出那只是存在于自己的想象中。她定了定神，不慌不忙地随山本亨一同起身，向山本男的那一桌走去。

看来山本亨今日是早有预谋，要让她会一会大哥大嫂。大约他要恋爱的话，这两关也是不得不过。

山本亨为她介绍，她做出惊喜的样子，恭恭敬敬地用日语欠身问候。山本男倒没说什么，大嫂惊喜道："你的日语竟这样好！"

妙妙笑答："我自小在'满洲国'长大，后来又在日本住过一段时间。"

山本亨为她拉椅子坐下，她与大嫂亲热地交谈起来，只是她的眼角余光告诉她：一直有一束目光，像探照灯一样打在她身上，似好奇又似审视。

她也在暗中观察着山本男。这个传说中的杀人魔王从外表上并看不出任何疯狂嗜血的迹象。他更像是一台精准的机器，从整整齐齐的胡子，到一丝不苟的领带，再到精准摆弄刀叉的双手。

她注意到山本男留了指甲，这在日本男人中是非常少见的。但是他的指甲约莫有一厘米长，又硬又尖，使他的两只手看起来就像两只鹰爪。妙妙想象着这双鹰爪毫不犹豫地抓起军刀刺进中国人的心脏，心头一阵悸动，不由得伸手捂住胸口。

山本亨关心地问："怎么了，不舒服？"

妙妙赶紧正了正心神，答道："想是咖啡喝得太多了，心脏难受呢。"

这时，她第一次听到山本男阴沉的声音："妙妙小姐的心脏不好？"

她抬头看山本男，发现对方的目光正盯住自己的心口位置，表情竟似有些饥渴，好像迫不及待想在上面开个洞来。

妙妙打了个寒战，勉强笑道："是呢，打小的毛病。"

又聊了几句，山本亨征得她的同意，起身向哥嫂告别，说他和妙妙还要去逛百货公司。临走前，妙妙又对山本男和大嫂欠身告别，视线似有意又似无意，在大嫂手上的一颗粉钻鸽子蛋上流连了好一会儿。

那天，她借口心脏不适，没去大新就提前回房了。第二天早上，她毫不意外地收到了山本亨的礼物——一条美轮美奂的粉钻项链。

妙妙对着镜子将项链戴到颈上。钻石不算什么，不过山本亨注意到了的事情，山本男自然也注意到了。每个人的心都得有个去处，她在山本男面前营造的这个亲日忘国的女人形象，心总也得有个去处吧。

她正想着，电话铃响了。她以为会是山本亨，结果却是山本男打来的。稍迟，一辆黑色尼桑轿车将她拉进了多伦路上的日本海军陆战队司令部，在那里，山本男为她准备了一间审讯室。

妙妙被按到不知有什么机关的铁椅子上，虽然机关还未启动，她已经觉得浑身瘫软。山本男挥了挥手，示意手下退去，审讯室里只剩下他和妙妙。

他坐在办公桌后，盯着妙妙，鹰爪般的双手在桌上轻叩："你是上海滩的红歌星、红影星，《东亚大和平》的女主角。你由满映的小林君推荐进入剧组，在《东亚大和平》的拍摄现场认识了我弟弟。"

"是的。"妙妙逐渐镇定下来。这些环节，军统情报处都为她周密安排过，应该不会留有破绽。

可山本男的下一句话几乎又让她失去了镇定："你是战死将军的后代，为什么会和日本人走动？"

早在当初接近山本亨的时候，妙妙和丘麟就曾对要不要将她的身世和盘托出有过争论。丘麟主张隐藏，妙妙却说，世上没有不透风的墙，既然日本人总会知道，莫不如自己先说出来，姿态更为主动。

此刻她多么庆幸自己当初的这个决定，于是将早已准备多时的答复背了出来："我父亲为什么后来会战死，于我也是不解之谜。当时我和青木文雄在北海道已经准备成婚。自小，父亲带我们一家在'满洲国'长大，与青木文雄之父青木川是莫逆之交，我读日文学校，学日本文化，与日本同学一向交好，其时，父亲并未显露出半点抗日的意思。所以我常想，这里面是不是有什么我走后发生的隐故？即便没有，那也只是父亲个人的想法。对我来说，日本人一直是我的好朋友，日本是我的半个故乡，我爱中国，也爱日本，我想看到的是它们都长长久久繁荣昌盛。我不喜欢战争，但战争既然开始了，我只能选择帮助可以尽早结束它的人。"

说完了，她看似平静，实则心底紧张得要死地看着山本男。她很清楚，自己在赌，赌他们在战火纷飞中，没有找到青木文雄考证她当初离开日本时的情形。

山本男久久盯着她，神色阴晴未定。他每多踌躇一秒钟，妙妙就觉得自己离死亡又近了一分。到他开口时，她几乎已经能够肯定他是要唤手下进来开动老虎凳，却听见山本男说："我要你赢了歌后大赛，当上上海滩最红的女明星，然后，为我们传送情报。"

妙妙觉得不可思议："什么？你要我当日本特务？"

"是的。当然，你也可以拒绝，那么——"山本男冲着老虎凳一点头。

妙妙沉吟了一下，其实是在假意沉吟。在山本男出口的那一瞬，她已经知道这是自己今天活着走出这里的唯一选择。她假装胆怯地颤着声音问："我……我能行吗？我可从来没做过这种事情呀。"

"这你不用担心，自有我们的人接应你，到时，你只需按照他说的行事。如今第一步，是要让你在歌后大赛里夺冠。"

"莫非大赛里也有你们的人？"

"当然，就在华新台里。他既是你的接应，也是你的上级。你要相信，你的一举一动，都在我们的密切关注之中。若有任何可疑之处——"山本男狞笑了一下。

妙妙打了个寒战，倒不是因为山本男的狞笑，而是想不到华新台里竟然会有日本特务。她问："我怎么找他？"

"左脚跛了的人，就是你要找的人。"

妙妙默默回忆，似乎在华新台里没见过跛足的人。她又想起来，用了山本亨的称呼，半带撒娇地对山本男说："大哥，这当特务，也是要经费的吧？我这手头，可紧得很呢。"

这下山本男笑了："怎么，山本亨这小子不给你钱花吗？这可不对，我替你教训他。"

当天晚上到华新台的时候，妙妙便留了心仔细搜寻。可到处也瞧不见跛足的男人。她又一想：山本男并没说过对方是男子，那，莫非是个女人？

这心念刚转过，工作人员过来说："妙妙小姐，乐队的指挥师傅请您过去合一合谱子。"

她答应着，手里握着没喝完的开声茶，走进录音室。录音室分里外两间，外间是导播和主持人；里间的收音室前面一个麦克风，是歌星的，后面是乐队。这也是华新台的一个创举：这次大赛的所有配乐，用的都不是录音，而是现场乐队。这种方式显得更加真实、即兴，也更考验歌星们的功力。

她进了收音室，里面的乐队指挥闻声转过来，立时面带微笑，手拿曲谱，蹒跚着向她走来。

妙妙却愣在原地，作声不得。因为那正朝她走过来的乐队指挥，分明左腿是跛的。

第十三章
黄莺欲静风不止

虞台长答应了黄莺不在选票上做文章，却没答应她不在媒体上做文章。

趁着黄莺的签名唱片封面被拍出天价的机会，他本想联手《大晚报》，稳稳当当地把黄莺再送回人气女王的宝座。

没想到，半路杀出个程咬金。齐姐儿用一张泳装照，夺去了黄莺的标王，也坐稳了冠军的位置。虞台长不甘心之余，也不得不承认：齐姐儿的泳装照，够美，够辣，够生猛，他若不是这个华新台的台长，也会更愿意看齐姐儿的新闻。

这明里暗里的几回交手，黄莺可都是事后才知道。虞台长一早又把她叫到办公室里嗟叹，意思是距离歌后大赛最后封票只余十来天的工夫了，大局已定，这齐姐儿怕是把歌后的宝座提前坐稳了。

黄莺听着虞台长的话，只觉得自己就像一叶无桨的小舟，只能飘飘荡荡，随波逐流。比赛走到这里，早已不仅仅是唱歌，其实她有些索然无味，可新姆妈的那句话留在她的脑海里。现在，她不能再只为自己而唱歌，黄家的一大家子人需要她。

不知不觉间，她已经走回黄家大宅门口。她痴痴地看着这座自己出生长大的白砖红尖顶小洋楼，想象着不久的将来它易主改姓的模样，想象着一双陌生的手肆意摆弄着姆妈的家具、姆妈的花草的模样，觉得一阵无法呼吸。

她就这样拖着沉重的脚步走进客厅，意外地发现阿爸和新姆妈居然都在这里等着她。阿爸一看到她，就焦急地站起来，问："我听贞娘讲，虞台长把你叫去了？"

这还是阿爸第一次这样关心她唱歌的事情。她感到茫然，无意中对上了新姆妈的眼神，却从对方和阿爸同样焦急的眼神中悟出了阿爸和新姆妈的心思：他俩在破产的焦虑中，将女儿的歌唱事业当成了最后的一块浮木。

她支吾着回答："是的，虞伯伯……有些事情叮嘱我。"

她看到阿爸的眼睛因为她的这句话亮了一下，沉吟了一下，对黄莺说："阿四，到我书房里来一下。"

她跟在阿爸的后面进了书房。关门之前，看见新姆妈也跟着他们上了楼，幽幽地倚在楼梯转角的地方。

阿爸居然对她挤出了一个笑容，难得地招呼她道："阿四，坐！"他指了指办公桌对面的椅子。

这样的阿爸是令她深觉陌生的，因为客气，也因为虚伪。她恨不得阿爸一口气将要说的话快些说完，早点结束这受罪的时刻，虽然预感到那不会是什么令人愉快的话。

阿爸问："比赛比得怎么样？"

黄莺答："还可以。"

"我看今天报纸上，你的名次统计又上来了，现在是第二。"

"唔。是的。"

"还是很有希望的。"

"我不是一定要得第一名。什么名次都不要紧。"

"话不能这样说。第二第三当然也好，但歌后只有一个。走都走到这里了，总归要搏一记。今早虞台长叫你去，我想也是商量这桩事体。"

黄莺不想说明，也不愿说谎，只能保持沉默。

阿爸见她不搭腔，继续说："虞台长愿意帮你，很好。我希望你继续比赛下去，希望你拿到歌后称号。我们家如今的情境，你姆妈讲，她也大约对你提起了。我老实同你讲，阿爸如今，需要你帮帮忙。"

黄莺说："阿爸！我的积蓄，以后的工资，可以尽数交给家里。"

阿爸摇摇头："要留住这栋房子，杯水车薪。可是，如果你拿到歌后，一切就不一样。我们黄家出了歌后，我成了歌后的阿爸，各种贷款，都可以缓一缓。"

黄莺低下头，叹了口气。

阿爸说："唱歌的事情，我不懂。可生意场上的事情，你就不如我懂了。唱歌，归根结底也是生意。比赛更是。要是想赢这场比赛，就要把它当作生意来做。"

黄莺无意识地跟着重复："当作生意来做？"

阿爸打量着她的神色，继续说："你呢，这几天晚上抽出空来，和我出去吃几顿晚饭。对方都是生意场上呼风唤雨的人，道路粗，关照打得响。对你的比赛，肯定有好处。"

听了这话，黄莺喊道："阿爸！"她的声音，透露出太多的难以置信、不情愿和鄙视。

阿爸解释："不要害怕。阿爸难道会害你吗？你统统跟牢我，一步不离。无非是吃个饭，顶多敬一杯酒。对方也就是想同大明星亲近一下，没有别的意思。"

黄莺沉默了。就在阿爸以为她已经同意了的时候，她再次开口，声音温柔，但清冷："阿爸，我不去。"

阿爸有些烦躁："你这孩子，怎么说不通？你一向善解人意，这个节骨眼上，就不要再和阿爸对着干。"

黄莺被他的这句话说出了泪花："阿爸，我不想和你对着干。如果可以，我多么想帮帮你。但是，阿爸——我不是生意啊。新姆妈也不是生意。"

她终于还是忍不住把这句话说了出来。

阿爸的脸因她的这句话瞬间变成了猪肝色。半晌，问道："你都……知道了？是她告诉你的？"

黄莺噙着眼泪，点了点头。她不敢同阿爸的眼睛对视，这一切太丑陋，太尴尬了。

阿爸也似乎同样不知道怎样和她对视，匆忙地掠了她一眼，盯着办公桌的一角，解释："阿四，你不要误会阿爸。你新姆妈，是成年人了。她要做什么不要做什么，阿爸勉强不了她。至于你，阿爸无论如何也舍不得拿你去当生意的，你同阿爸一道去，吃个饭，喝杯酒，我们就走。"

黄莺此刻的心里想的不是自己，而是方才倚在楼梯转角处那个幽幽的身影。她如果知道一心扶持的男人在背后这样描述自己的牺牲，该是怎样的心痛。

"阿爸，我们把这宅子卖了吧，搬到小一点的地方去，我可以供你们。"

阿爸哆嗦了一下，从抽屉里拿出一支雪茄，点上，深深吸了两口。

"阿爸，我知道，你是怕丢面子。别人怎么讲，有什么要紧？只要我们一家人平平安安地在一起。我们把姆妈的灵位也带上，姆妈不会怪我们的。"

看阿爸还是不同意，黄莺接着说："阿爸，你不能这样对待新姆妈啊！阿爸，求求你了，你这样我都不认识你了……"

阿爸突然将雪茄狠狠地在烟灰缸里熄灭，走到黄莺的面前，弯下腰，抓住她的臂膀，盯着她的眼睛，压低声音说："你不要把阿爸看成一个没良心的人！你以为，如果你姆妈还在世，我会让她做这样的事情吗？就是我姓黄的饿死、脸面掉光，也不会让你姆妈……"

阿爸哭了。

傍晚时分，黄莺随贞娘一同坐上车赴华新台。今天白天和阿爸的谈话以父女俩抱头痛哭而告终，她打开书房门走出来时，恍然看见新姆妈的旗袍一角一闪而过。

车子越靠近华新台，她的心里越乱。本来，她无欲则刚，任凭外界再怎样嘈杂，自己心里是清净的；可如今，她被家人催着赶着，也隐隐有了想赢的念头，这最后的一份清净，怕也守不住了。

她忍不住深深地叹了一口气。身旁的贞娘机敏地打量着她，问道："小姐，你不舒服？"

黄莺摇摇头。

贞娘说："早上老爷说，报纸上写了，妙妙小姐落到第三了，如今是齐小姐排第一，你排第二。"

"我总归觉得，自己赢不了她们。"

"为啥？"

黄莺诚恳地说："齐小姐，那样美，唱得也好，冠军本就该是她；妙妙小姐……她是一直清楚自己要的是什么的，不像我，浑浑噩噩。"

贞娘抓起她的手："小姐，话不是这样说。这个世上，不一定最美的人最后赢，也不一定知道自己想要什么的人就能要得到。任凭她再怎么强，总归强不过两个字：造化。"

"造化？"

贞娘微笑："可不就是。多少的故事，就在这造化两个字里。我的小姐，我说你是个有造化的人，你且看吧。"

贞娘的话，黄莺听得似懂非懂。她又想起一桩要紧的事情同贞娘商量，便说："贞娘！姆娘找不到了！她走了这两年，我一直在给她写信，从前她都托人家写回信。可这几个月以来，我写给她的信都石沉大海，再也没收到过她的消息了！"

她说着，掉下眼泪。这桩事情已经折磨她一段时间了，实在找不到人商量，才只得来找贞娘。

贞娘听着她的话，努了努嘴，示意她留神坐在前面的司机，然后用手在她手心里写了一句令她大吃一惊的话："姆娘在我那里。"

黄莺走进休息室时，齐姐儿和妙妙都还未到，休息室里的一干女子，都围在梨花社的白凤身旁说话。

因为地方有限，华新台本次并没有为歌星们准备单独的休息室，所有人都在一个大通间里，事先摆了数把椅子、几个梳妆台、几扇屏风。漂亮女人们聚在一起，争奇斗艳自是免不了的。最夸张的就要数这白凤，这女人自开赛三十多天以来，竟没有一天发型是重样儿的，一时中分波浪，一时斜分梳髻，一时又高高地盘在头顶，刘海儿也是一时有，一时无，看得人眼花缭乱。今日，她又梳了个百鸟朝凤的新发型，是以众人都围着看。

白凤看见她进来，倒主动迎上了，笑着问："黄小姐，你看我今日的头发，好看吗？"

黄莺停下脚步，仔细看了看，笑着回答："好看得很呢。白小姐怎么梳的，哪天教一教我。"

白凤却说："不用哪天，我现在就教你。"说着就携了黄莺的手，把她拉到无人的屏风后面，将她按在里面的一张椅子上，自己又将外面一张椅子拖近，坐下。

黄莺正要说话，白凤从坤包里拿出一个信封，神神秘秘地交在她手里。

黄莺疑惑地看着白凤，白凤用眼神示意她打开信封。她依言打开，里面是一沓照片。待她拿起照片细看时，却一下子像触电一般，一张匀白的脸儿涨得通红，几乎从耳朵红到头发丝。

那沓照片不是别的，正是她新姆妈与那东方汇理银行董事长赵伯光的合影。他俩人坐在公园僻静处，想是以为没人看见，亲嘴贴面，做出许多亲密举动。

黄莺一时开不了口，白凤却压低了声音问："这照片上的女子，是你阿爸新娶的太太吧？"

黄莺含着泪，不想点头。可白凤又问："不过，这照片上的男子，好像并不是你阿爸吧？"

任是黄莺再怎么单纯，此时也明白白凤是什么意思了。她擦掉眼泪，问对方："你想要什么？"

白凤的答案是她没想到的："我要你退赛。"

"要我退赛？"

"正是。你若不退赛，我马上就把这些照片交给媒体。你黄家在上海滩也是有头有脸的人家，怕是丢不起这个脸吧？"

黄莺不解："我退赛，对你有什么好处？"

白凤冷笑一声："我如今名列第四，你们三人随便哪一个退赛，我便能挤入三甲，名头总归是不一样的。怎么样，我给你一天的时间考虑。明晚这个时候，你必须给我个答复。"说着，她站起身出了屏风。

黄莺独自继续坐着，直到被一声极细碎的声音惊醒了。她抬头一看，自己的座位旁边，是另一扇屏风，此时发出声音的就是那扇屏风。

屏风被轻轻移开了，里面露出的人是妙妙。谁也不知道她在那里坐了多久，不过可以肯定的是：她听到了白凤和黄莺的谈话。

黄莺吃惊地瞪大眼睛，正要出口的一声惊呼被妙妙用食指比出的一个"嘘"字止住了。

赛程进行到这里，黄莺和妙妙这两个外界看起来最不搭界的闺秀和妖女，居然意想不到地成了朋友。黄莺发现，妙妙根本不是传说中淫荡虚荣的女人，恰恰相反，她腹有诗书，豪爽豁达。而妙妙，也以自己的洞察力判断出，黄莺的温婉善良并不是张面具，而是出自本性，她喜爱也尊敬这种本性。她俩都喜欢茅盾先生的小说，还约好了要一起乔装去看话剧《子夜》。

妙妙带黄莺从屏风的另一头出了休息室，来到通道的僻静处。黄莺还未开口，妙妙先问："我都听到了。你如今打算怎样？"

"还能怎样，少不得我退赛便是了。"

"怎么能这样？那岂不是小人得志？"

"那也没法子，总不能叫我姆妈……算了，退了也好，清净。"

妙妙摇头，沉思，略一扬眉，有了主意，对黄莺说："这件事你就别管了，交给我办，你只管放心。"

黄莺也不知妙妙打算如何去办，事已至此，她心里反而静下来，细细地唱完了当晚的一曲《小夜曲》。许是因为自知是最后一次了，她唱得格外动情，一曲终了，票数急增。那晚其他人也唱得不错，包括白凤，将她成名的一曲《午夜香吻》唱得活色生香。

可第二天早上，沪上各大报纸的娱乐版头条一齐刊发了白凤的退赛声明，想是她连夜给报纸发的通知。自此以后，别说是华新台，整个上海滩再没人见过她的身影，后来有知情人说，她在发出退赛声明后不几日，就赴香港定居了。

黄莺是一肚子的问题要问妙妙，可在台里又不方便找机会。好在三天之后恰是休赛日，她俩约了一同去看话剧《子夜》，她原想到时再仔细问。没想到这一等却再也没寻着机会，因为第二天和第三天晚上，华新台里接连发生了意想不到的事。

第十四章
齐姐儿乐极生悲

　　眼看离大赛最后的揭榜日——六月十四日只有数天时间了，木已成舟，齐姐儿可谓志得意满。这天晚上，她如常来到华新台。为了保护参赛者们在表演前不受打扰，华新台特地开放了一扇隐秘的后门，可这晚齐姐儿偏偏选择从前门下车，好好享受了一下提前蹲守在这里的歌迷们的包围和欢呼。

　　齐姐儿今晚穿了件新做的嫩黄色旗袍，娇艳欲滴。旗袍做了改良款，不用盘扣，雪颈里翻出白色的小翻领，不盈一握的小蛮腰上束一根极细的艳红色腰带，外披着和腰带呼应的艳红色披肩，齐臀处垂下细密的流苏。耳朵上两只大红色穗子直打秋千。

　　她下了车，十来个歌迷一时间不相信自己的运气，随后便发出欢呼声，更有人喜极而泣。有反应快的便上来拿着海报、照片讨签名。旁边有一家报纸的人还未走，赶紧支架子拍照片，她极配合地与歌迷做亲热状拍了，听得歌迷想找报纸讨照片，又贴心嘱托："你多冲些，给他们一人一张，钱回头找我算！"

　　这下子更是众人欢腾，只听得华新台办公楼上的窗户一扇一扇地接连打开，齐姐儿抬头看去，只见最高层虞台长的窗户也开了，正从窗口蹙着眉瞧向这边。

她急忙扬起戴着真丝手套的手，冲对方招了招，对方却眉头蹙得更紧，嘭的一声将窗户关上了。

齐姐儿撇撇嘴，接过一个歌迷递来的点心盒子，但听得对方说："齐小姐，这是我今儿傍晚赶着做的蟹黄烧卖、银丝春卷，又干净，又可口，你尝一尝！"

齐姐儿打开食盒闻一口，做垂涎欲滴的样子："好香！可惜，老话说饱吹饿唱，只好等到唱完再吃了。"

歌迷笑得合不拢嘴："可不是，我怎么忘了！那么就等唱完了，唱完了再吃。"

齐姐儿转身将食盒递给齐飞，打了个眼风，她知道，齐飞回头会将这盒子点心处理掉的。蟹黄啊、春卷啊这样发胖的东西，齐姐儿早不记得上回入口是在哪朝哪代了。

又有歌迷递上用保温桶装的甜羹，央齐姐儿喝几口。齐姐儿允了，喝下一口，转头偷偷吐在帕子里。做这一行的，除了脸蛋儿，就数这把嗓子顶顶珍贵。前面有人喝了歌迷送的不知什么补品，嗓子平白降了半个调，过去的歌一概唱不了，满世界找人重新定谱。

好容易摆脱了歌迷，齐姐儿进楼来到二楼休息室。推开门，里面的女人们一齐抬头，然后就是一片夹杂了假意真心的恭维声。齐姐儿如数收下，并不加以细分——无论对方是假意还是真心，她齐姐儿的美，这满屋的女人是插了翅膀也没有一个追得上的。对这一点，齐姐儿有自信，这洋洋的大上海也有公论。

她特意找了找梨花社的白凤。这白凤没有自知之明，总爱来与自己别一别苗头，今日怎么却没见人？却被意外地告知：白凤已于今早宣布退赛了。

怪事。这个节骨眼上退赛，等于不战自败，摆明了自觉不如人，比真输了还难看。也罢，反正本来她真正的对手也不是白凤。对黄莺和妙妙，还需乘胜追击，彻底地将她们压制住。她准备好了压制她们的武器，可绝不只是美色。两军对垒，最重要的是灭其气势。她齐姐儿虽不读书，这个道理却是懂的。

话说这歌后大赛每晚的直播时间是七点到九点，这一百多分钟，通常一人要唱上两首歌，齐姐儿、黄莺和妙妙再略多一些，常常要唱上三到四首。这一百多分钟里又有讲究。前面的半小时是暖场的，最后的一刻钟渐渐曲终人散，所以真正精华的，不过是当中这掐头去尾的几十分钟。齐姐儿她们三人自然是不来暖场的，每晚都要到半小时之后才逐一登场。至于当晚的最后一首歌呢，也不宜乱放，基本是放在八点半左右，那会儿又会有一个投票的小高潮。

这段时间以来，不知不觉形成了这样的默契：八点半之后，黄莺、妙妙和齐姐儿轮流唱完最后一首。之所以这样安排，一方面是因为开赛之初的名次，一方面是因为众人都知道，黄莺是一定要在九点钟之前回家的。

可今天晚上，齐姐儿偏要求八点半之后改一改，换她第一个唱，意思坚决，不顾工作人员的劝告和给乐队带来的不便。工作人员无奈，只得来找黄莺和妙妙商量。

黄莺正在读膝头一本唐弢的《海天集》，闻言一愣，回答："晚一首歌的工夫，倒也无妨。大伙儿都通知到了就行。特别是乐队，千万要知会好。"

工作人员回答："一定。"再为难地看向妙妙，"只是如此一来，妙妙小姐要更晚了。"

妙妙优雅地斜拢双腿，靠进沙发椅里，淡淡地说："既然齐小姐赶时间，就让她先吧。"说着和黄莺相视一笑。

当晚八点半刚过，齐姐儿将喝剩的半杯开声茶交在齐飞手里，进了录音室。她进去之前，主持人刚播报过最新的票数统计：齐姐儿、黄莺和妙妙依旧分排一二三位。虽然最后的票数还要加上大晚报那边的投票站统计数字，但大概八九不离十。

收音室里的乐队师傅们看见她进来了，却只有指挥向她点头问好。开赛快两个月，彼此也算熟了。如今乐队的师傅们都知道，这三甲之中，最客气的是黄小姐，最不客气的，就要数这位准歌后齐小姐了。长发发来瞧过，也劝她：面儿上该做的还得做，学一学黄莺和妙妙，起码在华新台比赛的这些日子，别把瞧不起别人挂在脸上。

齐姐儿觉得长发发说的是屁话。她对那些乐队师傅，也没有瞧得起瞧不起，只不过不相干的人事，齐姐儿就懒得敷衍。那乐队是供她吃还是供她喝呢？真到了供她吃喝的那一天，再去赔笑也不晚。反正这世上能对她齐姐儿的笑脸狠得下心的人，怕是还没生出来。

至于那黄莺，什么大家闺秀，像只温吞吞的家雀儿一般，叫她哪只眼睛瞧得上？还有妙妙这小蹄子，她有耐烦去做这些虚情假意讨人喜欢的工夫，齐姐儿可没有。

如此想着，听那乐队指挥问她："齐小姐要合一合谱子吗？"

这乐队指挥的一口中文说得端得古怪，想是广东那边口音。齐姐儿不耐烦地挥一挥手："合什么？又不是第一次唱。"

指挥点点头，两只眼睛直盯着玻璃间外面的导播，待得导播给他一个信号，他点点头，轻轻敲谱架，那贝斯手、萨克斯风、架子鼓师傅们一齐拿起乐器，等指挥棒落下，前奏开始了。

歌是齐姐儿每晚必被点的、红遍上海滩的那首《玫瑰处处开》，一把萨克斯风，轻快缠绵，直吹得蜜里调油一般。可齐姐儿却分明觉得哪里不对。那前奏步步逼近，她不出声地清清喉咙，用唱惯了的调门去找伴奏，却突然轰的一声，头皮上一麻，一股寒气从那里直灌喉咙。

调门不对！比她平日的高了半个调！

她急得用眼睛拼命去找乐队指挥，可这会儿，那指挥却似打定了主意，绝不看她，只管用乐符一个个地逼着她，像赶鸭子上架。

没有他法了，齐姐儿硬着头皮开口了。这一首幸福洋溢的"玫瑰玫瑰处处开，青春青春处处在"，今晚上可被她唱成了"走调走调处处开，颤音颤音处处在"。齐姐儿孤立无援地唱着，极力想让自己稳下来，身上的冷汗却浸湿了大红色旗袍的背部。

间奏时间到了，她迫不及待地再回头看指挥，可对方背对着她。她无奈下又急得对玻璃间外的导播和主持人比手画脚，那两人也分明觉得有什么不对，隔着玻璃满面焦急。

很快地，新一遍的循环开始了。齐姐儿知道，她正在一个字一个字地逼近她今晚最大的考验。

齐姐儿是女中音，高音域不算高，最多到高音 D。《玫瑰处处开》是卡着她的歌喉量身定做的，结尾处三个高八度的结束音，最高正好到高音 D。可今晚这首歌被升了三个音符，从 G 大调变成了 C 大调，这也就意味着，歌曲结尾处的"处——处——开"三个字，每一个都将落在齐姐儿的音域以外！

前面的部分，虽不完美，还算是勉勉强强完成了。可这结尾处的三个音，只能期待奇迹了。所以齐姐儿想在间奏时找指挥，事到如今，如果能够将最后的结束音删掉，就干净利落地结束在两遍循环完成的时候，一切尚在控制之中。

可惜，奇迹没有出现。齐姐儿被一鼓作气的配乐驱赶着，身不由己地来到了那个令她恐惧的结束音。她极力逼尖嗓子，甚至不知不觉地踮起了脚尖，伸长了脖子，可仍然没有挽回那个结局：三个音全部破音了，一个比一个破得厉害，到了最后一个音的时候，简直已经是不忍卒听，活像一只被掐着脖子的母鸡。

齐姐儿是在众人惊恐的注视里走出录音室的。开赛这么多天以来，这样令人尴尬的时候还是第一次出现。录音室外，齐飞运捧着那半杯喝剩的开声茶，他也听到刚才的那首《玫瑰处处开》了，此刻那张英俊的脸孔一片茫然。

齐姐儿面如死灰，嗓子里带着哭音："哥，这定是那黄莺干的好事，她原本就是这华新台的人，又刚被我夺了标王。我要报仇！报仇！"

第十五章
妙妙误食漱玉碎

　　齐姐儿用调换出场次序给对手送上的这个下马威，那两位可一点没咂摸出味儿来。这会儿，黄莺和妙妙正在休息室里聊得热烈，可聊的话题不是齐姐儿，而是唐弢。

　　妙妙道："唐弢先生的杂文，是极好的。当世的杂文家里，数他最有鲁迅先生的风骨。我那儿还有一本他的《推背集》，你若喜欢，我明儿带给你。"

　　黄莺喜道："那可太好了！"

　　她俩说着，被工作人员催到录音室外候场，齐姐儿就快唱完了。她们一路说着话，刚走到转角楼梯处，正看见齐姐儿从录音室里冲出来，脸色难看地对她的大哥喊："这定是那黄莺干的好事，我要报仇！报仇！"

　　黄莺和妙妙一齐住脚，面面相觑，不知道发生了什么。黄莺尚未反应过来，被妙妙将她一拉，闪到楼梯后面，在那里听得齐姐儿和她大哥的对话。

　　齐飞问："妹妹，你这是怎么了？"

　　"你听不出来？这不是我平日唱的调！"

　　"我是听着你比平日费力些。你的意思是——这是黄莺动的手脚？"

　　"这还用说？她是这华新台的亲生女，又刚刚被我连夺了第一名和标王，不是她是谁？”

"他们竟敢明目张胆！我找他们说理去！"

齐姐儿使劲拉住齐飞："人家的地盘，你上哪儿说理去？你这一闹开，我剩下的比赛，还想不想唱了？你先别闹，赶快带我回家，咱们从长计议。"

齐姐儿和齐飞走了。

黄莺急得回头对妙妙说："你听见他们说什么？怎么是我做的手脚？我连什么事都一概不知……"她的话尾消失在空气中，因为一个念头突然闯入脑海：想做手脚将齐姐儿从第一名的位置上拖下来的人，如果不是自己，又会是谁呢？

妙妙看着黄莺眼睛里那一点点升上来的顿悟、恐惧和失望，也不打算为自己解释，只是淡淡地说："下一个该你了，赶紧准备准备，进去以后，先合谱子合音，无误了再唱。"

那天黄莺进了录音室以后，果然发现自己的《小夜曲》也被升了两个调。她去找乐队指挥改回来，发现对方的一双眼睛像藏着毒针一般，看得她心里一抖。自己和齐姐儿都被升了调，越发可以肯定这事背后是妙妙主使的，这指挥，想必就是妙妙的人。黄莺心里一阵阵凉意滚过。

好在当晚她有惊无险，将三首歌演绎得近乎完美。而齐姐儿走音在先、缺席在后，少了整整一晚的票数，立时又从第一滑落到第三的位置上。

第二天妙妙到华新台晚了，没有看到休息室里十分令人奇怪的一幕：黄莺和齐姐儿对坐在一起聊天喝茶，恍若没事人一般。

黄莺今天一走进来，就看见齐姐儿坐在自己惯坐的位置对面——那原本是妙妙的位置。她考虑了一下，想是不是换个座位，终究还是走过去温声打了个招呼："齐小姐，你好。"

说话的时候，她的心里怦怦直跳，怕齐姐儿揭破脸嚷起来。她这会儿苦就苦在，她是无法为自己辩解的。因为事情明摆着——不是她做的，就是妙妙做的，如果她否认是自己做的，就等于同时指认妙妙。

虽然在这件事上她不赞同妙妙，但要她指认对方，她做不到。

齐姐儿听了她的招呼，脸上的表情可不是古怪一个词能够形容的，似乎费了点力气，竟然挤出了一个微笑，回答："黄小姐好，你请坐。"

黄莺的意外还没有身后的贞娘来得大。昨天的事她也听黄莺说了，是以今日寸步不离地跟着小姐。此刻她一双凌厉的老眼在齐姐儿脸上狐疑地打了个转，默默地站到黄莺的椅子后面。

黄莺微笑点头，坐下。

尴尬的沉默。

齐姐儿突然指着桌子说："对了，这是才刚送过来的开声茶，你喝一点儿吧。"她示意着茶几上黄莺面前的那杯茶。

黄莺顺意端起茶杯，正预备喝时，听到工作人员招呼她："黄小姐，乐队的新指挥请您过去合一合谱。"

黄莺想，虞伯伯真是明察秋毫，雷厉风行，事情昨天才出，自己还未来得及向他汇报，他就已经动手将那指挥换掉了。她将茶杯放回茶几上，对齐姐儿告了个歉，跟着工作人员去了。

这边厢，齐姐儿怅怅地看着黄莺的背影，似乎还打算坐在原地等她。她扭头的工夫，没看见站在黄莺椅子后面的贞娘突然探身做了一个奇怪的动作：她迅速地将茶几上的两杯茶换了一个位置。

贞娘重新站定了。齐姐儿扭回头来，想了想，起身走了。就在这时，妙妙到了。

她今日来得晚，是因为在国际饭店的门口被人堵住了。堵她的人，正是华新台甫被解雇的乐队指挥。他将妙妙拉到阴影处，狠狠地问："是你向虞台长举报我的吧？"

妙妙答："你做下这等事，即便我不举报，你以为过几日虞台长不会知晓？"

"那齐姐儿不得人心，你若不举报，没人愿意为她出头。"

"那黄莺呢？你敢说，你昨晚没有想动黄莺的谱子？"

"黄莺又如何？动黄莺也是为了保你。说起来，你前面让我逼白凤退赛，原来也不是为了你自己，是为了黄莺。你这样帮他人，到底还想不想得这个歌后？想不想为大日本帝国效力？"

"我想怎么做，轮不到你来教我。"

"八格！"那乐队指挥这会儿腿也不跛了，满面杀气，情不自禁地用日语骂道。这是妙妙第一次从对方口中听到日语，也确定了他是假冒的中国人这个事实。

那鬼子恶狠狠地瞪了妙妙片刻，似乎也拿她无可奈何，最后丢下一句："今晚十一点整，领事亲自打电话给你，你想好怎么解释吧！"转身去了。

妙妙看见齐姐儿坐在她惯常坐的位置上，也如黄莺一般愣了一下。

大赛接近尾声，对齐姐儿，妙妙还是谈不上熟悉。在她的印象中，对方似乎是个性格冷傲的人，不爱和人打交道。在休息室的时候，也总是独自坐在偏僻的椅子上，唯独今日例外。

她想过去打个招呼，齐姐儿却突然起身走了。妙妙有些莫名其妙，微笑着摇了摇头，在齐姐儿空出的座位上坐下。她刚坐下，工作人员过来问她："妙妙小姐，这杯开声茶齐小姐没动过，要帮你换一杯伐？"

"不用了。"妙妙说，端起尚冒着热气的开声茶喝了下去。

一曲撩人心魂的《小傻瓜》，成了当晚妙妙唱的唯一一首歌。唱的时候，她已经觉得喉咙有些不对劲，唱过之后不久，她就惊恐地发现：自己失声了！

以妙妙的头脑，不难将此与之前的那杯开声茶联系起来。她当下不动声色，让工作人员发布"妙妙小姐突感身体不适，不得不终止今晚的播音，诚向广大听众致上无尽的歉意"的消息，自己则回休息室取了剩下的半杯茶，上了丘麟的车，悄无声息地向仁济医院开去。

是夜，妙妙从医院回到国际饭店的时候，丘麟也拿回了那半杯茶的鉴定报告，确定里面被人放了一种叫作"漱玉碎"的药粉，是过去旧梨园里常用的，可以让人于十二个小时之内失声。

梨园。

妙妙自然知道齐姐儿的来历，心内对谁做的约莫有数。她将想要跟进房的丘麟拦在门口，用手势示意他："今天就到这儿吧。"

门关上了。妙妙靠在门上。无光、无声的世界，分外孤单。此刻她心下的滋味难言：荒唐、好笑、委屈、愤怒。对这场歌星大赛，她从头更多的是持着一种看戏的态度，看其他女人的戏，也看自己这枚棋子在"组织"的摆布之下会演出怎样的好戏。对于输赢，她并不在乎。

但今晚，就像在北海道的冬天时一样，世事再一次提醒她：她将一切想得太简单。

她从来都不是局外人。这没有选择。

她想起，曾不知从哪儿听说过，漱玉碎的主要成分是人的耳屎，忍不住弯下腰干呕了几声。就在这时，电话铃响了。

她按亮灯，看一看墙上的挂钟，十一点整。这必定是山本男无疑了。有关山本男让她为日本人传递情报的事，她还在找合适的机会告诉丘麟。她自小通读史书，知道自古以来双料间谍都不得善终，假话说多了，再说真话也没有人要听。

她想，自己这一副皮囊，怕是也难从这场浩劫中全身而退。她的人生中，已经布满了地雷，不知哪一分哪一秒，踩着了哪一颗，便会归于彻底的虚无。

只是在这一刻，她突然觉得死亡一点儿都不可怕了。门里，山本男的电话铃一声接着一声，像阎王的催命符；门外，丘麟正急促地敲着门；她想哭又想笑，却只能发出如受伤动物般的呜咽声。

该怎么办?

第十六章
黄莺姆娘重聚首

黄莺决定了：她要退赛。

齐姐儿被算计在前，妙妙被下毒在后，结果自己成了歌后大赛最大的受益者，也就自然成了最大的嫌疑人。这几日，台里已经有人在议论纷纷，说想不到黄小姐看起来那样斯文娟秀，背地里竟是如此杀人不眨眼的主儿。

真是跳进黄浦江里也洗不清。

她再一次来到虞台长的办公室，向对方提出了退赛的请求。对方听完她的话，用失望的语气说："黄莺啊，若论私不论公，你也该喊我一声世伯。我今天就倚老卖老批评你几句。你遇是非不争，是善良，也是大家闺秀的风范；可若是一味地只知道退让，把是非全然扔在一边不理，就是于己无益，于他人有损了。"

黄莺虚心听着虞台长的教诲，觉得对方说得确也有道理。自己对这个尘世，确实只是一味地退让，这退让里面，是善良，也藏了隐隐的傲气。可若是不退让的话，又能怎么办呢？

如若姆妈在世的话，遇到此情此景，她会让自己怎样做呢？

她沿着巨籁达路^①落寞而行，迎面撞见来寻她的贞娘。她早上出门出得

①　今上海巨鹿路。

急，没叫上贞娘。方才司机老丁开车回家，说小姐提前下车了，贞娘就从家里出来迎她。

她抱住贞娘的一条胳膊，心情稍好。贞娘又给了她一条令她心情大好的消息：今日，贞娘要带她去见姆娘了。

上回，一从车上下来，她就迫不及待地拉着贞娘问个究竟。这才知道，原来苏州老宅分家之后，姆娘逐渐被排挤得待不下去，好在贞娘对这一天早有预料，在姆娘离开上海之前，给了她自己干儿子的联系方式，让她有难时去求助。姆娘联系了贞娘的干儿子，被接回上海，此时她已久恙不愈，即被安排治病休养。

黄莺听完贞娘的话，立时就要去看望姆娘，被贞娘拦住，直到今天，贞娘才告诉她，时间地点都已安排妥当，她们可以去了。

黄莺和贞娘乘着人力车，向租界和华界的交界处驶去，最后停在十六铺码头的一处水果铺前。在水果铺背后的小平房里，黄莺一看到久未谋面的姆娘，就扑了上去，搂住对方枯瘦的脖子，哭了出来："姆娘！我以为你去苏州了，要不是贞娘告诉我，我怎么也想不到你还在上海。我给你写了无数封信，你骗得我好苦！"

姆娘搂住她，眼泪像断了线的珠子："我的小小姐，你姆妈嫁过来这么久，又逢上这世道，老家那边哪里还有靠得住的人呢？不告诉你，是不想让你担心。"

待平静下来之后，黄莺才发现，房间里除了姆娘和贞娘，还有一个小伙计。他方才一直蹲在角落里拨炭火，这会儿见黄莺回头，瓮声瓮气地说："桌子上有热茶。"

贞娘为她介绍，小伙计名叫阿锋，是她的干儿子，这些天一直帮忙在这里照应。

黄莺真心实意地对阿锋说："谢谢你，阿锋！"

这时，阿锋突然抬头深深地看了黄莺一眼，又迅速低下头去，脸孔一下子涨成褚红。只见他长着张端正的方脸，皮肤不白，粗眉细眼，一头浓黑茂密的头发在火光里微竖着，发际线处有一颗痣。他就这样涨红着脸，盯着炭火，说："不用谢，为你做什么事，我都是愿意的。"

贞娘诧异地看了阿锋一眼，没说什么。他的这句承诺来得莫名其妙，黄莺只好尴尬地笑了笑。

　　黄莺原本还想多坐一会儿，不过姆娘总催着她走，说是怕自己的病传染了她。无奈，她只得出来。她不知道的是，自己前脚刚迈出小平房的院门，姆娘就以前所未有的厉害对阿锋说："我老太婆一辈子见得多了，你心里在打什么算盘，我老太婆清楚得很。我跟你讲，我们小小姐跟你不是一路人，你不要去打她的主意！"

　　"我打她什么主意了？她是个好人，我就算有什么想法，也是对她好！"

　　"用不着你对她好！"

　　阿锋耿头耿脑地问："我为啥不能对她好？"

　　姆娘针锋相对："你是在对她好吗？你是想害她！"

　　"我怎么害她？为啥有的人对她好就是帮她，有的人对她好就是害她？"

　　阿锋把话说到这个份儿上，姆娘反倒不知道该怎么说下去了。只好胡乱抛出了一支箭："总之你不要痴心妄想，阿拉小小姐是有心上人的！"

　　阿锋的注意力一下子集中了："谁？"

　　情急之下，姆娘连小小姐的心事也保不住了："上海滩的歌王，诸葛光，你晓得吧？诸葛家的二公子，和我们小小姐真正是门当户对，一对璧人！"

　　从姆娘那儿出来的黄莺，终于想明白了一件事情：她不能退出歌后大赛。

　　阿爸破产，继母陷于不伦，姆娘病重，这一大家子，真的只能依靠在她孱弱的肩膀上了。即便她能说动阿爸将黄家大宅卖了，可一时间哪里那么容易能找到人接手？姆娘的病耽误不得，长久的供应也不能指望贞娘，何况贞娘也是黄家大宅巢中的一卵。

　　今早的统计榜上，自己的票数已经高居榜首，将第二的齐姐儿、第三的妙妙都落下不少，只要顺其自然，拿到这歌后的宝座，但愿一切就会像阿爸所说的那样迎刃而解。

　　只是，这让她深深觉得对不起一个人——齐姐儿。如果说妙妙被下毒是报应不爽，齐姐儿却是纯然无辜。虽说害齐姐儿的人并不是她，可她总觉得，就这样夺了齐姐儿的桂冠，怪过意不去的。

她想了又想，让车子掉头，去凯司令打包了栗子蛋糕和两杯咖啡，又让司机向齐姐儿家的方向驶去。

就这样登门，虽然冒昧了些，不过自己将身段放到了这里，也算一种诚意。照她的心思想来，解决事情最好的办法还是坦诚相见，大家赛事归赛事，私交归私交，连自己家里的经济窘境，也可以略微说得齐姐儿明白，也许对方就能理解自己了。

黄莺按照从虞台长那儿问到的地址，找到了四川北路上齐姐儿的寓所。沿途只见各色跳舞场、中下等影戏院、粤菜馆、茶楼星罗棋布，与法租界里的清幽迥然不同。如果说霞飞路①往西算是老上海的"上只角"，往东的南市是"下只角"，四川北路近年来，硬是被一色住不起上只角、又不屑混下只角的文娱人士打造成了十里洋场的"中只角"。

这儿虽也是上海，黄莺自小委实来得少，此时见齐姐儿住在这么偏僻的地方，心下略觉诧异。这才第一次想到：齐小姐可能不富裕。好像自从新姆妈将阿爸破产的事告诉她，她才对"钱"这个字有了概念。前面的二十多年的人生，竟是从未想过这个。

思及此，心里的愧疚又深了一层，黄莺差点儿放弃登门的念头。几番踌躇，到底还是敲响了那扇门，开门的是那相貌与齐姐儿有七成相似的大哥。他见到黄莺好生诧异，待听清她是特意来拜访的，沉吟了一下，让她到厅里候着。

黄莺候在齐姐儿家的客厅里，这是一个单层公寓，家具倒是齐全，只是上面统统有一层暧昧的油腻。一个用人模样的女孩儿跑进来，见到是她，一股脑又跑了。

黄莺轻轻将带来的栗子蛋糕和咖啡放在桌上，咖啡冷了，不过不要紧，怕是也没机会喝了，因为她隐约听到从卧室的方向传来齐姐儿的声音："不见！让她走！"

黄莺轻叹了一口气，与送她的齐飞道了别，回到四川北路上。司机老丁见她出来，立时说："小姐，事情办完了就快些回去吧，这里乱。"

---

① 今上海淮海路。

黄莺点点头，正要上车，突然看见远远的街角那里有个男人正往这边痴看着。看的分明不是自己，而是自己刚刚从里面出来的那扇门。

　　那个人，她认识的，是诸葛光。

第十七章
齐姐儿委身争名利

比赛还剩下最后的十天，齐姐儿在她的卧室里发着呆。

这一圈下来，她算是明白了什么叫作"城墙上面赶麻雀——白费劲"。如今，三甲的排名又回到了黄莺第一，妙妙第二，她第三，和她策划歌迷自杀事件之前一模一样，真是命运开的一个莫大玩笑。

齐飞进来问："那黄莺还在外面候着呢，你究竟见还是不见？"

"不见！"齐姐儿挥手，"让她走！"也顾不得声音是否太大，会让厅里的黄莺听见。

齐飞出去之前，嗅了嗅呛人的烟雾，又看看齐姐儿身旁满满的烟灰缸，丢下一句："我劝您少抽点儿吧，这还有十天的曲儿要唱呢！"

卧室里很静，齐姐儿听见齐飞和黄莺在客厅里说着话，稍迟，大门一响，黄莺走了。她走到窗前，从窗帘缝里看着走到大街上的黄莺，只见对方定了一定，像是在想些什么，随后便上车走了。

昨天，华新台的虞台长将齐姐儿找去，告诉她那捣鬼的乐队指挥已经被解雇了。不过虞台长的意思倒并不是安慰她，而是警告。

虞台长说："你们怎么闹，只要不死人，我都不管。但谁要是敢在外面乱说话，污了我华新台的名声……哼哼，休怪我姓虞的不客气！"

齐姐儿不服气地："那指挥不过是个打手，那，他身后的主子，就这样放过她了？"

"你哪里放过她了？你不是把人家毒哑了吗？"

齐姐儿从虞台长的话里悟到了什么。她自然已经知道那天最后服下了漱玉碎的人，是妙妙——这样说来，自己这事，竟是妙妙做的？那么，可算是天网恢恢，报应不爽了。

还有那侥幸逃脱的黄莺，竟然是从头至尾不相干的，如今却享了渔翁之利。

齐姐儿彼时的感受复杂之极，一张俏脸阴晴不定。虞台长看穿了她的心思，说道："比赛只剩下十天光景，我劝你还是将心思放到唱歌上来。话说回来，到底唱歌事小，做人事大。上海这个地方，关键时刻重的还是一个'义'字。你那些小把戏，我看不玩也罢，这里人人都是人精，谁又怕陪你玩呢？"

虞台长这番话，可算是说得相当重了，里面的厌恶也相当明显。齐姐儿长这么大，听多了男人的奉承垂涎，几时听过一个男人这样对她说话？当下将一张俏脸涨得通红，话也没说一句就从台长办公室里出来了。

此刻，她看着黄莺的背影，揣测着对方的来意。不消说，多半是为耀武扬威而来。还有最后的十天就水落石出，竟连这几天也等不及吗？齐姐儿恨得扔掉怀里抱着的玉色夹纱玫瑰香枕，胡乱套上玄丝牡丹绣花鞋，扬声叫："齐飞！齐飞！你给我进来！"

齐飞进来了，齐姐儿拢拢着急汗湿的鬓发，对他说："你替我把长发发找来。"

长发发这是第一次进齐姐儿的卧室，艳羡得觑着眼儿乱瞧。齐姐儿这会儿正心烦，白了他一眼，说："你属陀螺的？坐下来！"

长发发找了把椅子坐下，抖着二郎腿，说："姐儿，齐大哥，你们可不够意思啊。你们做的这样好事，却把我瞒在鼓里，显是没把我当自家人啊。"

齐姐儿和齐飞对了一个眼神。长发发看在眼里，继续不紧不慢地说："话说妙妙小姐，人在电台里，怎么好好地就失了声呢？别是喝错了什么东西吧？齐大哥，我记得从前，在你这儿见过一种药粉，叫作什么漱玉的……该不会是你干的吧？"

齐飞一哆嗦，强笑道："怎么会，怎么会，你想多了。"

长发发叹了口气："唉！这关键时刻，一家人还是一家人。我长发发再怎么肝脑涂地，也是个外人哪！"他站起来，手搭在门把上，又回头丢下一句，"只是姐儿如今还只在第三的位置上悬着，只怕齐大哥你这一番辛苦，终究要流到黄浦江里去喽。"

他扭动门把，作势欲走出去。齐姐儿忙喊："站住！"

长发发回头。齐姐儿勉强收起了不耐烦，对他挤出一个笑容，柔声说："这不是找你来商量了嘛。"看到长发发的视线转到了齐飞身上，她会意地说，"哥，你先出去。"

齐飞不情不愿地出去了。

长发发重新回到椅子上坐下，这一次直截了当地说："姐儿，你想明白了吗，事到如今，你想拿下这个歌后的宝座，该靠什么？"

齐姐儿问："靠什么？"

长发发答："靠唱歌，已经靠不住了。靠谋略，你们也失算了。为今之计，你只剩下靠人这一条路可以走了。"

"靠人？靠谁？"

"光明火柴厂的刘老板。姐儿可还记得吗？"

见齐姐儿不置可否，长发发接着说："姐儿忘了他，他可没忘了姐儿。这不，一直向我提着呢……"

齐姐儿尤不甘心："我们电台选歌后，干他火柴厂什么事了？"

长发发将椅子拉近齐姐儿，一副贴心贴肺的样子："这个，姐儿你就有所不知。刘老板是上海商会的副会长，比赛呢，正是商会赞助的。这且不说，娱乐圈和商会，原本就不分家。你想想，比赛也好，唱片也好，电影也好，哪一样不要钱，哪一样离得开商会的那些老爷们呢？姐儿若是攀上了刘老板，我就这么说吧，除非是黄老爷子或杜老爷子的人亲自来和你抢，否则谁也抢不走你这个歌后的宝座。"

他这么一解释，自然明白。齐姐儿有些明知故问，又有些抱着希望地问：

"如何才能攀上这位刘老板呢？"

听闻她的这个问题，长发发淫荡地笑了笑，用回答破灭了齐姐儿心中的那点儿希望："这个，姐儿你就别问我喽，你比我清楚。"

是夜，华新台的播音刚一结束，齐姐儿就被一辆黑色的奥本轿车接走。她随长发发钻进车里，刚要启动，齐飞突然扑上来，拍打着车窗叫停了车子。

齐姐儿摇下车窗，车窗外的齐飞双眼血红，目眦尽裂，压着声音吼叫："齐大官，你去不得啊！"

这个齐大官，是齐姐儿在梨园时的称呼。齐飞的这一声唤，那时候的景象一下子被拉到面前，历历在目。七岁进梨园，每天天刚不亮就起床吊嗓、练功；数九寒冬，哆嗦着给已经成了角儿的师哥师姐们泡茶熬粥；一年三百六十五天，把大腿绑成"一"字型入睡。那个时候她不承想，有一天，自己还是得把尊严踩到脚底，靠女人最原始的本钱走下去。

到了这个时候，齐姐儿知道，到底是血浓于水，真正心疼她的人，是亲哥哥。她痛苦地喊了一声："大哥！"

长发发在旁边不阴不阳地问："姐儿，到底走不走？"

齐姐儿把眼睛一闭，脖子一梗，斩钉截铁地吐出一个字："走！"

车子开到陌生的楼里，陌生的卧室，一面之缘后被她想法子逃开过的男人。齐姐儿痛苦地承欢。同样是委身，这一次却和上一次大有不同。上一次，她是人砧板上的鱼肉，只有被吃进肚肠，化为粪土的下场；这一次，她却是那主动出击的猎鹰，忍一时的污垢，换万古的流芳。

事毕，齐姐儿面无表情地穿好衣服，想了想，终究忍住眼泪，柔着嗓子又说了一句："刘老板，我的事情，就拜托您了。"

刘老板一身油腻的细皮嫩肉，长得有点像早年的太监，不过这并不妨碍他狠狠地把齐姐儿的处女血留在月白色的真丝床单上。这会儿他正把玩着那幅床单，打牙缝里发出又疼又冷似的"嘶嘶"声，头也不抬地说："我有数。"

齐姐儿出得门口，眼神没有和候在那儿的长发发相对，一径朝外走。长发发一头喊着"姐儿，完事了？你等等我"，一头朝卧室里跑。

齐姐儿的脚步不够快，还来得及听到长发发的话："刘老板，还满意吗？您还看上了哪个女明星，只管告诉我，我笃定给您弄来。"

"哈哈哈哈！"长发发和刘老板齐声发出淫笑。齐姐儿站住，咽了一口眼泪，腥甜，味道像血。

是夜，齐飞从四马路喝得烂醉回家的时候，被院子里的齐姐儿吓了一跳。

那天夜里，下了那个夏天的第一场雷雨。第一声惊雷降落在人间，遮住了齐姐儿的戏文声。她把从京城带来的那套关羽靠行头翻了出来，披挂在身上，只不过这会儿那昂贵的孔雀翎都被大雨打得尽湿，头冠也歪在一边。

满四野里除了齐姐儿，连个活物也没有。平日里照顾起居的婆姨，早被半疯半癫的齐姐儿吓得躲进了屋里。一道闪电跟着惊雷劈下，齐姐儿就在那闪电的光芒里唱：

往日杀人不展眼，

铁打心肠软如棉。

背地只把军师怨，

左思右想难上难。

关某岂做无义汉，

宁斩我头挂高杆。

齐飞的酒一下子醒了，扑过去搂住湿透了的齐姐儿，问："妹妹，你这是怎么了？"

齐姐儿仿佛这才发现齐飞，竭力倒在他怀里，脸上泛起一个凄凉的微笑，轻轻地说："哥，你妹妹我，今儿出嫁了。"

齐飞痛心地看着她，不明白她的意思。

齐姐儿挣脱他，勉力站起来，仰着脸儿，转着圈儿，冲着茫茫的大雨，声嘶力竭地喊："今儿个！我！齐姐儿！把自个儿嫁给这上海滩的大舞台了！我发誓，一定要在这个舞台上，留下我齐姐儿的名号！"

照长发发的说法，打第二天起，刘老板就会给电台、媒体方方面面打好招呼，齐姐儿立时三刻便能感受到不同——您且瞧好儿吧！

说得神乎其神，齐姐儿半信半疑。悬着心儿唱着，悬着心儿等着。如此等了两天，什么也没发生。齐姐儿坐不住了——离大赛结束只余八天，这刘老板到底是行动了，还是没行动呢？自己这一次献身，该不会是白献了吧？

她找长发发，长发发这会儿却人间蒸发了。无法，她想直接去找刘老板问一问，还没找去呢，人家却先找上门了。不过不是刘老板，而是刘太太。

齐姐儿意外地请刘太太坐，她们曾经见过一面的，在刘太太的客厅里。这一回在齐姐儿不甚明亮的小厅里，刘太太边让贴身女佣去门边候着，边说："不坐了，怪腌臜的，就几句话，说完了就走。"

齐姐儿有种不祥的预感。刘太太却好整以暇地打量着她，说道："齐小姐还是那么漂亮——我听说，你还是让我们老刘给睡了？"

齐姐儿一哆嗦，无言以对。刘太太笑了，说："不过，这一回，可是你主动翘的尾巴。是为了歌后大赛吧？早知如此，上一回又何必特地找到我那里，扮什么烈女了？说起来，这满上海滩，为这为那送上门让我们老刘睡的女人可着实不少。这原也不算什么。不过你既然到我这里递过帖子，总该和我打个招呼。"

"刘太太……"

刘太太戴着手套的手一挥，拦住她的话："我们老刘睡你的时候，许了你什么？无论许了什么，你还是忘了吧。你也知道，那姓刘的终究还是要听我的话。你想一翘尾巴换个冠军，我偏要叫你鸡飞蛋打。"

刘太太要走了，门边的女佣将坤包递在她手里，转身前有意无意地给了齐姐儿一个奚落的笑容。只听得吱呀一声，刘太太在即将合拢的门缝里又丢进来一句："对了，以后，全上海的饭店餐厅里，不要让我看见你，以免影响我的胃口。我已经放话下去了，你去了，也是不会有人接待你的。"

刘太太走后，齐姐儿迷迷糊糊地上了一辆黄包车，让车子往租界开去。奇怪的是，此刻她心里记得最清楚的，既不是刘老板占有她的那个夜晚，也不是刘太太方才羞辱她的话语，而是刘太太贴身女佣的那个眼神，来自一个下人的那样高高在上的眼神。

她让车子停在礼查饭店门口，下车，振作了一下，推门而入。玻璃橱窗里倒映出她的无俦美貌，这美貌从来就是她通往一切上流社会的入场券。

果然，毫无阻碍地，她在靠窗的位置上坐下来，侍应生拿上菜单，微笑着问："齐小姐想用点什么？"旁桌的人纷纷朝她打量，男人们垂涎，女人们嫉妒。

她觉着又有点活过来了，正想将那芝士龙虾大大地吃上一顿去去晦气，一个领班模样的人匆匆赶过来，躬身赔笑，用耳语般的声音对她说："对不起啊，齐小姐，我们……实在不方便招待您，请您原谅。"

她惶惶然抬头，兀自挣扎着，可领班已经不由分说地摆出了"送客"的手势，方才打量她的人们仍旧打量着，男人们的目光变成了惊讶，女人们，则变成了幸灾乐祸——再没什么比看见一个美丽而猖狂的女人落难更叫人痛快的了，今晚上这顿晚餐吃得真值，这余味，足够再回味个七顿八顿下午茶呢。

第十八章
假作真时真亦假

中了漱玉碎之后的那个夜晚是怎么过来的，妙妙从未对任何人说过。旁人眼中看见的她，是第二天午后又光鲜亮丽地出现在国际饭店西餐厅里的紫衣丽人。

刚刚能咿呀出声后不久，她就接到了山本亨的电话。他要见面，妙妙没有拒绝。她猜山本亨是奉了山本男的意思而来——昨天晚上，她没有如约接山本男的电话。

下楼前，她不怀丝毫感情地、以打量一柄武器的目光打量着穿衣镜里的自己：她还是第一次在与山本亨约会时穿旗袍。这件紫罗兰色的丝绒旗袍衬得她像一个紫水晶的宝瓶，眼睛里的一点冷酷，不多不少，正是瓶中的玉露。

每挺过一次难关，心就坚硬一点，像老鹰磨去喙上的皮肉。她试着轻唱了几句《夜半行》：

夜半的天空，看不见一颗星。我正在盼望，盼望着大地梦醒。

似乎觉得自己的嗓音比从前又更沙哑了些——据妙妙的歌迷们说，她的那一把"烟嗓"，自歌后大赛之后，烟味确是更足了。

她喷了香奈儿香水，踩了菲拉格慕皮鞋下楼来，进入西餐厅，一路注目无数。可对面山本亨的注意力却明显不在她的身上。这让妙妙有些莫名其妙。就在一天之前，他们见面的时候，他还像个情窦初开的傻小子一样，眼光无法离开自己呢。这一天的时间里，难道发生了什么？

山本亨终于开口了："妙妙小姐。"

"是。山本君。"虽然说的是中文，可他们很自然地用了日文的语气。

"你告诉过我你的身世，你是在抚顺长大的，你的父亲，是中国西北军中的陈作龙将军。"

"是。"关于她的身世，她和丘麟当初对是否将之对山本亨公开曾有过不同意见，幸好她最后选择了相信自己的直觉，否则今天早已成了山本男的刀下之鬼。

她向山本亨讲述完身世的那天，对方起先满脸的震惊，让她几乎立刻开始后悔。但山本亨随即问："你说，你是抚顺陈将军府的小姐，青木文雄君的恋人？"

"是的。"到了此刻，她只能硬着头皮坦白到底了。

山本亨惊呼："天哪！"于是她得知了自己与青木文雄私奔的那天，正是眼前的这位山本亨，在前门引走了陈府的管家，才得以让她有时机从窗台上一下跃入青木文雄的怀里，也跃入与山本亨七年后的相遇里。她不禁感叹命运的奇妙与讥讽。

那么，此时，山本亨又提起这一段，是哪里出了纰漏吗？她在脑海里飞快地搜索所有的可能性，直到山本亨再次严肃地唤她："妙妙小姐。"

妙妙赶忙集中了精神，尽量隐藏起目光中的疑虑，以全然的风情面对山本亨："是。山本君。"

"知道了你的身世之后，我感觉到了宿命的力量。也更加坚定了要得到你的决心。"

"唔？"妙妙忍不住发出意外的声音。

山本亨点头："七年前，如果我知道有一天我会爱上你，还会不会接受青木君的所托？但是，如果我没有接受他的所托，我们还会不会认识，我还会不会爱上你？"

话说得很拗口，但妙妙全然明白。

"这是一个圆。"山本亨说，"从起点走到终点，就是为了让我们最终在一起。"

是吗？妙妙想，如果这真的是命运的本意，她不会因青木文雄而遗憾，却会因为父亲而感到无比的遗憾。此生与父亲之间的最后一句话，是气话；此生与父亲的最后一个眼神，是满怀着愤怒和仇恨的眼神，这是她在任何时候想起来都会为之心碎的。

她轻轻地叹了口气。却听到对面的山本亨说："所以，为了表示我的决心，我为你找到了这个。"

他将一个透明的水晶盒子放到桌上。水晶盒子里还有一个黑色圆形的内胆，因而看不出里面究竟装的是什么。

山本亨缓缓说："这是——令尊大人——陈作龙将军的骨灰。"

世界上再也没有任何一句话能比这句话让此刻的妙妙更为震惊。但她没有发出丝毫声音，只是用圆瞪的双眼，向山本亨要求着进一步的解释。

山本亨说："我知道，你对令尊大人的感情很深。对于你和青木君出走后，他战死沙场、尸骨无存的消息也非常痛心。你们中国人重视安葬，这一点，和我们日本人是一样的。所以，我有了这个念头——为你找到令尊大人的遗体，将之带回给你。我用了一点时间，找到当年锦州战役的军人，他们对令尊大人的印象也很深，我们日本人，对于真正的武士，是非常尊敬的。锦州战役之后，打扫战场的军人将中方所有的尸体埋在锦州郊区的荒地里，令尊，被单独埋在一处。

"我找到了当年负责埋葬的人，他和我的手下一起，将令尊大人的尸骨挖了出来。我知道，中国人讲究入土为安，但这种情况下，我只能将令尊的遗体火化，将骨灰带回给你。"

妙妙的目光紧紧地锁在那个水晶盒子上，伸出手，轻轻地抚摸了盒子一下，然后便紧抓住不放。她控制着盈眶的眼泪，用颤抖的声音问："肯定是我父亲，不会错吗？"

山本亨肯定地回答："绝不会有错。尸体虽已腐化，但军服上的将军肩章还非常清楚。还有这些，是令尊大人的遗物。”

他将一柄刀和一个匣子递给了妙妙。妙妙先打开匣子一看，里面是一副鲜红色的将军肩章，以及一枚手榴弹。她吃了一惊，山本亨随即解释："据说，这是令尊大人临终前未来得及拉开的手榴弹。他原本是准备用此自尽的。"

山本亨的态度恭敬，妙妙知道，日本人对于自尽的军人，怀有深深的敬意。她的脑海里，想象出最后时刻的父亲，还未来得及拉开手榴弹，已经中枪倒地。她将父亲的宝刀从刀鞘里抽出一半，找到了那个熟悉的"龙"字，再也忍不住，热泪簌簌而落，父亲的音容笑貌如在眼前，前尘往事如岩浆在心中滚过。她甚至还清楚地记得，当年从窗台上纵身跳下来的自己，内心并非是笃定的。走与不走，只在一念之间，只是在那一瞬间，她鬼使神差地选择了前者。

如果当时，选择的是留下，是否今天的一切都会不同了？唯一可以确定的是，以父亲的心性，他绝不会在张大帅号令东北军放弃抵抗的时候一起放下武器，什么也改变不了他战死沙场的宿命，就像什么也改变不了她与日本人之间生生世世的宿仇。

她抬头看了看，周围已经有不少好奇的目光在朝这边打量。她迅速地擦干眼泪，恢复平静，对山本亨说："曾经有人为我买来了全中国最大的钻石，也有人深夜等在国际饭店的楼梯口，只为了在电梯停运后背我上楼。但是，山本君，我的心，从未像今天这样被打动过。"

她拿着父亲的骨灰和遗物站起来，走到山本亨身侧，俯身，以下的话是用耳语的："今晚十二点，到我的房间来找我。"

说完她便摇曳着离开了，背负着无数或艳羡或嫉妒的目光。而她此刻想的却是：要将自己和山本亨的关系再推进一步，没有比这更加自然而然的时机了。

那天晚上，山本亨很晚才离开国际饭店。他的车子刚消失在街角，丘麟就从暗影处闪身出来，径直上了十楼。

妙妙打开门，她穿着睡袍，秀发蓬松，双颊嫣红。丘麟克制住自己，没有直接冲进卧室里查看，而是坐到了沙发上，用尽量不带感情的冷静声音问："组织上需要知道，你与山本亨发生肉体关系了吗？"

妙妙毫不留情地戳穿了他："是组织上想知道，还是你想知道？"

丘麟的腮帮子一紧，随即故作轻松地笑了一下："妙妙小姐，你高估自己的魅力了。我是想代表组织通知你：如果你已经和山本亨正式建立了情人关系，现在你有了一个情敌，她的名字，叫作川岛芳子。"

两天之后，话剧《子夜》的末场公演，着男装的妙妙刚刚到达拉斐花园剧场，就看到同样着了男装的黄莺差不多同时下车，两人相视一笑，一齐往剧场内部走去。

昨日，黄莺不在家时，妙妙造访了黄家大宅，留下一把檀香苏扇。那天黄莺回家时，阿爸对妙妙好一通夸赞，直夸她是诗礼闺秀，且又不落俗套。

阿爸这样夸奖一个晚辈，况且还是自己的竞争对手，真是难得。黄莺拿妙妙赠给她的那把檀香苏扇细看时，只见扇面上是一幅写意画：几株春柳立于岸边，随风摇曳，取"树欲静而风不止"之意；旁边是一句诗："我意不关渠，自在寻歌去。"这本是辛弃疾《生查子》中的一句，原句是"我意不关渠，自在寻诗去"，妙妙将一个"诗"字换成"歌"字，正应了歌后大赛之境，落款处题了妙妙的名字。

黄莺看着这字这画，既喜且佩。喜的是妙妙用这把扇子，表示了齐姐儿之事并非她所为，黄莺信。世人还说齐姐儿、妙妙都是她害的呢，她怎会不明白造化弄人的苦？佩的是妙妙才华横溢，这画有风骨，诗有妙义，这妙妙，真乃一个妙人儿也。

黄莺将那扇子反复地看，又叹妙妙写的居然是颜体。说起来，柳体劲媚，欧体匀婷，赵体风流，似乎都更符合世人对妙妙的印象，可她偏写的是一手严谨方圆的颜体。

黄莺当下就买了两张话剧《子夜》的票子，着人送了一张到国际饭店。此时姐妹俩口角含笑，心内欢喜，倒好像回到幼时与闺密一同出游的心情一般。坐定开演之前，妙妙转头对黄莺笑道："总算纷纷扰扰，都过去了。好在一切都回到了本应在的位置上，好比走了个圈。我看命运的这一场大戏，倒比我们谁演的，都要好看得多。"

黄莺听闻此话，对她莞尔一笑，伸出手来，挽住了妙妙的臂膀。

第十九章
大上海失守悲沦陷

故事看到这里，您大概难免纳闷——这歌后大赛最后的冠军、歌后的桂冠，到底落在了谁的头上？齐姐儿到底如愿了没有？

有。

不过最后帮助齐姐儿折桂的人，可并不是那个既好色又惧内的刘老板，而是另有其人。

离赛事结束还有七天的早上，齐姐儿被梅花社的乔社长派人请到了社里。几日失眠，齐姐儿头痛脸肿，特意用白色丝巾包住了头脸，又架上一副墨镜。进了办公室，她刚摘下眼镜，乔社长就迫不及待地迎了上来，满面笑容地将什么东西递到她的手里："齐小姐！你快看！"

齐姐儿低头一看，是两页曲谱，谱上写着名字：晚香玉。

这个名字好熟悉，仿佛是一种花，曾经在一个月夜里，有人告诉过她。

还没来得及收回念头，就听见那个人的名字从乔社长的嘴里冒了出来："这是诸葛光昨晚送到我家里的！"

齐姐儿不解。

乔社长解释道："上回我们说过向歌王邀歌之后，我想了想，不试一下总是不甘心。我就亲自登门拜访了诸葛光，谈了我们的想法，他呢，当时并没有说什么，我以为这件事没有希望了，也就没有告诉你。结果，就在昨天晚上——这首歌送到了我那儿。我已经找人唱了一下，真的是极好极好的！而且与你的风格正是天作之合！真难为诸葛光怎么想出来的，就仿佛为你量身打造的一般！你们原先，是不是认识的……"

后面的话，齐姐儿听不清了。眼泪一串串地滴在曲谱上，将"晚香玉"那三个字都化开了。

命运真是弄人，这曲谱如果早一点送到乔社长那里，故事也就不会这样书写。在诸葛光用音符回忆着那个夏夜的时候，自己正因为无路可走，将贞操和尊严都一并丢弃。

乔社长太兴奋了，没有发现齐姐儿的泪眼。他转身抓起沙发上的外套，说："咱们这就走！去录音棚！我已经和华新台打好招呼了，曲谱的誊本也已经送去，他们的乐队立即排练，今晚上，这首歌就可以和大伙儿见面！我敢拿我在上海滩娱乐圈这一辈子的名头和你打赌——这首歌肯定会一炮而红！"

乔社长没有料错。这首《晚香玉》的伦巴节奏，仿佛带着夏夜清风的浪漫悠闲，正适合这个季节，从齐姐儿将它唱出的那个夜晚，就成了街头巷尾、无所不在的旋律。而齐姐儿的名次也随这首歌注定了，在最后的几天里，她的票数以无可争议的优势扶摇而上，稳稳地定格在第一名的位置上。

齐姐儿和诸葛光是在歌星大赛的一个月之后重逢的。

那天是新的百代公司①挂牌暨歌王歌后的签约仪式，场面做得很大，徐家汇公园里的那座小红楼上，高卢雄鸡的商标熠熠生辉，而"上海滩歌王歌后聚首"的宣传，也吸引了众多媒体的蹲守。

气氛是很微妙的。仿佛整个上海滩都在屏息凝目，期待着这一对妙人儿碰到一起。虽然知道他们之间渊源的人并不多，但使君未娶，云英未嫁，郎才女貌，又刚刚合作了一首如此动听的歌曲，好像不发生点什么都说不过去似的。

齐姐儿早上出门的时候，被齐飞埋怨了一句："今儿怎么穿得这样寒酸？"

---

① 百代唱片公司，旧中国最大的唱片制造和经营公司，总部位于上海徐家汇。

说来也怪，齐飞是素不干涉齐姐儿的服饰的，今早除外。也许他也是那期待的万众中的一员，也许他对于六年前驱走了诸葛光，对妹妹始终感到抱歉。

齐姐儿穿一件棉布旗袍，白底，藕荷色细格子，短袖，包裹在曲线玲珑的身体上，两只胳膊像藕节，一张俏脸像打藕节里伸出来的粉色荷花。这身衣服可是她昨晚上反复思量选的。这会儿她嗔怪地白了齐飞一眼："不懂就少管！"

齐飞做恍然大悟的样子："哦，我明白了，这在咱京剧里头，叫作一唱三叠。"

到底是个聪明人儿。

诸葛光一抬头，看到的正是这样的齐姐儿。他一时间有些迷惑。时间过去六年了，他当然没期望她还是从前的样子。那年她十八岁，是一朵艳丽里带着刺儿的玫瑰；如今二十四岁了，怎么看着反而更稚气了些：一张苹果脸红扑扑的，卷发拂在两腮，看起来和个女学生没有两样，和记忆中那个伤害了自己的女人更是扯不上关系。

齐姐儿已经打定了主意，要将今日变成她和诸葛光的新开始。六年前，她喜欢过他。而这一次，她甚至在还没见到他之前就已经爱上他了。天知道，她是穿越了多少艰险，才来到这山巅，与他相遇。如今，他们都是在至高处了，她因敬重自己，也敬重他。他们正如如假包换的王与后，除了彼此，无人可匹配。在她的想象中，今天便是他们的册封大典。

她对他嫣然一笑，笑容里的意味难以言尽。是喜悦，又是伤感；是感激，又是抱歉；是赖皮，又是许诺。在万众的包围之中，只有他们两人才懂。

而诸葛光从这一笑之中，知道了什么叫作倾城，又知道了秀色到了极致，真的可以夺人。他的脑海里，掠过的是上海滩上那句脍炙人口的话：上有嫦娥，下有齐官。他既鄙视这样的自己，又忐忑于她的期冀，只能呆立在原地，看着齐姐儿在闪光灯幻化出的彩虹上，一步步走向自己。

只是那一天在场的人谁也没有想到，这条板上钉钉的大头条，第二天只在各大报纸上占据了一个不起眼的位置。那一天全上海滩的报纸头条都是同一行大字，黑白的，却又是血淋淋的：守卫南市孤军流尽最后一滴血，大上海沦陷。

孤岛时期开始了。

SONGS OF YESTERDAY

第二卷 **孤岛**

第二十章
齐姐儿不知亡国恨

　　一辆一九三〇年式的雪铁笼 ①汽车，载着那丽人，由外白渡桥向西转弯，一路沿着北苏州路，缓缓驶过这座战争中的孤岛。

　　丽人穿着大红色旗袍，腰部用深红色水钻钉出晚香玉图案，着丝袜的小腿裸露在严冬里。黑色天鹅绒大衣拉起了帽子，一圈儿白色狐毛像光圈，笼着那张姣好的脸蛋；同色的狐毛手笼，包裹住不沾春水的素手。

　　那可不正是那上海滩的一代歌后，齐姐儿无疑。

　　齐姐儿微缩着脖子，惊恐地看着车窗外刚刚爆发过米潮的鑫记米号。抢米的人潮已经散了，巡捕房也来过了，被打死打伤的尽数抬走，留下的只有马路上可疑的红色液体，以及拿着竹篮蹲在地上"扫米"的老弱妇孺。

　　在接近租界边界的地方，巡警陡然多起来。举着抗议标牌的人被拦在外面，哭着"孩子要吃饭"的母亲被拦在外面。齐姐儿的车子停下来，值班的巡警看了通行证，又往后座上睃了一眼，挥了挥手，车子将那些羡慕和愤恨的目光抛在后面了。

　　齐姐儿舒了口气。这年头，以后还是少出租界的好。一进了这里，仿佛进了另一个世界，所有的喧嚣和战乱全都被拦在外面，这里，是一座疾风骤雨中

―――――――――――――
① 汽车品牌，即雪铁龙。

的欢乐岛，是一剂醉生梦死的忘忧药。

车子转弯，经过霞飞路上的国泰大戏院，齐姐儿对着门口妙妙的电影海报撇了撇嘴。车子又向前，经过法国总会，一个叼着雪茄的男人刚巧大笑着推门而出，门缝里飘出凡尔赛式大厅里的恰恰舞曲，正是那曲《小冤家》。

齐姐儿心烦意乱地抿了抿刘海，又抚了抚腮。眼前这情形是她没想到的。本以为歌星大赛折了桂，这星途自然一帆风顺，没想到人强强不过大势，日本人打进来了，虽说一时半会儿还进不了租界，可势力却是无孔不入的。在这关口，上海滩演艺圈人士赴港的赴港，撤回内地的撤回内地，留在本帮的，也一律深居简出。眼下租界里唯一还敢歌影双栖，片子照接不误的，只有妙妙一人。不齿她的自然大有人在，可齐姐儿却暗暗对她这种火中取栗的精气神儿，生出了几分钦佩。不管怎么说，妙妙如今是大红大紫，风头无两了。再说，这孤岛上的众生一心求醉生梦死，像妙妙那样的坏女人，正对他们的胃口。

齐姐儿绝不是坐以待毙的人。机缘巧合，她靠上了黄老爷子这座大码头，拜了对方当干爹。今儿出门，为的正是参加干爹名下荣金大剧院的开幕酒会。谁都知道，干爹有的是钱，这一涉足电影界，她齐姐儿自然如虎添翼。在今儿的酒会上，她难得当众唱了一段《华容道》，哄得干爹眉开眼笑，而她呢，趁机敲定了，干爹一定要用自己的势力，捧她多当儿部电影的女主角。

齐姐儿在手笼里抚摸着刚才被干爹反复摩挲过的玉手，满意地想：干爹到底是七十多岁的人了，那点儿残留的雄性荷尔蒙，也就够他打打擦边球，享受一点儿这样的软玉温香，动不了什么真格的。关于这方面的分寸，齐姐儿把握得可好了。

一想起歌星大赛之前，在长发发的导演下躺到刘老板身下的那一夜，齐姐儿还会情不自禁地打个哆嗦。今天在开幕酒会上，她居然又见到了长发发。他现在当了法租界领事的跑腿，混得人模狗样了，对齐姐儿阴阳怪气地打了个招呼。齐姐儿知道，他还在记恨自己在歌星大赛之后将他赶走。

车子终于驶进了愚园路，停在一幢小洋房前。齐姐儿刚迈出车门，突然被一个不知打哪儿冒出来的老农撞了个趔趄。那老农身着破棉袄，头戴毡帽，肩上还挑着一副扁担，满面皱纹，满身污渍。

齐姐儿本能地拧着眉头，捂着鼻子，后退一步。老农慌忙作揖："齐小姐原谅则个，小老儿老眼昏花了。"

　　齐姐儿摆摆手，示意对方快走开。对于一个素未谋面的老农能脱口而出喊出自己的名字，也并不觉得奇怪。进屋之前，她恍惚听见那老农边远去边唱着一首她从未听过的歌谣，歌词端的好生古怪：

　　那一心求名的，偏叫世人把她忘记；一心求爱的，沦入孤惨惨地狱；如兰似香的，被千古编着骂名；想做孟姜的，叫她终老在烟花巷里……

　　齐姐儿走进房里，立即就发现这里多了点不一样的东西：一架三角钢琴孤零零地立在客厅的楼梯旁，漆黑的表皮发着矜持的光芒，面前的琴凳歪着，琴谱还放在琴盖上，似乎弹奏它的人刚刚离开。

　　齐姐儿正满腹疑惑，齐飞惺忪着眼，穿着浴袍出现了："您终于回来了。我这儿一上午没消停。"

　　"这钢琴是怎么回事？"

　　"还能有谁？还不是您那傻姑爷？您刚走，这玩意儿就被抬了进来，我这还睡觉呢。"

　　齐姐儿环顾四周："诸葛光人呢？"

　　齐飞扎手扎脚地瘫到沙发上："傻姑爷见你不在，放好了琴就走了。"

　　齐姐儿在钢琴前坐下，想起了前段时间，她对诸葛光抱怨过自己的处境，而他给自己的建议是：既然如今外界的局势复杂，莫若趁这个工夫，好好练内功。弹琴、识谱要学起来，练声也要成为每日的功课。齐姐儿的高音部分，还需好好开拓。

　　诸葛光的原话是："自古人事多纷扰，倒不如躲在艺术的世界里清清静静。功名这个东西，非人力可以控制，好好做自己的事情，于心无愧，留予后人说。况且，我自然会全力支持你的。"

　　这番话，除了最后的一句，齐姐儿没一字听着顺耳。可就冲着那最后一句，她点点头，敷衍地认同了诸葛光。没想到，他还真把钢琴给买了回来。

　　时间一天天过去，他俩仍然深深地被对方吸引，但巨大的差异也日益暴露出来。这里面很大的原因是齐飞。诸葛光不喜欢齐飞满口脏话，不喜欢齐飞无所事事，更接受不了齐飞抽大烟。对于如今这个时代还有人抽大烟，诸葛光感到无比诧异，并力劝齐姐儿一定要逼其戒掉。

对此齐姐儿的答复是："我供得起，他不害人，就让他抽，怎么了？"

改变不了事实，诸葛光来愚园路这所小洋房的时候渐渐少了，他说他受不了空气里那股甜甜的催人欲呕的味道。

那是大烟的味道。

齐姐儿没好气地看着钢琴。她认得那琴身上的皇冠标志，这是架施坦威钢琴。这会儿上海滩的琴行也多了，本地产的便宜钢琴遍地都是，可这诸葛光非得花上个十倍八倍的价钱，买了这么个劳什子回来。

天知道，他要是钱多得花不了，齐姐儿可有比这好得多的花钱方法。拜了黄老爷子当干爹以后，她认识了许多上海滩金融界的大亨。其中有一个徐公，战前在通商银行当理事，如今虽辞职当了寓公，可在金融界的耳目还是极灵的。他指导齐姐儿买卖股票。

齐姐儿对此一窍不通，问了一个天真的问题："这玩意儿能稳赚不赔吗？"

徐公答："齐小姐这是说笑了，这世上哪有稳赚不赔的股票？"

齐姐儿嗤道："那有什么趣儿？"

"对于精通股票的人来说，今日赔一元钱，是为了日后赚十元、百元。齐小姐知道，这半年以来，众业所最好的股票涨了多少吗？二十倍！"

齐姐儿因这个数字一下子心动了，问："哪儿能认识这样的人呢？"

于是齐姐儿在徐公的搭桥之下，认识了信托公司的仲先生。认识之初，齐姐儿仍心怀疑虑，仲先生建议她买入蓝格志橡胶，她迟迟未有下手，眼看着这只股票翻了数倍，后悔不已。今日的酒会上，她与仲先生正式签订了代理合同，将自己多年积蓄的半数，交给对方以钱生钱。在落笔签名的前一秒，齐姐儿停下来，看着仲先生，问："仲先生，你不会辜负我吧？"

仲先生是个满面红光的小个胖子，喜欢凑近了人说悄悄话。这会儿他凑到齐姐儿耳边，悄声说："齐小姐，你知道我们这里叫什么吗？孤岛！到处都海难了，陆地只剩下这最后的一块，全中国、全东南亚，还有西方的钱都在往这里涌，你说，这时候不趁机赚上一票的，是不是憨大？"

他说的确是实情。淞沪决战之后，上海滩遭到日军的毁灭性重创，整座城市的七成工商业丧失殆尽。然而不到一年的时间，繁荣的幽灵就在城市的尸体上迅速复活，以纺织业为首的工业在租界内如火如荼，机器日夜轰鸣；工业的繁荣又带动了商业和金融业，单这一年，租界内就新增四百多家商号、近一百多家银行机构。

支撑这一切的是人。因为日军不敢动租界的共识，这里成了社会各阶层人士的避难所。富豪们携着毕生积蓄和大小老婆逃到这里；贫民们不顾一切地钻进这里的难民营；有家有口的原租界居民，则尽可能地身兼二职、三职，想在日日刷新的米价面前为全家人尽量抢上一口吃食。有人，就有需求；有需求，就催生了金钱交易；而孤岛内的那一票"聪明人"，即打算在这战争的需求之上，好好地长袖善舞，玩一出关于金钱的数字游戏。

"富贵要向险中求。"齐姐儿坐在漆黑发亮的施坦威钢琴前，回忆着仲先生今天对她说的这句话，手指无意识地在琴键上拂过。无可挑剔的饱满声色，仿佛从路易十五的时代穿越而来。她叹息着对不在眼前的诸葛光说："你这个憨大！"

第二十一章
妙妙龙泉夜夜鸣

上海滩的租界里近日流行一股从欧洲传过来的新风潮：骑马。一个名叫汤姆逊的英国人，雇用着几个白俄教练，开了这家哥伦比亚骑术学校，一时间掀起一股"哥伦比亚生活圈"的风潮。来练习骑术的，以青年男女为多，莫不非富即贵，既有驻上海的外籍人士，亦有上海滩巨贾的二代三代，还有汪伪政府高官的家眷们。

今天，哥伦比亚骑术学校里有些莫名的骚动。梳着精致发髻、穿着长裙的淑女们，满心想表现对另一个女人的蔑视，可就是，总忍不住要看她。

你看她那副狂浪的样子：一头大波浪就那样披散着，那沉甸甸的睫毛也不知涂了什么，那条灰色的骑马裤是那样紧，将她的大腿轮廓勾勒得一览无余，还有那软颤颤的胸部……淑女们的心里浮上了那个她们不敢说出口的字眼：骚。与她同来的男人，该不会是日本人吧？这女人一向冒天下之大不韪，与日本人走得亲密。可看到那男人斯文英俊，对她的温柔爱意溢于言表，淑女们又禁不住嫉妒了。

妙妙推开山本亨和教练推过来的手，以标准的姿势踩着马镫上马。世人都把自己当成妖女，可其实，自己何尝不是正宗闺秀出身，这些骑马赋诗、琴棋书画，正经是自己打小就接受过来的教育。

山本亨标准的京片子"自个儿小心"，和羡慕嫉妒恨的目光都被抛在身后，妙妙熟练地一夹马肚子，缰绳轻抖，御风而去。山本亨心醉神迷地看着那个背影。他在第一眼看到这具肉体的时候就对之产生了兴趣，可随着时间过去，他越来越着迷于这个灵魂。

他并不知道此刻这个灵魂里转动着的念头，是如何在今晚山本亨的哥哥——山本男的晚宴上，拿到她必须得到的情报。

毫无头绪。妙妙摇了摇头，车到山前必有路，到时候再见机行事吧。此时此刻，就让自己好好享受这恍若回到少女时代的快乐。

时间退回半年前。

在大上海沦陷之前的那个秋天，中日之间曾有过一场看不见硝烟的战争。面对敌我水军的实力悬殊，蒋介石求助"上海王"杜月笙，以壮士断腕之姿，在江阴要塞处，以两百余艘沉船布下埋伏，意欲给日军来个关门打狗。没想到走漏了风声，日军舰队在靠近江阴时突然掉头，功亏一篑，有内奸无疑。杜月笙当着蒋介石放下一把满膛的左轮手枪，放话说内奸若是他那边的人，就用这把手枪当场取他性命！

不用他说，蒋介石也将怀疑对象放在自己的国军里。江阴沉船中的那一百余艘商船，可都是杜月笙真金白银的财产，想必他绝不会这样开自己的玩笑。而彼时国军中的内斗之激烈已达巅峰，出个把投日的内奸也不是什么离奇的事情。

江阴沉船之后不到三个月，上海滩沦陷。这场胎死腹中的战役，表面上没有人再提起，可其实针对内奸的调查工作一直在暗中进行。直到最近，军统方面终于锁定了怀疑对象——国民政府行政院机要秘书黄浚。但要将其批捕，还需要最后、最关键的证据。

黄浚似乎已经发现了军统的跟踪。事不宜迟。像这样位居高层的内奸，中转环节一定极少，极有可能他是直接与当今的日本总领事——山本男单线联系。能够接近山本男的人呼之欲出，组织指令妙妙：在短时间内不择手段，从山本男那里取得黄浚的直接罪证。

当天晚上，在日本领事馆的宴会厅里，妙妙以一袭最新款的法式礼服裙艳惊四座。那件礼服裙是极浅的薄荷绿，缎子面料，走动起来像移动的波光。胸口处打着十字交叉的蕾丝结，上面镶满了绿松石和钻石，在颈后会合。雪白的背部直开到腰际，此处亦有一条镶满绿松石和钻石的腰带。妙妙的一头波浪发处理成小发圈，油光水滑地贴在脑际，活脱脱是一个法兰西贵妇。

妙妙以自己的性感和美丽征服了全场的男士，再以一口流利的日语和谦卑的姿态征服了全场的女士。再加上她之前与山本亨合演的《东亚大和平》，在日本人中极受好评，一时间竟成了宴会的焦点。山本亨一脸喜色地拥着她四处寒暄，就连山本男也忍不住多看了她两眼，心里对弟弟如此痴迷这个中国女人多少多了几分理解。

一曲华尔兹既罢，舞池中人的视线都集中在妙妙与山本亨这对璧人的身上。就在此时，妙妙却脚下一软，悬然欲倒，还好被山本亨一把扶住。只见妙妙附在山本亨耳边说了句什么，山本亨又好笑又怜爱地将她抱起，经过哥嫂身边时轻声解释："她节食太厉害，是体力不支。我带她到客房休息一会儿。"

大嫂恍若大悟，深表理解。这上海滩的美女们，为了将自己挤进那些美轮美奂的礼服里，有什么苦吃不得的？她一把拉住了欲跟过去的山本男，让他别去打扰那小两口。

山本亨熟门熟路地将妙妙抱进二楼的客房，将她放在罗马大床的雪白被褥里。妙妙的那一阵眩晕已经过去，此刻看起来神志清明，不知道是不是因为眩晕过的原因，双颊红艳艳的，眼波潋滟。山本亨忍不住将目光锁在她的身上，流连不去。

妙妙接上山本亨的眼神，感觉有一束火，顺着那眼神将自己的血液一寸寸燃烧。她伸出一根手指，从山本亨的额头滑到嘴唇，说："你先出去吧，让我睡一会儿。"

山本亨扯下她的手指，扑过来，缠绵地长吻，然后起身出去，掩上了门。

片刻之后，客房的门被无声地打开，妙妙从里面走了出来。

她先小心观察了一下四周，确认无人，才闪身来到了走廊尽头的倒数第二个房间。这一间是山本男的书房。这整栋别墅的地图，她早在来之前就背熟了。她轻扭书房的门把，门锁着。她从胸衣里摸出万能钥匙，打开了门。

眼睛适应黑暗以后，妙妙发现，这是一间欧式布置的书房。宽大的办公桌正对着房门，宫廷风格的长沙发靠里打横放着，天鹅绒窗帘低垂下来。

妙妙伸出手扭了扭，中指上那枚硕大的蛋白石戒指立刻变成一个光源。根据丘麟的情报，山本男习惯将重要文件放在办公桌右手边的第三个抽屉里。她迅速走到书桌前蹲下，用万能钥匙旋开最下面那个抽屉的锁，轻轻拉开。就在这时，她听见了一声令她毛骨悚然的声音：有人在开门！

她几乎凭本能迅速扑倒，颤抖着关上了书桌抽屉和戒指的光芒。刚做完这一切，门咔嗒一声，有人进来了。

只要再向前几步，那个人就可以居高临下地发现趴在书桌下的妙妙。妙妙浑身血液都凝结了，这是一个无论用什么理由都无法解释的局面。可进来的那个人停在门口，摸索了一会儿，妙妙闻到了熟悉的雪茄味，于是肯定了进来的人正是山本男，他之所以没有立刻进来，是在点雪茄。

千钧一发之际，妙妙就地一个翻滚，连滚带爬地躲到了长沙发的后面。她面朝下匍匐在地毯上，用手捂住嘴不让自己发出呼吸声，可怎么也无法控制听起来简直惊心动魄的心跳声。

山本男进来了。他没有开灯，也没有拉开窗帘，只是静静坐在书桌前，抽完了那根雪茄。这一根雪茄的时间，对妙妙仿佛有一万年那么长。然后山本男站了起来，似乎有意向沙发这边走来。

妙妙死命将自己压在地毯上。她甚至怀疑山本男已经看到了自己。可他只是朝这边走了两步，并没有真的走过来。他停下用日本话骂了句脏话，走回书桌旁，拨了一个电话。

他就站在那里打完了电话，随即头也不回地离开了办公室。妙妙又趴了一会儿，直到确认山本男走远了，才从地上爬起来。膝盖的酸麻让她立刻又跌坐在地上，但她的心里却充满了狂喜，因为刚才，就在山本男的电话里，她清楚地听到了那个名字：黄浚。

山本男告诉电话那一头的日本特务：国军方面已经开始怀疑黄浚，让他彻底放弃这个人。

妙妙回到宴会厅，请山本亨替她向众人宣布：为了弥补她的失礼，接下来她将为大家献上一首《满场飞》。在乐队的伴奏下，在妙妙以磁性歌喉演唱的"香槟酒气满场飞，钗光鬓影晃来回，你这样扭，我这样随，才销魂，才够味……"之中，晚宴达到了高潮。

几天后，原国民政府行政院机要秘书黄浚的尸体在海格路①公寓的浴缸里被人发现。没有人会将这件事和上海滩妖女妙妙联系在一起。就连日本人也没有表达出对黄浚之死太大的关注，对于一枚弃子，他们并不关心。

---

① 今上海华山路。

第二十二章
黄莺偏又遇着他

黄家大宅的早晨，照例从阿细的捣衣声中开始。尽管是在战乱之中，可这样平凡而热气腾腾的早晨，无论谁看了都会生出对生活的欢喜：阿细在后门处捶洗着衣服，贞娘带着厨娘在厨房间里准备早餐；司机老丁刚刚擦好了车子，此刻在门厅里擦着阿爸的皮鞋；唯独应该在打扫房间的阿枝和抬炭火的阿力不见人。

贞娘放下搅拌勺，嘴里嘟哝："小年轻，光晓得谈朋友，活也不做，想要吃生活。"不高兴地到用人的卧室里找阿枝和阿力。

过了一晌，贞娘带着阿枝回到厨房间，阿枝哭哭啼啼的，手里捏着一张纸，阿力却还是不见。黄莺梳洗已毕来到厨房间，见状奇道："阿枝，你哭什么？"

"小姐，阿力……他打仗去了呀！"阿枝说着，扬一扬手里的信，哭得更凶了。

原来阿力今天凌晨会同几位小伙伴，一道坐火车南下赴广西前线了。这封信就是留给阿枝的，让她等自己。

阿枝哭个不停，贞娘叹口气，将她按在椅子上，抱怨阿力道："早知道要走，又招惹她做什么？"又劝阿枝，"你也不要太着急。阿力有志气，总归是好事情。他去的广西，是国民党第四战区，现在那里的冬季大整训应该完成了，军力强大。武汉会战以后，日本人的主要火力也不在那里，都转到晋察冀边区去对付共产党了。"

黄莺心里奇怪，贞娘怎么对战事如此如数家珍？又对阿力既惊且佩，自己家中出了一名抗日战士，觉得与有荣焉。她安慰了阿枝几句，对贞娘说道："我今早不在家中吃早饭。"

贞娘见她拿着坤包，警觉地问："小姐一大早上哪里去？"

"我去马斯南路①上的咖啡馆，会一个朋友。"

贞娘说："外面乱，让老丁送你。马斯南路近得很，他赶回来，不耽误老爷上班。"

黄莺想了想，同意了，上了老丁的车子，朝马斯南路驶去。

歌后大赛之后，黄莺与百代公司签了三年长约，由华新台的虞台长作保，让她预支了薪水，好歹填平了阿爸的窟窿，保住了黄家大宅。阿爸的心一定下来，事业也好起来，虽在乱世中，也将洋行的工作做得有声有色。

昨晚离开华新台之前，虞台长找到她，说想安排她和歌王诸葛光见个面，她唱红了对方写的好几首歌，却至今还没有被正式引见过。

黄莺吞吞吐吐地想要拒绝，可拗不过虞台长的坚持，无奈答应下来，却对虞台长说："好吧。不过，不用劳烦您帮忙了，我知道去哪里找他。"

特卡琴科兄弟咖啡馆到了。这家咖啡馆是流亡的白俄贵族开的，不仅物美价廉，而且非常有艺术品位。墙上挂的都是白俄画家的原版油画，留声机里尽日放着柴可夫斯基、里姆斯基的作品。她知道，诸葛光每日固定在这里靠窗的座位上吃早餐。

黄莺吩咐老丁折返，自己转向咖啡馆，一眼就看见了坐在窗边的诸葛光。一时间，她被起伏的心潮逼得动不得步，定在原地。假若此刻诸葛光抬起头来，会发现站在窗外的女郎眼里那无法掩藏的爱意，然而半分钟之后，那爱意就像它涌起来那样一层层地退下去，只剩下恰到好处的温暖和善意。

黄莺推开门，走到诸葛光的面前，轻声唤："诸葛哥哥！"

---

① 今上海思南路。

像平常的每一天一样，诸葛光将黑咖啡和羊角包放在一旁，埋着头，在一张五线谱上涂涂画画。听到声音，他从五线谱上抬起头，有些错愕地盯着眼前的女郎。她穿着件白底蓝梅松身旗袍，朴素秀雅，似曾相识。诸葛光的目光从那圆圆的脸庞看到含笑的嘴角，时间的晚钟一下一下地敲打他的心胸，终于将他带回到记忆里的那个午后，他恍然大悟地站起来，唤了黄莺的闺名："钰茹！"

十年前，十九岁的诸葛光正在为前途而抗争。大哥诸葛宏远在欧洲，父母的意思，是要将这个小儿子留在身边。想起那样的兰活，他都不寒而栗。那将意味着不仅与他喜欢的艺术再无缘分，父母铁定会让他念商科；还有他顶顶讨厌的所谓社交礼仪，虚伪势利、在咫尺大的圈子里计划着配对嫁娶，一生一世，就像被绣娘绣到屏风上的蝴蝶，任凭再怎么栩栩如生，也扇不起一个涟漪。

他一定要逃离。

那一天，是在席家、黄家，抑或是陈家的宴会上，诸葛光终于从衣香鬓影中挣脱出来，找到了一条通往后花园的小路。他沿着石子路走，想走到路尽头的玫瑰花丛里，却在临近的时候，发现这好地方早就被人占据——一个十四五岁的白衣少女正坐在秋千上，边摇晃着，边唱着歌。

她唱的是那首《五月的风》：

五月的风，吹在花上，朵朵的花儿，吐露芬芳。假如呀花儿确是有知，懂得人海的沧桑，她该低下头来，哭断了肝肠……

凭着诸葛光那双敏感的耳朵，他一下子就发现这歌声十分动听：细腻婉转，高音清，低音醇，实是一把不可多得的好嗓子。难得的是唱歌的人岁数不大，歌里的感情却处理得很有灵气，将这首歌所描画的慵懒喜悦的气氛表达得淋漓尽致。

他忍不住好奇地问："你是谁？"

那少女这才发现了他，先是吃了一惊，直待看清了来人，才放松下来，穿着漆皮小鞋的脚轻轻触地，停住了秋千，落落大方地回答："我是阿四啊。"

阿四，这个名字好熟悉，似乎这段时间经常被人提起，于是他一下子想起来了，她是黄家的独养女儿。只是他不好意思告诉她，自己之所以知道她，是因为她也是爷娘心目中未来的儿媳候选人。

还没等他找好措辞，阿四天真烂漫地先开口了："我知道，你是诸葛哥哥，我阿爸说，要我同你好好熟悉。"

他尴尬得说不出话来，又深觉有趣，故意问："阿爸？不是姆妈说的吗？"

阿四摇摇头："我姆妈说，交朋友是缘分，不必刻意。"

他因为这句话，对黄家姆妈，继而对这个阿四，都产生了几分好感。他举目看了看："你家人不在这里？就你一个人？"

阿四冲大宅扬了扬头："阿爸在雪茄室吸烟，姆妈在客厅里聊天。我闷得慌，又不像那些姐姐爱跳舞，就自己出来逛逛——你呢？"说到这里，阿四用圆圆的大眼睛上下打量他，"你看起来已经长大了，怎么不跳舞？"

他终于忍不住笑出了声。

片刻之后，诸葛光坐在阿四身旁的另一架秋千上，两个人边摇晃边聊着天。

诸葛光问："你方才在唱《五月的风》？唱得好极了。"

阿四答："你知道这首歌？你也喜欢听歌？"

"喜欢。"不知道为什么，诸葛光突然对这个初次见面的小女孩吐露了心声，"我以后想写歌，写许许多多好听的歌，当作曲、作词家。"

"哇！"阿四崇拜地说，"那么你写歌给我唱吧，我以后想唱歌，唱最最好听的歌。"

"一言为定。"诸葛光说，"以后我当上海最有名的作曲家，你当上海最有名的大歌星，我写一首最好听的歌给你唱。"

"一言为定！"阿四说，也情不自禁地透露了自己的小秘密，"诸葛哥哥，我前几天，到华新台去报名当电台歌星了。"

诸葛光有些吃惊："真的？你阿爸姆妈同意？"

阿四摇摇头，吐了吐舌头："他们不知道，我瞒着他们去的，如果真的考上了再想办法吧。不过，不试一试终归很可惜，你讲是不是，诸葛哥哥？"

"是的，不试一试，终归很可惜。"诸葛光沉思着说，意外地从眼前这个看似懵懂稚气的少女身上，获得了想象不到的力量。

上午时分，黄莺从特卡琴科兄弟咖啡馆里走出来，停在街边，欲叫黄包车赶往十六铺。今天是约好了给姆娘搬家的日子。上回见到姆娘之后，黄莺就一直想将她搬到黄家大宅附近来，方便自己照看。费了些时力，在蒲石路①上寻着了一个小套间，又雇了一个妥善的娘姨照料。

这时，她听见有人唤她的乳名："阿四！"她循声望去，只见一个白面浓眉的年轻人，似曾相识，略一思索，便想起是贞娘的干儿子阿锋。数月不见，阿锋似乎白了些，脸上的两道浓眉，更是黑得显眼。

黄莺说："是你呀！"又奇道，"怎么这样巧？"

阿锋笑笑，说道："贞娘拨电话到十六铺，让我来这里接你。"姆娘住的小间外面，有个公共电话，贞娘时常同阿锋以此联络。

黄莺高兴地说："谢谢你啊。"

这时黄包车到了，她就与阿锋一同上车。这阿锋看起来并不比黄莺岁数大，不知为何，却让她觉得老成稳重，十分可靠。车上，她心里默默回味着方才同诸葛光会面的情形，一路沉默。直至下车，才发现阿锋一路用随身带的杂志挡在她侧前方，防止太阳直晒到她。

黄莺觉得窝心，又说："谢谢你，阿锋！你这个人真好。"

阿锋还是笑笑，有点羞涩。两人一同进了姆娘的小屋，姆娘已经穿着停当，家什也一早收拾好，当下又叫了两部车，阿锋带着家什，黄莺和娘姨扶着姆娘，到了蒲石路的小套间里。

姆娘重新睡好了，黄莺见她气息渐匀，心内稍安，温声说："姆娘，你先困一觉，下午约了医生上门来瞧，到时候我再过来。"

她又交代了娘姨几句，轻轻掩了卧室门出来，对坐在客厅里的阿锋轻声说："我走了。"

阿锋说："我送送你。"

两人一同出大门上了蒲石路。阿锋这时问："阿四，你当真不记得我了？"

黄莺疑惑地停住脚，转身，抬头看着那张似陌生又似熟悉的脸。饶是她没谈过恋爱，也看得出那眼睛里柔情浮动，于是脸儿一红，低头嘟哝道："我从前……见过你？"

① 今上海长乐路。

"何止见过，你还给过我七个肉饼呢。"

这下黄莺脑子里灵光一闪："你是刘嫂的儿子！"她再抬头看那张脸时，立刻将它和当年厨房间的少年对上号了。

阿锋欣慰地笑了："你果然还记得。"

片刻之后，黄莺与阿锋一起沿着巨籁达路向黄家大宅走去。两人聊起少年时代，同是在黄家大宅，虽然一个在楼上一个在楼下，好多事情彼此都知道，十分有趣，一时欢声笑语。

黄莺问："你姆妈呢？她身体还好？"

没想到，阿锋的眼神随她的这句话一下黯淡下来，说："我姆妈早就去世了。"

"啊！"

"当年，我姆妈被你们家辞工后，寻不着工，她心里着急，又病了，没多久就……"

黄莺听着阿锋的话，心里说不出的难过抱歉，又停下脚步，转头对阿锋说："我不知道，对不起啊。"

阿锋摇摇头："同你不相干。后来，贞娘就一直照顾我。我中学毕业后，起先在元泰五金店当学徒，后来出徒了，如今升到主管。业余时间，我喜欢瞎写写文章……"他说着，不好意思而又自豪地将手中的杂志递给黄莺。

黄莺接过来看时，只见那是本由茅盾先生主编的《文艺阵地》，在"新笔锋"栏目，登发了署名"李锋"的小说《孤岛浮沉记》。

黄莺惊喜地问："这是你写的？"

见阿锋点头，她便迫不及待地站在梧桐树影下翻看起来。那小说不长，两千余字，写的是从一个小职员的视角所看孤岛内的诸生记，笔触简练，寓意深长，和阿锋的人一样，有种超出年龄的老成持重。黄莺由衷赞叹道："你写得真好啊！"

阿锋看着她，略带腼腆："你喜欢就好。阿四，我今日，是来同你告别的。这本杂志，就送给你做个纪念。"

黄莺很意外："你要走了？去哪里？"

"去抗日。"说到这里，阿锋脸上的腼腆一扫而空，眼眸发亮，"我打算去陕北，投奔那里的八路军！"

黄莺被他的激情感染，情不自禁地轻喊："好啊！"随即又想起来，惆怅道，"只是，才与你相认，你又要走了。阿锋，你应该早点告诉我你是谁。"

阿锋似被她语气中的惆怅不舍所鼓舞，鼓起勇气说道："我其实……一直关注你的消息。每回你去华新台唱歌，我都在楼下等你，只是你不知道。姆娘从苏州寻到我这里，我心里高兴，终于能为你做点事情。可现在，你将她安排得这样好，这里用不着我，我也早就想去抗日杀鬼子。"

他越说，黄莺越害羞，但心里也感动得紧：身旁有这样的一番深情默默守护着，自己竟毫不知情。她又联想起自己对诸葛光的一片痴心，默默叹了口气。情关重重，情债累累，这大概是每个人躲不了的劫数。

她转移话题："你这就要动身吗？"

阿锋答："唔，明天早上，车票已经买好了。我这一去，一定要好好杀几个鬼子才能解恨。他们在南京杀我同胞几十万人，血海深仇不共戴天。我从前读岳飞将军的《满江红》说，'壮志饥餐胡虏肉，笑谈渴饮匈奴血'，如今才明白是什么滋味！"

说到这里，他悲愤得双目含泪。

黄莺也擦了擦淌下来的眼泪，说："阿锋，你真了不起！祝你多多杀敌，逢凶化吉，自己千万保重！"

"你也要多保重。"阿锋说到这里，突然期期艾艾起来，"你如今，我也没有什么好不放心的。姆娘说……自然有人照顾你。我……唉！我怎么想的，终归不重要，你过得好就好。"

他这一番话说得黄莺莫名其妙，但此时他们已经走到黄家大宅门口，于是，她与阿锋最后告了个别，在他的注视下，进屋了。

第二十三章
纵然是齐眉举案

一大早，诸葛光兴兴头头地去小红楼找齐姐儿。昨天和黄莺，也就是阿四的重逢，意外地唤起了他久违的灵感。他一宿未睡，在钢琴边挥笔写就了这首《何日君再来》。临到交歌，到底还是起了私心，阿四温柔可亲的样子被在心底按下去，齐姐儿软玉温香的身影浮上来。

时值严冬，小红楼外的几株蜡梅寒香扑鼻。诸葛光先在底楼的录音室寻了一番，未见齐姐儿，于是又上到二楼的休息室。

齐姐儿正在这里试衣。一水儿的皮草：油光水滑的貂皮，一嘴围的狐皮，露出手的大衣，不露手的大氅，一个裁缝和两个学徒忙得团团转，纸匣子、缎带子满屋子都是，齐姐儿俏生生立于试衣台上，经纪人狐假虎威地吆喝着，齐飞叼着香烟跷着脚坐在沙发里。

诸葛光一腔兴头不得不刹了个车。齐姐儿身边总是这样围满了人，有时竟叫他近不得身。譬如此刻，他只能远远地站在门口，看里面那些活色生香的皮草，活色生香的人，觉得他们不像真的，倒像是一出戏。

齐姐儿在镜子里看见了他，回眸甜甜一笑，说："傻站在那儿干吗？还不快过来。"

他蹚着一地的纸匣缎带走向齐姐儿，又要避着裁缝手里的针，经纪人令人尴尬的殷勤，以及齐飞讥讽的目光。

齐姐儿问："你瞧这大氅的样式，黑色的好，还是灰色的好？"

裁缝多嘴插话："我跟齐小姐讲，她皮肤白，还是穿这件黑的好看。反正喜欢哪件都不要紧，另一件也有人接手。"

齐姐儿警觉地问："谁？另一件你要卖给谁？"

裁缝回答："说来也巧，妙妙小姐也在我这里订了一件大氅。她呢，没指定颜色，所以我今朝拿过来让您先挑。"

齐姐儿一撇嘴，将肩头的黑色大氅抖落下来，从试衣台上迈腿儿下来："不用挑了，两件我全要了。"

裁缝为难："讲好了一人一件，这种料子现在不好进……"

齐姐儿还没来得及回答，经纪人先在一旁吆喝起来："夏师傅，侬帮帮忙，阿拉齐小姐要的东西，其他人统统靠边站。一个是冠军歌后，一个是老三，到底哪个才是大户，侬心里头要有数。"

裁缝不响了，齐姐儿这才满意，冲诸葛光嗔怪地横一眼："你终于来了？一去就是一天一夜，我还以为你失踪了？那个时候跑出去……也不管人家心里怎么想？"说到这里，她的脸儿一红。

诸葛光被她的脸红一下子带回了前天夜里，那个令人心神荡漾的时光。他知道自己的脸一定也红了。两个人就这样红脸对红脸地站在屋子中间，一直到齐飞的一声咳嗽惊醒了他们。

诸葛光上前一步，递过手里的歌谱："这是我新写的歌，立刻拿过来给你看。"他没多说，但从表情就看得出，手里的作品是令他自己深为满意的。这种时刻其实越来越少了，自从上海滩进入孤岛时期以后。

齐姐儿接过歌谱，细看。在诸葛光的督促下，她到底学会了识谱。她轻声将整首歌哼唱了一遍，一撇嘴，将歌谱塞回诸葛光手里，说："什么'喝完了这杯，再进点小菜'，这歌淡得像白开水一样。什么时候你也给我写一首像《小冤家》那样的才好，多够味！"

诸葛光的脸微微涨红了，闷声说："那么，这首歌你是不打算要了？"

齐姐儿发现了诸葛光的脸色，后悔自己将话说得太直了，嫣然一笑，拉过他说："你看这件貂皮披肩，是我专为今儿下午准备的，好看吧？——这可都是为了你的面子。"

诸葛光不解："什么今儿下午？"

齐姐儿捶他一下："你忘了？今天下午，我不是要陪你去参加宴会吗？"

诸葛光这才想起来，今天下午，确有这么一个宴会，其实也算不得宴会，至多是一个茶会，地点在霞飞路上的麦塞尔（Marcel）餐厅，是诸葛光的一个女同学办的。她新近订婚，订婚宴上都是长辈，不能尽兴，就又办了这个"after party①"来招待要好的同辈朋友们。

诸葛光事先问了齐姐儿要不要一起去。他大约也是随口一提，没想到她这样放在心上。此刻诸葛光看着那件艳光四射的貂皮披肩，咕哝了一句："倒也用不着这样隆重。"

齐姐儿从诸葛光的脸色里就看出来了：他完全不懂得，今天的这个宴会对自己而言，到底意味着什么。

这是她第一次出现在诸葛光的社交圈里。

她是在与诸葛光正式交往以后，才知道"诸葛"原是上海滩一个响当当的姓氏，也知道了诸葛光已经与这个姓氏决裂。她听诸葛光说起那些在大宅里度过的童年，想起的是自己的童年——六岁的时候，爹娘相继离世，她和十岁的齐飞一起流浪到京城外的破庙里。齐飞又饿又冷，成日号哭，是她，一个六岁的女娃儿，用石头砸死了一只受伤的乌鸦，用捡来的洋火生了火烤熟，成就了救他们命的一顿饭。

她一直都记得那只乌鸦临死前的眼神，那圆滚滚的哀求的小眼睛，她流着眼泪，心一横，石头就落了下去。那双眼睛忽闪了几下，闭上了，她再用树枝刺穿鸟身，生火，烤肉。

她心里的硬核，从那一天就开始生成了。让她能够在乱世求生的，从来不是男人、爱情或功名，而是这个硬核。只要有这个硬核在，哪怕是落到地狱里，她也能再爬上来。

---

① 大派对后的小聚会。

像诸葛光那样的人，和她今天下午将要见到的人，都是没有硬核的。因此，他们才会有那么多没用的想法和烦恼。对于这一点，她既鄙夷，又羡慕。她猜他们对自己亦是如此。

这是两个世界的照面，而她无论如何得征服他们。

下午，在茶会上，齐姐儿并未取得她预想的艳惊四座的效果。诸葛光的这些个朋友们，简直不知道他们心里是怎么想的，无论见到什么，都挂着一式一样的微笑，让齐姐儿大感纳闷。甚至，她能够感觉到，茶会女主人在予她那克制而礼貌的一笑里，传递出的并不是欣赏，这让齐姐儿愤怒极了。还好之后坐在她左侧的陌生男人一直细致地照顾着她，才让她稍微好受了点。

令齐姐儿感到诧异的是，这些人的话题也是战争。孙夫人在广州发表演说啦；重庆失守啦；伪政府可能要和日本人签署卖国协议啦；甚至，一个叫白求恩的外国医生死啦。在齐姐儿看来，这群锦衣玉食的男女完全是在闲操心。如今这孤岛内歌舞升平，只有比往日更加繁荣热闹。仲先生已经告诉她了，日本人绝不敢得罪英美人，租界将永远是一泊太平昌盛的港湾。这两年来，闸北炮火隆隆，租界爵士砰砰，大伙儿不也渐渐地惯了，相信世界会永远这样继续下去了吗？

炸明虾端上来了。金黄色的大虾，隐隐透出肉红色，上面浇着雪白的芝士，散发出令人无法抗拒的浓香，终于让那些令齐姐儿厌倦的谈论声暂停。随之而来的，还有每人一小盅的水，齐姐儿端起来嗅了嗅，略带酸味，是柠檬水。正好渴了，她将那银制镂花盅儿举起，优雅地一饮而尽，抬起头来，发现周围的人都一齐用异样的眼光看着自己，这倒是整个下午的第一次。

一直到茶会散了，和诸葛光坐进轿车里，齐姐儿才将这个谜底揭开。她边摘手套边问对方："哎，你说，为什么吃炸明虾的时候，他们大伙儿死命盯着我？不就是喝了杯水吗？"

诸葛光不说话。禁不住齐姐儿一再追问，才支吾着说："那水……不是用来喝的。"

"不是用来喝的？那是用来干什么的？"

诸葛光的声音不大，但在齐姐儿听来是不堪忍受的，因为其中透出的冷漠、无情，以及以她为耻的痛苦，而她今天的打算本来正相反，是要让他以自己为荣的。

诸葛光答："是用来洗手的。"

沉默良久，齐姐儿羞愤交加地敲着车门喊："停车！停车！"

车停下了。齐姐儿打开车门冲下来，穿着旗袍在马路上奔跑。正是暮色四合的时分，路灯在她身后一盏盏开启，诸葛光紧追在后面，但她跑得飞快，一直到崴了脚，摔倒在地，才被诸葛光追上。

他脱下西装外套包住她，蹲下来，拉开她环抱住自己的手臂，借着路灯，发现齐姐儿的脸孔涨得通红，眼泪像瀑布一样。他还从来没见齐姐儿这样哭过。

齐姐儿直着喉咙喊："我恨你！恨你们！我恨你们每一个人！"

诸葛光叹息了一声，将她搂进怀里，轻吻着她的头发："好了好了，别哭了，到底也不值什么。"

齐姐儿的声音从他的怀抱里传出来："不行！你要是真心爱我，以后就再也别去见那群讨厌的人！"

于是诸葛光真的与之前的世交同学圈子儿几乎断了联系，只除了一个人——黄莺。他托公司将歌谱交给黄莺的当天，就接到了她的电话，在电话里，黄莺抑不住激动地对他说："诸葛哥哥，我太开心了，这首歌，我太喜欢了！——啊，钢琴就在旁边，你不要挂，我这就去弹唱一遍给你听，我已经弹了很多遍了！"

透过电话线，他听到叮叮咚咚的琴声响起，稍后黄莺美妙的歌声加进来，他不禁沉醉。抛开私心，他不得不承认：比起齐姐儿的明亮嗓音，这首歌更适合音质清婉的黄莺。人算不如天算，这也许是最好的结局。

果然，《何日君再来》一经问世，立刻传遍了上海滩的租界和大街小巷。这首歌里含着的对过往时光的怅惘感，击中了无数颗孤岛上的心灵，再加上黄莺轻柔若在耳畔的声音，成了人们爱不释手的一剂忘忧药。百代公司抓紧时机，灌了几个版本的黄莺精选唱片，无不大卖。黄莺的演唱事业迎来了一个新的高潮，她将之全部归功于诸葛光，再三致谢。

黄莺不知道的是，因为这首歌，诸葛光和齐姐儿又爆发了一次大吵。齐姐儿责怪诸葛光将这首歌给了黄莺而不给她，诸葛光奇怪："我不是拿这首歌问过你，你自己不愿意唱吗？"

齐姐儿被他问得说不出话来，半晌，没好气地说："我犯糊涂，那你为什么没拦着我？你要是真心为我好，会这样问一声就算了？你不过是虚晃一枪，到底死活由我去！"

这就纯粹是无理取闹了。

诸葛光摇了摇头，欲取了外套离去。齐姐儿跳到他跟前拦住："你这会儿要去哪里？"

"去找个安静点的地方。"

诸葛光走了。

看着他的背影，灯影里的齐姐儿一阵气苦。她哪里想和诸葛光闹呢？只不过形势逼人，干爹那里的电影还没有着落，她在电影上始终被妙妙压着一头；原本手里的筹码，只剩下一个百代唱片公司，可黄莺这一火，连百代的注意力也不在自己身上，这心里面好像油煎一样，诸葛光却不能体谅半分，就将那道理暂且放在一边，能够容得下对方无理取闹，这不就叫爱吗？

齐姐儿掉下几行泪来。

第二十四章
妙妙智破仁丹案

在国际饭店的套房里，妙妙正在为山本亨表演茶道。

这还是她在北海道女子学校里学会的技艺。她穿着浅绿色和服，袖口处绣着细密的紫色樱花，缓缓用柄杓从釜中舀出热水，将约半数倾入白色的茶碗，再用一把竹刷细细旋抹，毕恭毕敬地献给坐在逆手席的山本亨。山本亨双手接茶，躬身致谢，向内三转茶碗，然后细品碧绿色的茶水。

整个过程都是完全无声的。

妙妙眯起眼睛。至少在这一刻，她感觉她与山本亨是心意相通的，还有与天地。她恨日本，并不代表她不享受日本文化里美的东西。此刻，她感觉到日本茶道的"和、敬、清、寂"四字精髓，正氤氲成无形的气场，将她和山本亨笼罩其中。为了这一刻，她特意在套房里装修出了一个四叠半①的茶居室。

看得出来，山本亨亦被这一刻沉醉了。他的脑海里闪过初恋的东京都少女的影子。作为山本家的次子，他与兄长山本男截然不同。他对军事政治丝毫不感兴趣，让他感兴趣的是音乐、诗词和绘画。虽然他跟随着天皇的军队来到了这片陌生的土地上，但是像中国的诗仙李太白那样，在诗、酒、爱情中肆意挥洒的一生，才是他想要的。

---

① 日语量词，1 叠约为 1.6 平方米。

整个茶道的时间持续了几个小时，从下午直到傍晚。直至妙妙将茶具收好，他们移至客厅的沙发上坐下，山本亨才开口说话，而他的第一句话就让妙妙的冷汗涔涔而下。

他说："在我兄长家宴会的那天，我走了以后，你离开过那间卧室吗？"

妙妙一边脑筋飞转，一边不动声色地反问："怎么了？"

"嫂嫂说，她派人来给你送热牛奶，发现你不在房里。"

她庆幸刚才没有贸然作答，心念一转，故作娇羞地凑到山本亨的耳边，轻声说了句什么。山本亨恍然大悟："哦，怪不得那天你体力不支。"但随即又自言自语道，"可我记得，那天你的坤包一直拿在手里，并没有放在衣帽间啊。"

妙妙简直痛恨山本亨这一刻的细心了，只好胡乱地解释道："有些东西……放在坤包里不方便。"

她多么担心山本亨会在这个问题上继续纠缠，因为有太多无法解释的破绽。

山本亨继续说："宴会距离现在一个多月了，那么……妙妙小姐的月事应该刚刚结束了？"

天哪，他居然连这一点也要查证吗？妙妙正在思忖该怎样应对，对面的山本亨却温柔一笑："如果你的月事已经结束了，我想让你见一见她。"

山本亨口中的她，是川岛芳子，大名鼎鼎的肃亲王十四女，曾经的"满洲国""安国军总司令"。妙妙早已从丘麟口中听过这个情敌的名字。

妙妙原以为，山本亨的用意不过是让自己和川岛芳子在社交场所里打个照面，彼此认可这种非一对一的情人关系，却没想到他要得更多。

山本亨说，想让妙妙与他和川岛芳子在一起。他这样说："你和她，是我认识的两个最棒的女人。我非常幸福能够同时拥有你们。我想，我们三个人如果在一起会更棒的。"

他说这话时的语气，文雅的，淡淡的，仿佛在说一起吃饭似的，但妙妙懂得他说的"在一起"是什么意思。饶是她生来狂野不羁，也被山本亨的这份大胆给吓住了。

山本亨还在等她的答复。妙妙想了想，说："明天大嫂约我去喝茶，我到时候答复你吧。"

上次宴会之后，妙妙抓紧机会和山本亨的大嫂相熟起来。借着和大嫂打交道的机会，她越来越频繁地行走在山本男的家院、客厅，甚至卧室里。

大嫂是典型的日本上流社会家庭出生的女子，自幼在女子学院里学习茶道和插花，为某日嫁入山本家这样同是上流社会的家庭做准备。她很羡慕妙妙五光十色的人生，常常怂恿妙妙讲她和各个男人之间的情史给她听。

对于妙妙和自己妻子的交往，山本男不置可否。对妙妙这张牌，该怎么用，他还在考虑。虽说这个女人同山本亨交往也一年有余了，可山本男总觉得对于她，还是有些看不清。她爱名，爱财，纵酒，纵欲，可她终归是一个女人，她的情呢？她不可能真的像男人那样，将情字完全撇开，单凭着其他的那些在这个世界上厮混。只要没有看到她的情，山本男就觉得没有真正看清她的心。

那天下午，妙妙和大嫂坐在卧室的窗前，边喝茶边用流利的日语聊天。大嫂和山本男育有一儿一女，分别是十五岁和十三岁。眼下，大嫂又动了要一个孩子的念头。

大嫂说："我今年已经四十二岁，你大哥快五十了。在中国，这样的年纪不大会再生育了吧？在日本却不算稀罕呢。太郎和雅子小的时候，我是一直避孕的。这几年来不避了，但也一直没有怀孕……不过，自从来到中国，你大哥也很少碰我。他现在的心里，尽是些打打杀杀的事情，和我的话越来越少，我很寂寞，想再要一个孩子。"

说到这里，大嫂突然捂住嘴，笑了："哎呀，看我，你是个还没生养过的姑娘，我和你说这些干吗！"

妙妙的心里闪过北海道的冬天，一个绵软的小身体，一双藕节般的手臂，随即而来的是一阵强烈的刺痛。但她立即将这种感情压下，亲热地回答大嫂："不要紧，我喜欢听。"

妙妙今日到山本男家中是带着任务的。几乎和侵略战争同时间开始，日本帝国主义也发动了针对中华民族本土的经济战，"仁丹"，就是其中著名的一役。日本人通过宣传，也通过渠道控制，逐渐将中国人自己的老牌子"人丹"

挤出了市场，如今，大街小巷遍是"仁丹"的广告。

可是，这些"仁丹"广告却端的蹊跷得很。它们都处于城市要塞位置上，由日本人统一刷制，用的是价格不菲的进口油漆，醒目恒久，不易销毁涂改。刷制完成之后，日本人还要拍照存档。对于一则广告来说，这实在是难以理解的慎重态度。

丘麟问妙妙："你看这仁丹广告，像是什么？"

妙妙思索着答道："倒像是……情报？"话一出口，她就先后怕地吸了口气，因为这若是真的，实在太过可怕。想一想那满大街小巷的仁丹广告，就像无所不在的病毒，简直令人不寒而栗。

丘麟紧紧看着她，既赞许又慎重地点了点头："你的猜测，与组织是一致的。据我们另一条线的人员报信，这几日，有一份由日本内阁情报部直送给山本男的文件，非常可能与'仁丹'有关。他对这份文件极为看重，一直携带在随身的公文包里，寸步不离。组织上希望你能够云查清此事。你这几日，一定要想办法翻看山本男的公文包，找到这份文件，并将它影印下来。"

说到这里，丘麟递给她一个精美的银色火柴盒："这是德国最新款的美乐时①火柴盒相机。记住，找到机会，速战速决！一旦情势不对，先保住自己。留得青山在，不怕没柴烧。"

丘麟投向妙妙的目光中闪动着难说是对下属还是情人的关切。但此时妙妙已然全看不见了，她的心早已飞到了那看不见硝烟的战场上。她将火柴盒相机小心翼翼地放到坤包的夹层里，将坤包的纽扣咔嗒一声锁上，那声音听在她耳中，宛若子弹上膛。

此刻妙妙一边与大嫂闲扯，一边思忖着怎样将谈话不露痕迹地转向山本男身上。她正欲开口，突然被推门声打断了，原来是山本男突然回来了。妙妙连忙站起身，恭敬地哈腰行礼："大哥您好，您辛苦了。"

大嫂上前，接过山本男的外套和公文包，放在床边，问道："今天怎么回来得这么早？用人都被我派出去采办东西了。"

山本男将阴沉沉的目光从妙妙身上收回，答道："回来取个东西，马上还

---

① 德国照相机品牌 Minox，于 1938 年推出全球第一部超小型相机，体积不及一支雪茄。

要走。"他转身欲往书房去，临走前，又回头向妙妙丢下一句，"山本亨和我一同回来了，现在在车里。"

山本男出去了，大嫂笑着对妙妙说："我知道你也要走了。快去吧，别不好意思。"

妙妙故作娇羞地和大嫂告别，视线从山本男的公文包上扫过，那不过是一只漆黑朴素的皮质公文包，此刻她却需要很大的力气才能克制住自己，没有朝它，而是朝门口走去。她一路穷思竭虑地来到大门前，只见山本亨果然在门口的一辆尼桑车驾驶座上。见到妙妙，他很高兴，问道："昨天我问你的事，想好了吗？"

妙妙还没来得及回答，山本男匆匆地来到车前，将公文包从车窗递进去，对山本亨说："我要紧急外出，这个你替我收好，明早带着直接来机场接我。"说完钻进另一辆来接他的吉普车中开走了。

电光石火之间，妙妙俯下身，从车窗里对山本亨说："我想好了，就今晚吧。"

那晚，在国际饭店套房雪白的大床上，那个叫川岛芳子的女人冲她魅惑地一笑，示威似的开始亲吻山本亨。

这不是妙妙第一次见到川岛芳子。

之前，她们在天津曾有过一面之缘。妙妙去当地演出，出席了"东兴楼"的市长晚宴。宴会上她被市长拥着热舞，却用眼角余光看到角落处坐着一个全身戎装的女子。她身段苗条笔直，腰肢不盈一握，胸部微隆，肤光胜雪，嘴角似笑非笑。

后来她从别人的嘴里知道，那女子正是大名鼎鼎的川岛芳子，其时她刚刚被军队开除，在军方的关照下勉强经营着东兴楼。

那个川岛芳子留给她的是神秘而高傲的印象，她曾经想过：什么样的男人，能让这样的女人动心、臣服？

而现在她知道了，那个男人，叫作山本亨。片刻之间，她面前的两具身体就已经不着寸缕，喘息着纠缠在一起。她目不转睛地看着。窗户没有关，窗帘被晚风拂动，月光将树影、窗帘影，还有雨的影子一起投射在这两具裸体上，他黝黑结实如磐石的身体上滑过一丝一丝的月光，一切仿佛在一场幻梦中。

不知过了多久，大床上的三个人沉沉睡去。

突然，极轻微地，一条雪白的臂膀伸出。妙妙坐在床边凝视良久，确定床上的两人再无动静，才悄悄披上睡袍，来到厅里。

山本男的公文包就在沙发上，妙妙轻手轻脚地打开，略略一翻，就找到了那份"仁丹"文件。她匆匆浏览了一遍这份日文的文件，看得她心惊肉跳，血脉贲张。她努力定了定心神，又走到卧室门口瞧了瞧里面的动静，然后到门边，从坤包夹层里拿出那个美乐时相机，咔嚓、咔嚓两声，将仅一页纸的文件拍摄下来。

她将公文包原样放好，刚想将相机放回坤包里，突然被身后的声音吓得几乎魂飞魄散："你在那干什么呢？"

是山本亨的声音。她的头脑飞转，迅速地调整出一个慵懒的表情，慢慢转过身，同时将相机随双手看似不经意地插进睡袍口袋里。

果然是山本亨。他站在卧室门口，看起来似醒非醒，大惑不解地看着妙妙。

妙妙说道："我睡不着，又不想吵醒你们，就想来这窗前看看月亮。"

山本亨看了看客厅的窗帘。妙妙刚才已经将其拉开了，此时外面果然有一轮清朗朗的好月亮。

山本亨看着她问："睡不着？不累吗？还是——不高兴？"

妙妙不回答，领头向卧室走："回去睡吧。"

山本亨躺回床上，将妙妙的头挪到自己坚实的臂膀上，她的脊背紧贴着他温暖的胸膛。在他的背后，兀自沉睡的川岛芳子感觉到了温暖，"嘤咛"一声依偎上来。

妙妙身在山本亨的怀抱里，听着后背的呼吸声越来越绵长，眼睛死死盯着搭在贵妃榻上的淡绿色真丝睡袍。此刻它靠里的口袋里，就躺着那个火柴盒相机。明早将它交给丘麟，一桩匪夷所思的情报案就此告破，小日本又少了一把插在中华心脏上的尖刀。她，是不是也算是赢了一场战役的战士？

父亲会怎么说呢？也会说自己的这一仗打得漂亮吧？

狂跳的心渐渐平息下来，她翻身看身后的那对男女。他们在睡梦中无意识地相拥着，就像一对真正相爱的人。奇怪的是，她之前所期待的那种无足挂齿和只堪付之一笑的感觉并没有到来，有什么东西，如鲠在喉。

　　她从那一天起开始拒见山本亨。

第二十五章
黄莺意外遇歌迷

今天黄莺特意一早守候在客厅里，九点多钟，阿爸和新姆妈梳洗停当，兴兴头头地下楼来，被她拦住了。

黄莺问："阿爸，姆妈，你们今晚有事体吗？"

阿爸的眼神飘忽了一下，似乎有些不自然："唔，一个酒会，老早约好的。"

黄莺开门见山："是傅家的酒会吗？阿爸，我希望你们今晚不要去。傅筱庵是卖国的汉奸，他的那个政府，可是亲日的伪政府！"

"哎哟，我们家出了个政治家了！你管好自己唱歌就行了，其他事体，你勿要管——你是不是觉得自己出了钞票，就有资格管我了？"

阿爸说完就抛下她走了，连早饭也不吃，看起来很不高兴。

那天晚上，阿爸和新姆妈终究还是没有出席傅家的酒宴，倒不是他们想通了，而是酒宴临时取消了。

原来当天傍晚，评剧名角新艳秋在更新舞台挂头牌唱《玉堂春》，傅筱庵早早赶去捧场。这厢锣鼓刚开场，那厢砰砰两枪，瞄准的是傅筱庵，结果打死了副官。演出在一片慌乱中结束，刺客趁乱逃跑了，傅筱庵又惊又怕，晚间的酒宴自然也就不提了。

是夜，黄莺睡到半夜，突然被一阵奇异的动静惊醒。她在黑暗中睁开眼，差点被身边一张举着烛台的老脸吓得失声尖叫，却立即被贞娘宽厚的大手捂住了嘴巴："小姐，别叫，是我。"

黄莺披着晨衣，战战兢兢地跟在贞娘后面，见到了躲在厨房间的两个年轻人。两个年轻人倒也不如何慌张，落落大方地对黄莺打了招呼。

贞娘说："事到如今我也不瞒你，小姐，这两位，就是今天傍晚刺杀傅筱庵的。"

黄莺的心怦怦直跳，但听得贞娘继续说："如今官家和日本人都在找他们。这里绝非久留之地。如果天亮前不离开，人多眼杂，万一走漏了风声，只怕给黄家带来大祸——小姐，能不能先把他们送到姆娘那里去？"

烛火闪烁，贞娘和两个刺客的六只眼睛，一齐盯牢了黄莺。她的心反倒渐渐沉静下来，思忖着答道："姆娘那里，房东一家就住在一楼，要进大门，无论如何瞒不住他们，人多口杂，只怕走漏了风声。如今有一个人，可以找他帮忙。"

凭直觉，她相信那个人是绝对可以信赖的。

天亮之前，趁着月色，诸葛光将两名刺杀者送进了虹口区的摩西会堂。他向相熟的马丁拉比简单介绍了两位年轻人的来历，马丁拉比没有多问什么，就将他俩引进了会堂的隐蔽房间。

送诸葛光出来的时候，马丁拉比说："诸葛先生，您一直无私地帮助我的同胞，我非常感激。最近涌来的人越来越多，食物、床铺都不够，孩子和妇女们没有足够的清洁用品，我们急需一笔资金……"

诸葛光为难地回答："我最近……遇到点事情，将钱用光了。"看到马丁拉比失望的表情，他急忙改口道，"我去想想办法，这几天，我会凑一些钱送过来。"

走进倒春寒夜的诸葛光，过了好久才觉着冷，因为心里面有团火。这团火，是被那两个满身侠气的年轻人点燃的，也是被黄莺点燃的。他万万没想到，当年那个柔弱天真的小姑娘，如今在国家大义的面前，竟然远远地走在了自己的前面。

他回到蝶村的住所时，意外地发现黄莺正在门口等着自己。此刻天色已见微明，第一抹粉红色的霞光出现在东边的天际，早起的用人们开始发出买涤烧的动静。黄莺一见到他，就焦急地迎上来，不发一言，只是用眼睛发出询问。

诸葛光对着她点了点头，那双眼睛即刻放松下来。黄莺拉了拉肩头的乳白色羊毛披肩，轻声说："这趟真的多谢你了，诸葛哥哥，那么我回去了。"

诸葛光脱口而出："我送你。"

黄家大宅在巨籁达路上，他俩顺着大西路①缓步而行。路旁不时有黄包车经过，但不知为何，没有人想要去拦车，也没有人说话。过了半晌，诸葛光听到黄莺轻声唱起了那首《何日君再来》：

好花不常开，好景不常在。今宵离别后，何日君再来？

她唱的和唱片中不太一样，歌声里多了些凄婉伤心的成分。一曲唱罢，她说："诸葛哥哥，你还记得吗，你曾经说过，要给我写一首最好听的歌。如今，你算是完成对我的承诺了。"

诸葛光记得。他这会儿被黄莺歌声里的伤感裹挟住了，侧头望着那个过了十年的少女，问道："阿四，你这十年来，过得开心吗？"

这时他们抵达了黄家大宅。黄莺在进门前，回头看着诸葛光，脸上带着一个恻然的微笑，答道："好像，自从姆妈死后，我就再没有真正、完全的开心了。总是甜中夹着苦，又或是苦里透着甜。可能人生，大抵如此。"

说完她就进门了。诸葛光看着她消失在门里，心里怜惜。又因为她的话，感到一种莫名的美感。又因为这种美感，涌起一股创作的激情，层层叠叠，滋味难明。

因为《何日君再来》的大获成功，百代公司在小红楼前的草坪上举办了庆功宴暨新闻发布会，黄莺、诸葛光和华新台的虞台长都应邀而来。

天气好，正是阳春三月，前线最近又捷报频传，孤岛今日一扫往日的丧气，人人喜气盈盈。黄莺一贯人缘好，怕是有半个上海滩的绅士淑女都在

---

① 今上海延安西路。

这里，有的手握香槟倾谈着，有的被记者招呼着拍合影。

黄莺不知不觉又走至诸葛光身前。他今日穿了一身白色西装，里面是合身的白底暗条纹马甲，整个人有如玉树临风，远远地离开人群站在一角，似乎心事重重。

诸葛光看见了她，莞尔一笑。

黄莺客气地问："齐小姐今日没来？"

"她……"

黄莺见他不说下去，也就不再追问，两人一同无话。忽听见主持人在台上用麦克风喊着："黄莺小姐，黄莺小姐在哪里？请上来给大家讲几句话。"

黄莺对诸葛光抱歉一笑，就在众人的鼓掌欢呼中，往台上走去。她走到麦克风前，定了定神，轻声说："多谢大家今天来。关于《何日君再来》这首歌，想要感谢的人很多，容我私下再一一谢过，在这里就不占用大家的时间。我今日想要说的是，何日君再来，我唱这首歌的时候，这个'君'，我想的是谁。"

她的话引起了所有人的莫大兴趣，记者群里一片兴奋的交头接耳，预感有桃色新闻要出来了。

黄莺接下来的话却让大家意外了："其实，我心里的这个'君'，并不是哪一个人，而是和平。侵略者的贪婪，将中华民族拖入了战争里，我想用这首歌，期待抗战尽早胜利，让和平重新回到中华大地，回到上海滩！"

台下沉默了一秒钟，接着爆发出雷鸣般的掌声。有人高喊"说得好"，有人则开始擦拭眼角的泪水。

黄莺平定了一下激动的心跳，鞠了个躬，预备下台。就在这时，她发现台下突然传来一片惊恐的呼叫声，人群像被劈开的潮水，现出一条空隙，空隙里迅速跑来一小队褐黄色的身影。

"日本人！"黄莺尚未反应过来这惊呼声意味着什么，就被几个日本军人挡住了去路。她紧张地定在台上，不知将会有什么发生在自己头上，心里头担心会不会是那两个刺傅的年轻人被发现了。

一个日本军官模样的年轻人走上台来，将一束红玫瑰递给她，用生硬的中文说："黄莺小姐，你好！我是你的歌迷。"

她不想接花，对方却硬是将花塞在她怀里，然后冲她一欠身，举手示意手下，飞快地上了一辆雪铁笼轿车去了。这里是法租界，这些日本军人如若开军车，是决计进不来的。只是他们这样大费周章地来了，难道就是为了给自己献一束花吗？

　　黄莺满腹疑窦地站在台上，台下心有余悸的人群反应过来，一齐向她涌过来。百代公司的杨经理脸色煞白地穿越草地跑过来，问她有没有事情。

　　黄莺摇摇头，将怀里的红玫瑰扔在地上，忽地想起刚才日本人拦住她下台时，有个人蹿上台护在她身边，就到处找那个身影。

　　那是个二十出头模样的小伙子，个头不高，小圆胖子。他摸着脑袋憨厚地笑，回答黄莺的疑问："我叫阿宝，是阿锋从小一起长大的兄弟，他临走前关照我保护你的。"

　　黄莺心里一暖，问道："阿锋，他好吗？"

　　"好得很呢。他们部队刚刚在神头岭打了胜仗，他还被升了官，现在叫作什么——哦对了，班长！"

　　黄莺听到这个消息，很为阿锋高兴，想了想又问阿宝："阿宝，你平常有事情做吗？"

　　"世道乱得很，也没啥正经事情做，就打打杂，跑跑腿。"

　　"那么你以后就帮我一同照顾姆娘，好吗？"

　　"好的呀。"阿宝笑得更憨了。

第二十六章
齐姐儿筹款补仓

　　自齐姐儿上次与诸葛光不欢而散，足有一个月了。他不找她，她也不主动联系他，心底暗暗地恨，借忙碌来消化忐忑和思念。

　　再说这一个月，她也确实是忙碌的。干爹为她新投拍的电影《富贵春梦》且不消说，仲先生那边找她找得急，有时候一天十几通电话。股市的形势一片大好，仲先生不断催促她追加资金，如今她所有的积蓄已经尽数投在其中，账面的盈利接近翻番，家里她和齐飞尽是一派喜气洋洋。

　　可这几天，仲先生的电话突然消失了。饶是她于经济一窍不通，也从连日的报纸和广播里知道了股市大跌的消息，换了她频打电话找仲先生，可对方总是不在，今天中午终于找到了，一味地对她唉声叹气，意思是如今股票已经跌到了底部，可她的仓中再无筹码，想要补仓也没机会了。这种时候看着齐小姐有钱不能赚，于他经纪人来说，实在是件再痛苦不过的事情，因此这几日才未联系她。

　　仲先生说，想要重新盈利，只有一个办法：以现在的低价，再重新大力买入股票。可这会儿她哪里还有钱呢？万般无奈之下她去找齐飞商量，这种丧气事也唯有齐飞能和她贴心贴肺地商量。

果然，只听了几句，齐飞就搞明白了"补仓"是怎么回事，并且用一句话精准地将局势概括出："你要拿钱去翻盘。"

　　齐姐儿没否认。现实就是这么回事。她对齐飞说："怎么办？就这样输了，我实在不甘心。要不……把我的首饰卖了？不过也卖不了多少，倒是那副点翠头面，可能还值几个钱。"

　　"你傻呀，放着现成的金山不去找，卖什么破铜烂铁呀！"

　　齐姐儿不解："什么金山？"

　　齐飞点了点她的脑门："傻姑爷呀！"

　　说起诸葛光，齐姐儿曾与他就金钱观有过一番对话。起因是诸葛光好奇地问："你为什么将钱看得那般重呢？"

　　齐姐儿倒被他问得奇怪："这世上谁不将钱看得重呢？"

　　诸葛光没回答，心里却在想：我就看得不重。我看和你差不多年龄光景的黄莺，也将钱看得不重。

　　齐姐儿心里也在想：你将钱看得不重，是因为你从来没缺过钱。可我一直缺钱，就算如今也缺。且不说你到今天，也没和我提过"婚约"两个字；即便你我有约，我大哥齐飞呢？北平也好，上海也好，我们始终没有自己的宅子，让他今后如何成家立业呢？我怎能将钱看得不重？

　　这是一次无声胜有声的探讨。自那以后，他俩很少再谈起和钱有关的话题。特别是齐姐儿，明白了诸葛光在金钱观上与自己差之甚远，也就不愿再强调彼此之间的缝隙。

　　她不是没有发财的机会。以她齐姐儿的天姿国色，即便到了这孤岛时期，排队想要一亲芳泽的达官贵人也不在少数。还有干爹，曾经半开玩笑地要让她真正成为自己的女人，她是这样回答对方的："干爹，这世上的女人要多少有多少，干女儿却只有一个。就让我在您身边，做一只讨您欢喜的八哥鸟儿，不好吗？"

　　干爹哈哈一笑，接受了这种定位。

　　无论多么需要钱，她从来没有想过委身于男人去换取钱，可眼下的情形确实难办。干爹那边，已经预支过一次电影片酬，剩下的一半再预支，着实说不过去。如今的孤岛又不比从前，演出的机会也几乎没有。她思来想去，还是只能去找诸葛光。

诸葛光住在蝶村，与齐姐儿同在愚园路上，不过步行数步的距离。

她轻轻敲门，心里头又委屈又缱绻。委屈的是到底还是自己先让步了，缱绻的是即使不是为了钱，自己原也打算让步了。

诸葛光来开门。倒是一句话未问，相对只是傻笑。半晌，他拉她进去，关上门，齐姐儿的粉拳刚捶在胸口，樱唇也终于被渴望地衔住。

厮磨了一会儿，诸葛光倚在卧室床边看齐姐儿对镜整妆，心里不由得流过唐代朱庆余的词句：

洞房昨夜停红烛，待晓堂前拜舅姑。妆罢低声问夫婿，画眉深浅入时无？

这字里行间的意思叫诸葛光心头一阵燥热。这时，齐姐儿从镜前回眸对他一笑："傻子，还不快忙你的事去。紧瞧着我做什么？还没个瞧够的时候吗？"

诸葛光去书房了。齐姐儿独自对着镜子梳妆完毕，再抚了抚新烫的靡撩卷发①，整了整宝石蓝织锦缎的扫地旗袍，心里头美滋滋的。她早就打定主意：今儿要为诸葛光做一顿地道的京城大餐。他吃惯了江南风味，她要让他好好尝一尝皇城根下的味道。

她一早就和齐飞打了招呼，这会儿一个电话，不多时，用人就将两大篮子食材送来。她就进厨房忙活起来。

荤菜两道。一道"它似蜜"，据说是乾隆爷给起的名儿，食口偏甜，想必诸葛光会喜欢；一道"爆三样"，用瘦肉、猪腰、猪肝和冬笋爆炒，香得邪乎。

素菜两道。"笃咸茄"，茄子她头天晚上就切好，晾了一夜，此刻和炒香的黄豆、葱白、姜片、大料一起煮，起锅后再淋上热花椒油；"凉拌心里美"，当然，地道的心里美萝卜这会儿是没有的，只有用普通的红心青萝卜代替，红红白白，倒也好看。

还有一个汤，名字极简：熬白菜。可其实呢，熬的是羊肉汤底加酱，再加海米、猪肉丸子，把钴子自然也是没有，只好将白菜尽熬，一直熬成烂泥，最

---

① 流行于老上海三十年代末四十年代初的一种发型。

后成汤浓白如乳汁，正适合倒春寒日大快朵颐。

如今要在上海滩凑齐这些东西可着实不易。市场上买不着冬笋和海米，她无奈去寻单帮客^①，单帮客听了她的话，苦笑着说："齐小姐，如今大家连米都吃不上，谁还有这些精致玩意儿呢？"

后来她出了高价，才有一个铁路公司的员工，替她从浙江乡下寻来一些。还有一碟子艾窝窝和驴打滚，是她特意托了人从护国寺桂香村买了来，还好天气冷，在火车上不得捂坏。

齐姐儿手脚伶俐，这么复杂的菜色，也不过一个钟头就忙好了。汤还在火上，她去书房寻诸葛光。

诸葛光仰在椅子里，面前堆着曲谱，手里抓着小提琴。他作曲有时用钢琴，有时用小提琴。齐姐儿唤了他几声，他犹若未闻，提了声音再叫，他好似被惊醒，看了一眼齐姐儿，突然眼睛一亮，从椅子里一跃而起。

诸葛光往客厅里跑去，齐姐儿莫名其妙地追在后面。只见他跑到钢琴前，打开琴盖，叮叮咚咚地弹了几句，叹了口气，颓然盖上琴盖，说："还是不对！"

齐姐儿又好气又好笑，说："傻子，饭好了，你要不要来吃！"

诸葛光坐到餐桌前，齐姐儿满心期待地盯着他的表情。只见他夹起一筷子"它似蜜"塞进嘴里，嚼两下，咽下去；又夹起一筷子"笃咸茄"塞进嘴里，嚼两下，咽下去。

齐姐儿忍不住问："好吃吗？"

诸葛光一愣，答道："好吃，好吃。"可他脸上的神情却分明表示：他这会儿压根儿不关心自己吃了些什么。

齐姐儿赌气，自个儿盛了一碗米饭，浇上两勺熬白菜，一气吃了；又把艾窝窝和驴打滚各吃下一个，也不顾节食减肥；最后再吃下去半盘子"心里美"，只是吃的时候，心里可一点儿也不美。吃完了，她拿出食盒，将剩菜统统打包，嘴里咕哝着："你不吃，自然有人吃。齐飞不知央了我多少次，让我给他做京吃呢！好心当作驴肝肺！"

打包完了，她还是忍不住，又去书房里看诸葛光。他依旧还在对着曲谱发

---

① 旧上海的"倒爷"。

呆，一直到再次被齐姐儿的声音惊醒。

齐姐儿说："哎，我问你，你……有钱吗？"

诸葛光茫然："嗯？多少钱？"

"越多越好，我最近有点急事要用钱。"

诸葛光指指卧室的方向："他们给我现金，我都放在床底下的箱子里，你自己拿。银行里还有一些，我打个电话让他们支给你。"

居然这么容易，出乎齐姐儿的预料。她不由得脱口而出："就这样？"

"怎样？"

"你也不问问我拿钱去做什么？"

诸葛光微笑着问："那你倒是说说，你拿钱去做什么？"他知道齐姐儿吃喝用度都考究，向来开销大。唯一的顾虑是这钱拿去了免不了也有齐飞的一份，不过这会儿刚和齐姐儿和好，他不想在这种事情上纠缠。

齐姐儿俏皮地一撇嘴，还是那句话："偏不告诉你。"她上前在诸葛光脸上啄了一下，"写你的歌去。"自己回卧室床底下翻箱子。

那是一口黑色皮箱，四周用深棕色皮带固定。齐姐儿从前见诸葛光摆弄过它，以为不过放着些无用家什，没想到此刻打开让她大吃一惊：箱子里都是一卷一卷的百元大钞。齐姐儿飞快地点了点，一共是四万多元！

此时诸葛光写一首歌的价码是两百元，和齐姐儿灌一张唱片的酬劳相当。他以多产闻名，一年里上海滩有几百首歌都是他的作品，再加上一些翻唱的版税收入，他十足十是个隐形富翁。可这富翁对钱全无概念，把大额现钞像破袜子一样塞在床底下的箱子里，大门上只有一把防君子不防小人的旧锁。

齐姐儿又惊又喜，没想到诸葛光这傻瓜这样有钱。可她又有点怨他，如果早告诉自己，又何必上股市里搅那口浑水？这一次翻回本来，她一定金盆洗手，以后好好打理自己和诸葛光的收入就足够了。

她把箱子重新盖好，轻巧地跑回书房里。诸葛光伏在案前，她挤过去，坐到对方膝上，像小狗一样蹭得诸葛光直痒痒，边笑边躲："你做什么？"

齐姐儿心满意足地说："你对我真好。"

齐姐儿将诸葛光给她的钱，尽数交给了仲先生，满心期待着能够赚回本钱，从此销户退市，和诸葛光好生过日子。

　　几天后，她意外地接到了徐公的电话。徐公开门见山地问："齐小姐，你在仲先生那边，还有多少股票？"

　　齐姐儿回答："蓝格志橡胶、中法银行，约莫各几百手吧，具体的，我倒也不大清楚。不过前几天仲先生说，中法银行最近行情特别好，要替我再入几百手呢。"她以为徐公是来领行情的。

　　徐公的声音听起来急切得很："补仓的钱，你已经存进去了？"

　　"那天我忙，没时间去银行，仲先生派伙计来取的。怎么？"齐姐儿奇怪徐公突然间对自己的股票这么感兴趣起来。

　　徐公在电话那头急得直跳脚："啊呀啊呀，这可……"

　　她开始有不祥的预感，声音也焦急起来："怎么啦？出什么事情了？"

　　"中法银行出事体啦！法国那边的银行破产了，中国这边的股票，恐怕也要化为草纸。姓仲的只怕早几天就得到了消息，昨天开始就找不到人了，今早查明，他一早买好了去美利坚的船票，这会儿，恐怕都出了公海了！"

　　齐姐儿眼前一黑，电话是怎么挂断的，再不记得了。她重新恢复意识的时候，依然是被电话铃声惊醒的。

　　她本能地拿起听筒，这一次里面传出的声音却不是徐公的，而是诸葛光。他说："上次的钱，你还没用完吧？拿回来，我有急用。"

第二十七章
妙妙订婚山本亨

1940 年，上海，初夏。

这向来是上海最美好的季节，梧桐初繁，梅雨未至，衣衫渐薄，大街上满是精心装扮的淑女。

但这个初夏显得特别黯淡。其实黯淡的又何止上海，阴云笼罩着整个太平洋。在太平洋的另一边，法西斯们开着坦克大炮节节挺进，用黑暗替代一座又一座城市的光明。在太平洋的这一边，人们越来越不愿意谈到未来。这整座城市是一个悲观的气泡，没有人想要戳破它。

最终戳破气泡的是一阵歌声。它来自一位老者。老者身着旧竹布褂，头戴破草帽，手持一把三弦坐在街边，轻调音律，过门响处，便开始苍凉激越的歌声：

一战于沁水，再战于临沂，三战于徐州，四战于随枣，终换得马革裹尸还，马革裹尸还。

围观者都知道，他唱的是刚于日前战死襄阳的张自忠将军。将军殉国后，由蒋介石下令，三十八师师长黄维刚带领百人敢死队，冒死于战壕中抢回了将军遗骸。重庆大葬当日，十万军民恭送灵柩，期间日机三次于头顶轰鸣，无一人躲避。

丘麟驻足在老者的面前听了片刻，轻轻将一张大额法币放在老者身边，便上得楼进到妙妙的房间。妙妙正倚在窗前，窗户打开，显见也听到了老者的歌声。

丘麟没有打扰她。他知道，妙妙从这首歌里感受到的，一定比寻常人更多。一直到妙妙关上窗，回过头看他一眼，他这才说道："战局时不我待，你与山本亨的冷战，是不是也应该告一段落了？"

妙妙反问道："我那些小打小闹的情报，真的有意义吗？我看不如算了也罢。"

丘麟被她轻率的态度搞得有些生气，说道："怎么没有意义？上一次仁丹的任务，我们执行得有多漂亮！你这条线，目前对党国来说举足轻重！容不得你这样任性胡闹！"

妙妙吐了一口烟圈，平静地回答："别对我喊。我从来没有从你那里拿过一分钱，也不是你的部下，更不是你们那个党的成员。你知道的，你对我并没有约束力。"

丘麟气急败坏，却又无可奈何，只得问道："好，那你告诉我，你为什么突然不理他了？你该不会是真的爱上他了？"

妙妙又吐了一个烟圈，似笑非笑地看了丘麟一眼，这才和盘托出："我之所以突然不理他，是要让他爱上我。"

"什么？"

"我想要的可不是杀个把汉奸，或是阻止一两样阴谋的情报，我想要的，是能够真正左右战局的情报、改变历史的情报。想要达到这个目的，我就不能只是山本亨众多女人中的一个。所以这一趟，就叫作逼宫计，逼得他，要么弃我而去，要么彻底走过来。"

丘麟明白了："原来如此。可你就不怕，逼宫计的结果，是把他逼走了？"

仿佛是为了回答他的问题，门铃声响起了。妙妙与丘麟警觉地对视一眼，轻挪到门口的猫眼儿处向外一看，用唇语告诉他：门外的正是山本亨！

丘麟用手势告诉她不要开门。可山本亨已经从猫眼儿的暗影知道了门里有人，用低沉的嗓音央求："是我。请开门吧。"

妙妙想了想，将丘麟推进卧室，反锁上卧室门，将门打开了。

山本亨靠在门框上，脸上是预备就这样靠上一整夜的神情。妙妙在看到他的第一秒有一阵近乎反胃的感觉，她知道，那是由于过度的紧张。

山本亨似乎很意外她会开门，这不是他第一次来敲门了。他开口问："为什么突然不见我了？"

妙妙淡淡地说："不为什么，不想见，就不见了。"

"你不说我也知道，是因为那一晚。是我做错了吗？"

妙妙摇摇头："你没有做错什么，只是，我们想要的东西不一样。"

"你想要的是什么？"

"我从不要费力要来的东西。"

"真傲慢。"山本亨叹息，将她拥进怀里，在她耳边说，"我已经和她分手了。"

妙妙猛地推开他，抬头问："真的？"

山本亨苦笑着，将衬衫的领口拉开，向妙妙展示胸骨上一处新近包扎的伤口："看，这是她开枪打的。"

妙妙细看那伤口，确是枪伤，纱布上隐隐有一块圆形的血迹，她将一根丹蔻浓艳的指头按在那块血迹上，山本亨疼得呻吟了一声。

"她的枪法很好，她是故意不打死你。"妙妙将食指从枪眼处缓缓移到山本亨的心脏位置，说，"我的枪法也很好。你现在跨进这扇门，如果以后再敢有别的女人，我就亲手用枪射穿你的心脏。你想好了，现在后悔还来得及。"

说完，她后退一步，在房门里凝视着山本亨。山本亨紧紧盯着她，一步跨进来。

她仰头吻他，听见他用日文说了一句"私は本当にあなたが好きです（我是真的喜欢你）"之后，又用中文，"嫁给我吧。"

一个月之后，妙妙和山本亨在日本领事馆的小宴会厅里举行了订婚仪式。日本领事馆共有三个宴会厅，这是最小的一个。当天并没有做特殊的布置，这

182

一方面是因为订婚在日本并不是盛大的礼仪，结婚才是；另一方面是因为妙妙和山本亨说好了：他俩的订婚要保密进行。

话题是由山本亨提起的，他问："你说，咱俩的订婚，要不要公开？"

妙妙横他一眼："怎么订婚还有不公开的吗？你到底是娶妻，还是偷人？"

山本亨笑道："话不是这么说。我是替你考虑，万一公开了，你的生活会不会受影响？"

妙妙装出第一次想到这个问题的样子，皱着眉头说："这倒是的。怕是我也难在上海滩待下去了。莫不如你就带我回日本吧。"

"仗没打完，我怎么回得了日本？"

"那我就搬到领事馆与你同住，你派人保护着我。"

"危险太多，即便派人二十四小时保护着，总也有个眨眼的时候。"山本亨也皱起了眉。此时上海滩的几股地下力量将暗杀汉奸搞得风声鹤唳。如果妙妙公开投日，中共特科、戴笠的军统，想必都会以她为头号暗杀对象。

山本亨说："我们的订婚，还是暂时密吧。这也是我大哥的意思。"

妙妙眨了眨眼："这样麻烦，还不如不订也罢。"

山本亨笑了，搂住她的腰，说："就是想把你这个坏女人归为我的，怎么样？"

妙妙撇一撇嘴："我就不信，你这辈子能就此忠贞？再也没有旁的人？"

山本亨看着她的脸，正色道："你既说到这里了，我们来做个约定吧。"

"什么约定？"

"从此以后，我们的心灵必须忠于对方，但可以有生理情人。"

"这算是什么劳什子约定？"

"你到底约是不约呢？"

妙妙看看山本亨，答道："约。那就说好了，只能是解决生理的情人，像川岛芳子那样动情动心的，也不能再有。"

"好。"

妙妙靠入山本亨怀里，依偎着他的胸膛，听着里面那颗鬼子的心徐徐跳动。这颗心，总算被逼宫计逼成了自己的。

秘密订婚也好，说真的，她还真没做好与大明星妙妙这个身份彻底告别的准备。

小宴会厅里，除了山本家的家眷外，客人只有三四个，都是山本男的亲信。山本亨曾问过妙妙有没有什么可靠的朋友想要邀请，妙妙想了想，苦笑着摇了摇头："我的朋友，想必不会上这儿来吧。"

订婚仪式很简短。山本男作为男方家长致辞，大嫂代替女方家长致辞，妙妙与山本亨交换信物。

气氛是浪漫而肃穆的。

妙妙一早在大嫂的协助下梳妆好，脸上敷了厚粉，唇红一点；身着付下和服，宝石蓝色，衣裾处绣着鸳鸯图案，但不像正式礼服那样有绘羽；发型也梳成日式的胜山鬓，前面以樱花点缀，侧方插了她自己收藏的一支据说是清朝军机大臣毓朗贝勒次女恒香格格用过的和田白玉步摇。她此刻看起来就像一个娇艳的日本新娘，在满是日本人的宴会厅里水乳相融，毫不突兀，低头鞠躬时，颈后那一片雪白丰泽，连山本男的目光也情不自禁停驻了好一会儿。

妙妙躬身将一束干海藻①递到山本亨手里，同时接过他递来的干墨鱼，只觉得耳朵嗡嗡作响，有种奇异的感觉：她的同胞们正被当作牲口一样戴上脚镣，赶进箱子里，发往他们必将丧生的异乡当牛做马，而她却和凶手中的一名在这里结下婚盟。

今晨用早餐时，她在《译报》上看见一张由外国记者冒死在南满铁路沿线偷拍的照片：一百多个中国的青壮年男子，赤裸着上身，像蚂蚱一样被麻绳拴成一串，正被提着枪的日本军人赶上一节火车车厢。那位拍摄照片的外国记者说，这些男子都是被日军抓住的中国壮丁，有些是在回家途中被抓走的，有些是从家中的储藏室里被搜出来的，他们都将被塞进一节节车厢里，发往日本，在那里修筑铁路直到死去，如果他们在下车时还未死去的话。

她的注意力被照片里的一个年轻人摄住了。那个排在队伍末尾的年轻人正回过头，对故乡做最后的一瞥。他的眼神是如此难以形容：哀伤、认命、心死，仿佛他此刻虽还顶着人的躯壳，却在内心中已经接受了这一世为人已经结束的

---

① 日本订婚习俗，男女双方要送对方特别的礼品，干海藻和干墨鱼都有特别的象征意义。

事实。

照片上其他的车厢上也安着窗栏，窗栏上有年轻的手交错着，想必是日军从其他地方抓的壮丁。一列车有十多个车厢，每个车厢里百多个年轻人，一千多个年轻人就这样从他们自小生长的生活圈里蒸发了。

妙妙的一口羊角包噎在嗓子眼里，怎么也咽不下去。她冲到洗手间里干呕了几声，想起了此时不知身在何地的那两个同父异母的弟弟。

不得不承认，今天的山本亨显得格外英俊。倒不是因为他的武士头，或领口布满精美刺绣的纹付羽织袴，而是他脸上难得一见的正经神色。平常见他，多是一副风流倜傥的样子，今日却将其一扫而空，让妙妙几乎相信：他是真的爱着自己的。

其实她心里当然清楚。像山本亨这样的人，与自己有相似之处：都是不疯魔，不成活。他就算有爱，爱的也不是自己，而是眼下的这出大戏。他是入戏了。与被占领国的弱质佳人相爱，这个剧本想必令他满意得紧吧？

要说妙妙今天没有一个朋友在场，也不确实。门外，穿着司机制服的丘麟正透过后视镜紧盯着领事馆的门口，想象着此刻在宴会厅里发生的一切。

今早来这儿的路上，他曾问过妙妙："你知道你现在走的是一条什么路吗？"

妙妙不答，他于是自己揭露了答案："你正在走一条不归路。"

妙妙逼宫计的成功，让丘麟了解了这样的一个事实：这个女人的谋略与魄力，都不在自己的控制范围之内，他打算从此后要给予妙妙更多的行动自主权。但是当妙妙告诉他自己要与山本亨订婚的消息时，连丘麟都觉得：这一趟深入敌腹，是否走得太远了。

后座传来一句话："国家到了如此地步，除我等为其死，毫无其他办法。"

丘麟知道，妙妙引用的正是张自忠将军生前的话，但觉荡气回肠，无言以对，稍迟又说道："我有必要提醒你，你现在已经被组织严密监控。"

"什么！为什么？"

"你与山本亨订婚之后存在叛变的风险，我已经向组织做了汇报。"

妙妙愤怒，沉默。

丘麟说："你虽然是个很近似男人的女人，但到底是个女人。"还没等妙妙来得及反驳，他又接着说，"山本亨才是个男人。到了真相暴露的那一天，能够做到公私分明的那个人，是他，不是你。到时候，要除掉你的就不仅仅是组织了，还有他，以及他背后的日本人。"

妙妙不由得打了个寒战，攥紧了拳头，问："组织……要除掉我吗？"

丘麟摇摇头："暂时还没有这样的指令。但是，如果你有任何的轻举妄动，恐怕离进渣滓洞的那一天就不远了。"

"那你为什么要把这一切告诉我？这样做不违规吗？"

对她的这个问题，丘麟没有回答。

妙妙想着丘麟的话，以及"不归路"这三个字，从五脏六腑里涌起一股寒意。确实，她在这条路上走得如此之远，会不会再也没有回头路可走了？譬如现在，如果丘麟再也不出现，她该怎么证明自己和一个日本人订婚是出于别有所图？

她又想起了父亲。父亲昔日，集结旧将军马，歃血出发的那一刻，应当也清楚自己踏上的是一条不归路吧？在前有敌人，后无援兵，粮草不发的锦州，父亲的那一队人马，杀到最后一颗子弹、最后一滴血，彼时他该是怎样的心情？

妙妙觉得，她能看得见父亲倒下时微笑的模样。父女连心，她知道一定是这样，不会有其他的可能。因为唯有这条不归路，才是无憾的路；而其他的路，都难抒这胸中热血。

若一去不回？

便一去不回。

订婚仪式甫落，山本男便把妙妙叫进了办公室。他坐在办公桌后的椅子上，见已经换上便服进来的妙妙天真烂漫地问："大哥，找我何事？"

到了今天，山本男有点儿看清这个女人的心了。他已经知道了妙妙和山本亨因着川岛芳子吵架后又和好的消息。这一趟醋可算吃得厉害，这妙妙再风流，终究是个女人。

他对妙妙说："从现在起，你就是山本家的一员了。等到战争结束了，我们会把你包装成弃暗投明的女英雄，你可以堂堂正正地当日本女人。"

妙妙抿嘴一笑，状似愉快得很。

山本男接着说："不过，山本亨应该已经告诉过你了，你们订婚的消息，目前要对公众保密。等到合适的时机，我会亲自向公众揭示你的身份，作为中日友好的最佳证明。但现在，我还需要你保留中国女明星的身份，方便为大日本帝国传送情报。"

"谢谢大哥！"

"眼下，我就有一桩任务要你去执行。"

妙妙假装吃了一惊的样子："什么任务？"

"我要你帮我挖出上海滩里藏着的国民党特务。"

第二十八章
黄莺初涉革命路

黄莺被贞娘神神秘秘地约了去姆娘那儿碰头，到那儿的时候，她意外地发现：诸葛光也在。

姆娘被娘姨陪着去三角地菜场了。她最近身体好了些，知道黄莺今天要过来吃饭，说要去买黄鱼回来，做小小姐最爱吃的雪菜黄鱼。

贞娘对阿宝使了个眼色，阿宝会意地走到窗前，从窗帘的缝隙里监视着房外的动静。黄莺这才留意到屋子里的气氛很诡异：大白天的，整个房子都密密实实地拉着窗帘，全凭电灯照明。她不由自主地看了诸葛光一眼，发现对方也是一脸莫名其妙的表情。

贞娘看到阿宝在窗口那儿对自己点了点头，这才正色对黄莺和诸葛光说："摩西会堂那边，出事情了！"

"什么事？"诸葛光立即问。

"日本人不知道从哪里接到线报，怀疑到了那里。这几天辰光，已经去那里搜查过好几次了。"

诸葛光嗟叹："要命！一周之前我还给马丁拉比送过钱去，这几天没有从他那儿得到任何消息。"

"马丁拉比的通讯渠道应该已经被日本人监控了。他不联系你，应该也是不想连累了你。"

诸葛光关切地问："那两位朋友都还安全吧？"

贞娘答道："到目前为止，还没有被搜出来。但如果再有下一次，就不一定了。"

诸葛光思考着："那么，就要赶紧想办法阻止日本人再进去搜查，或者想办法把他们俩转移出来！"

贞娘摇了摇头："转移现在是不可能了。负责这作事的日本人是一个少佐，叫阿部次郎，他盯得很紧，在会堂周围布置了重重监控，现在出来，等于自投罗网。"

"那该怎么办呢？"

"不要着急。"这时突然有人接口。诸葛光和黄莺循声望去，发声的是一个素未谋面的中年男人，他刚才一直背着光坐在灯前，此刻站了起来，面露友好的微笑，向黄莺和诸葛光缓步走来，并伸出一只手："你们好，我叫雷霆。"

这个叫雷霆的男人瘦削结实，面容清隽，有开阔的额头和智慧的双眼，令人观之便生可亲可信之感。诸葛光和黄莺分别与他握了手，他的巴掌很大，干燥温暖。他继续接着刚才的话说："不要着急，组织上已经有计划了。"

黄莺一头雾水："组织？什么组织？"

诸葛光叹了口气，看着黄莺说："你难道从来没想过他们是什么人吗？他们是共——产——党！"

黄莺用疑惑的目光，挨个环顾屋子里这些既熟悉又陌生的人。雷霆不怒自威，贞娘透出隐隐的杀气，阿宝也不再是一个憨厚的圆胖子了。她的视线又落到诸葛光身上。还好，诸葛光依旧是那个诸葛光。

诸葛光用平静的语气问："什么计划？你说的该不会是——"

雷霆用手刀比了比自己的脖子，明确无误地说："杀。"

黄莺打了个冷战。

诸葛光连连摇头："杀？怎么杀？想在租界里杀掉一个日本军官，谈何容易！租界外面更不可能。再说，杀掉一个日本军官就有用了？还有别的日本军官。"

雷霆不疾不徐地回答："有用。你知道，日本人和犹太人的关系是不错的，他们轻易不愿意得罪犹太人。这次的搜查，日本人也顶着很大的压力。阿部次郎的上司已经屡次喝令他停止搜查，但是这个少佐素来与上司不和，想要抓住这件事建下奇功，所以还在暗地里搞调查。一旦他不在了，这件事肯定不了了之。"

诸葛光点了点头，似乎接受了雷霆的解释，也同意了杀掉阿部次郎这件事。黄莺此时在他身上发现了一个自己从未见过的诸葛光——一个作为男人，毫不犹豫地做杀死敌人的决定的诸葛光。

诸葛光继续问："具体的计划呢？有安排吗？杀死一个卫兵重重的少佐，不容易啊！"

雷霆目不转睛地盯着诸葛光，诸葛光也目不转睛地回视着他。无声的交流在两人之间进行着：

——我可以信任你吗？

——我和你一样，都是中国人。

最终，雷霆点了点头，说道："你说的不错，整个计划最难的地方，在于怎样让阿部次郎离开他的卫兵，独自一个人。根据我们这段时间以来收集的信息，阿部次郎哪怕在睡觉的时候，也都至少有两个卫兵护卫。他独自一人的时候，只有一个——在教堂做忏悔的时候。"

"做忏悔？"

"是的，你想不到吧，这个阿部次郎，是一个虔诚的基督教徒。每个礼拜日，他都会到教堂去对神父做忏悔。尽管他在做完忏悔的当晚就会再次杀人。"雷霆嘴角的微笑看起来很讥讽。

诸葛光说："所以，只能选这个时机……"

雷霆点头："是的，这是最好的时机，也是唯一的时机。阿部次郎做忏悔的时候，不允许任何人跨进教堂大殿，卫兵只能在门外守候。整个大殿只有两个人：忏悔室外的他，以及忏悔室里的神父。如果我们能够潜进忏悔室控制住神父，就可以得到一分钟的时间，用一分钟的时间杀一个人，足够了。但还有一个关键问题——整个过程必须保证绝对的安静，否则门外的卫兵会立刻冲进来。"

雷霆的计划，听起来很周密也很有道理，但直到目前为止，黄莺还没有听出这个计划和自己有任何的关系，为什么贞娘要巴巴地把她骗过来参与这一切。

仿佛是为了回答她的疑问，雷霆温和的视线转到她的身上，仿佛自言自语地说："关于阿部次郎，还有一个信息是很重要的，那就是——他是黄小姐的忠实歌迷。黄小姐，其实你曾经见过阿部次郎一次的，就在百代公司的庆功宴上。"

他这么一说，黄莺想起来了。原来庆功宴上那个特意来给自己献花的日本军官，就是阿部次郎。

雷霆看到她若有所悟的神情，接着说："那么黄小姐，如果让你来想，谁能够让阿部次郎在一见之下，不会生气、叫嚷，而只会意外，甚至有些高兴呢？"

黄莺愣住了。

容不得她做丝毫考虑，雷霆一鼓作气地说下去："只要你能够吸引住阿部次郎一分钟的注意力，我们在忏悔室里埋伏的同志，就可以用带消音器的手枪将其一枪击毙。阿部次郎的身材很高，如果瞄准他的后脑心，子弹会从黄小姐你的头顶上擦过去，绝不会伤到你分毫。"

她还没来得及回答，一旁的诸葛光就喊了起来："胡闹！我坚决反对！"

贞娘和窗前的阿宝都被他的喊叫声吓了一跳。贞娘连忙制止他："诸葛先生！你不要叫，会有危险的！"

诸葛光压低了声音，仍然坚决地说："绝不能把阿四搅在这件事里！要我出钱、出力，都没问题！我读书的时候学习过射击，如果需要，我可以亲自去干掉这个日本人！"

雷霆缓言相劝："诸葛先生，你的爱国心，我完全理解。但是，也请你不要剥夺了黄小姐的爱国心。你说不要把她搅进来，可惜，作为中华儿女，眼看祖国被侵占，此时此刻，还有谁能够置身事外，还有谁不是已经被搅进来了呢？"

雷霆的话果然像一道惊雷，瞬间就将心如乱麻的黄莺震醒了。现在她有些理解五分钟之前的诸葛光了，理解了他的果决、平静。因为在个人的小情绪之外，这是一个"大"，大到来不及恐惧、犹疑，是哪怕作为涓滴流水，也会毫不犹豫地汇进去的那个"大"。

她直视着雷霆的眼睛，回答："我愿意。我愿意去。"

雷霆也看着她，渐渐地，眼睛里露出赞许的微笑，说："好，既然这样，我们就布置一下具体的细节。时间，就在本周日，地点在四川北路的怀恩堂。你要记住，这个计划最关键的地方在于，一定要让阿部次郎站起来，而且要站直了。否则一击不中，不仅打草惊蛇，你还会陷入危险。我们的同志，到时会尽一切可能保护你。"

阿部次郎少佐，二十七岁，1937 年来到中国，出生在日本东京四名坂町街区的一个没落武士家庭，毕业于东京陆军学校，是一个野心勃勃的年轻人。

今晚，在仙乐斯夜总会里，发生了不可思议的事情。当他如常坐在最靠近舞池的座位上欣赏完黄莺小姐的演唱，并立刻着属下献上鲜花时，发现黄莺小姐并未像平常一样，只是微微颔首收下鲜花，随即快步下台，而是掀起眼帘，看着自己的方向，并微微一笑。

为着这个微笑，阿部次郎那晚入睡时浮想联翩。第二天上午去教堂的时间，也比平时晚了大半个小时。他边跪在圣像前祈祷，边等待属下去请神父。

不一会儿，神父从侧门处进来，对他微微一笑，径直进了祈祷室。阿部次郎回头，示意属下全部退到外面，看着他们关上大殿的门，然后坐到祈祷室外的小窗口前。

小窗口里一片沉默，沉默的时间似乎比往常要来得久，然后听见神父低沉的声音："你可以开始了。"

阿部次郎正要开口诉说，突然警觉到又有一个人从侧门进来了。他的第一反应是伸手摸住了腰间的手枪，可回头看的结果却令他大吃一惊：走进来的人竟然是黄莺小姐！

阿部次郎松开了摸枪的手，又惊又喜地说："黄莺小姐！你怎么会在这里？"

黄莺对他的这句话没有反应，也许是因为这句话里除了"黄莺"两个字，其他都是用日文说的。她穿着件淡蓝色立领衬衫，米色西裤，脸色苍白，无论如何努力也无法挤出一个微笑。她的嗓音也很奇怪，似乎梗着喉咙说："谢谢你昨晚，还有上次送我的花。"

阿部次郎听懂了"谢谢"这两个中文字，知道黄莺将眼前和前两次的自己对上了号，心里一阵高兴，又一阵迷乱。如果站在面前的换一个人，阿部次郎一定会凭着本能感觉到不对劲和危险；可站在眼前的是黄莺小姐，自己几年以来的偶像，她穿着那身衣服显得多么美丽，阿部次郎觉得心跳得很厉害，好像变成了情窦初开的少年，情不自禁地从椅子上站了起来。

阿部次郎转头面向黄莺站直了。说时迟，那时快，一把黑色的枪头无声地从祈祷室上方预留好的小孔里伸了出来，就在阿部次郎再一次开口说出第一个字"黄……"的同时，一颗无声无息的子弹精确地击中了他的后脑，从眉心穿出，擦着黄莺的头皮飞过去，嵌进金色的立柱里。

阿部次郎连叫也没有叫一声地朝前方倒去。

阿宝赶在他落地之前从祈祷室里飞身闪出，托住了阿部次郎的尸体，将它拉进了祈祷室。贞娘用另一柄枪指着神父，从里面走了出来。

黄莺瘫软在地上，但随即就被阿宝和贞娘挟裹着朝侧门转移，在那里，诸葛光正等着接应他们。他们必须在卫兵发现及神父苏醒之前离开这里。

他们四人刚跑到四川北路武进路口，就听见怀恩堂那边传来一阵骚动，随即发出砰砰两声枪响，日本人的搜捕开始了。

这比他们预想得还要早。

他们决定兵分两路，贞娘和阿宝沿着四川北路继续跑，诸葛光带着黄莺转进武进路。按照事前的计划，如果被日本人发现了，贞娘和阿宝可以伪装成出来采办的用人，诸葛光和黄莺则伪装成情侣。

此刻诸葛光放慢了脚步，但没有松开搂着黄莺的手。这是必要的，因为黄莺脸色苍白，几乎快要站立不住了。她怎么也无法忘记阿部次郎在自己的咫尺之前，从活人变成尸体的过程。诸葛光看着她，听着鸣枪声越来越近了，心里焦急。这样的一个黄莺，如果被日本人看见了，是无论如何都会起疑的。他下定了决心，站住脚步，扶住黄莺的肩膀，看着她的眼睛说："阿四，我们不一起走了。你自己往前走，注意要尽量平静下来。我回头走，去引开日本人。"

黄莺惊呆了："什么——这怎么可以？"

诸葛光坚决地："事到如今，只有这样办。"

"太危险了！你会送命的！"她紧紧拉住诸葛光的衣襟，"不！不要这样！我们一起走，还有机会！"

没有机会了。日本兵的脚步已经就在街角，分分钟就要转到他们所在的小巷。就在这时，黄莺和诸葛光身后的一扇门突然打开了，一个人用力将他俩拉了进去。

黄莺在黑暗中落入一个陌生而温暖的怀抱，等到她的眼睛适应了黑暗，忍不住小声惊呼道："阿锋！"

第二十九章
齐姐儿夏虫语冰

只几个月的光景，齐姐儿仿佛老了五岁，脾气也越发大了，连齐飞如今都躲着她。

齐飞今天难得留在家里，有事要办。洗衣娘的闺女生得着实标致，上回，自己趁塞钱的工夫，在这小娘们的手心里抠摸了几把，那张白净的小脸儿登时涨得通红，但当她娘问起的时候，她只说是热的。

今天又是收衣服的日子，这小娘们如若得趣，一定会想办法支开亲娘，独自前来。

前门一响，一个十七八岁的少女强自镇定地独自站在那里。齐飞的心里一乐——今天留在家里果然没错，这就办了她。

正要入港，齐姐儿回来了，脸色阴沉地瞪着沙发上衣冠不整的两个人。洗衣娘的女儿用手捂住脸，哭着跑了，齐飞靦着脸重新系好裤腰带，问齐姐儿："您今儿回来得早？"

齐姐儿看着洗衣娘女儿的背影，恨铁不成钢地说："吃饭的地方不拉屎，你讲究点行不？"

齐飞淫笑着说："你放心，你哥我讲究着呢。这个啊，管保是个雏儿。"

"呸！你这个杀千刀的！"齐姐儿啐了一口，重重地在沙发上坐下，双臂环胸，秀眉紧锁。

　　齐飞凑上来："怎么，又给日本人唱堂会去啦？"

　　齐姐儿过去几小时的郁闷经历，一下子被齐飞的这句话带至眼前。

　　在干爹那儿重遇长发发以后，他就一直和自己套近乎。齐姐儿本是绝不屑于再搭理这个瘪三的，可最近想钱想得紧，也不知怎么的，就被他的三寸不烂之舌骗到了这个"打着灯笼也找不着的便宜活儿"跟前。

　　她在长发发的引领下，进了那日本将军的府里，只见十来个日本军官整整齐齐地跪在"几"字形的小几背后，自己就在那"几"字的口里，细细地唱了出《华容道》。

　　唱的什么，那些日本人八成是听不懂的，可看他们的表情，似乎十分陶醉。一个翻译官模样的中国人，始终附在将军的耳侧小声解说，齐姐儿于顾盼的间隙，从将军眯起的双眼中领会到，翻译官正在解释着这位美女扮演的是一个中国古代的将军，像这样的女老生，俗话叫作"雌雄同体"，蕴含着中国式的性感。

　　戏唱完了，将军示意她坐到自己身边，齐姐儿倒吸一口冷气。和长发发说好了只是唱戏，不做应酬，看来自己再次被长发发给坑了。

　　这时候还有什么别的选择呢，她只得僵硬地来到将军旁边，学着他们的样子，跪在翻译官让出的空位上。那将军倒是十分客气，让翻译官告诉她，接下来，也请她欣赏欣赏大日本帝国的艺术。

　　纸门被轻轻地拉开，几个白面和服的艺妓躬身进来，行过礼后，二人拿着锣鼓和三弦跪到一侧，其余的排成一排开始舞蹈。齐姐儿凭着多年的演艺功底感觉到，这是真正的艺术。击鼓与拨三弦的艺妓，歌声温厚婉转，又略带一丝凄楚；跳舞的以扇子和袖子为辅助，和京剧里有类似之处，舞姿曼妙，意味深长。

　　慢慢地，酒渐稠，人渐醺，音乐也越来越快。艺妓们都不跳舞了，一个一个地挨着军官坐下，每两个军官夹着一个艺妓，人数像事先算好的一样。

　　将军这边，显然就是齐姐儿了。齐姐儿发现了这一点，如坐针毡。随着喝高了的军官们越来越多，纷纷喊着自己听不懂的语言，将嘴脸埋进艺妓的颈项或胸口，齐姐儿分明感到有一只手在小儿之下，沿着自己的大腿，毫不客气地向上游移。

她害怕极了，深深后悔为了贪几个钱，将自己陷入这求天天不应、叫地地不灵的局面，陷在了鬼子窝里。她不敢触怒对方，打定了主意：只要这只手不太过分，自己就闭眼忍受。

可是她没能做到。当那只手目标明确地继续游移时，歌星大赛前那一夜可怕的回忆一下子涌上心头，她大叫一声，推开那只手，站起来不顾一切地逃出屋外。

长发发就在屋外候着，见到她奇怪地问："怎么出来了？"

她瞪着长发发，还来不及回答，就吐了。呕吐物喷在长发发的条纹西服上，他怪叫着用手帕擦拭。此时翻译官跟了出来，满面堆笑地说："没事，没事，将军说，他很欣赏齐小姐的京剧艺术，今天就先到这里吧。我来送齐小姐出去。"

齐姐儿坐在沙发上，回忆着这火中取栗的一幕，得出了结论：长发发这个人，终究还是用不得，否则，自己迟早会死在他手里。

她从坤包里掏出刚才长发发在车上数给自己的钱——整整两千军用券。钱是真多，可惜是最后一次了。齐飞一见那沓钱，眼睛瞬时亮了："嗬，您今儿收成不错！"就欲伸手去拿。

齐姐儿一巴掌把他的手拍开："别动！这钱我有用处的！"

齐飞悻悻地缩回手："你能有啥用处？还不就是拿去还给傻姑爷？不是我说你，你这傻起来，可比傻姑爷还傻，一家人，说什么两家话？有这钱，拿去享点儿什么乐子不好？"

齐姐儿不语，心里盘算：加上今天这一笔，再稍微凑一点儿，就可以将还给诸葛光的钱凑齐，届时，自己这一场炒股票炒出的荒唐事，就可以对他绝口不提。虽然自己这一边的亏空，还需要好几年的时间从头再来。

不知道从什么时候开始，她变得很在乎诸葛光对自己的看法。最早的时候，诸葛光令她在人世间第一次感受到动心的滋味，但那滋味仍然是可以摒弃的，为了名利，为了前途。再后来，歌星大赛之后，她想要回他，仍然是信心满满的，结果也如她愿，这男人依旧是她的。

但情势不知道于什么时候扭转了。或许是在她一次次地闹脾气，而诸葛光一次次地和风细雨之际；或许是在她暴露出自己在唱歌方面越来越多的无知，而诸葛光不露声色地予以弥补的时候；也或许，是她逐渐了解到，自己和诸葛光从来都不是从一个起点上走到高处的，她是自凄风苦雨中来，他却是从锦衣玉食中来，她常常以此鄙视他，但毋庸置疑的是，那个巨大的背景，仍然无所不在地划出他们之间的界线，在线的这一头，她看不懂诸葛光，在线的那一头，诸葛光却微笑着看透了她。

她开始介意诸葛光对自己的每一个眼神，每一句评论，每一个心思。她绝不愿意的就是他看轻自己，她希望他永远就像当初还未得到她的时候一样，寤寐思服，求之若渴。唯有这样，她在他的面前才是自信的；唯有这样，她才能假装着：在他俩之间，如今占主导地位的那个人仍然是自己。

齐姐儿将钱还给诸葛光的时候，多少还是希望他能推辞一下。她无限留恋地将那张银行本票轻轻地放在诸葛光的手上。从前，她以为他是不看重钱的，这一次让她知道自己还是错了。

也是平常事。这个世上哪里会有人真的不看重钱呢？不怪他催债，倒怪自己天真了。

她早上八点多钟给诸葛光挂的电话，九点出头，诸葛光已经迫不及待地出现将钱取了去，连温存的话也没有一句就消失在门口。齐姐儿怅然地合上门，却被从里屋冲出来的齐飞吓了一跳。

"妹，有钱没有？我这儿需要一笔钱。妈的，那丫头怀上了，这人是个榆木脑子，我得赶紧把她弄到乡下去，放在这里保不齐要出什么事情。"

齐姐儿将生锈的眼珠子移到齐飞脸上，花了好一会儿才明白过来，他说的是洗衣娘的女儿。

诸葛光满心欢喜地从摩西会堂赶回齐姐儿家的时候，看到是这么一幅景象：屋子里箱倒柜空，齐姐儿满头热汗地来回奔走，一个女佣被指使得团团转，门口几辆黄包车，有的上面已经放了行李细软，有的还空着。

齐飞哭丧着脸跟着齐姐儿："妹妹，我的好妹妹，至于吗？不就是一个洗衣服的小娘们吗，你要是舍不得拿钱，咱们咬紧牙关不认账就是了。反正，她也拿不出什么佐证证明孩子是我的。"

诸葛光听得须发怒张。这里的洗衣娘女儿，他是见过的，好好的一个家养女儿，温柔淘气，也不过刚刚成人的模样。

他还没来得及说话，齐姐儿已经冲着齐飞怒喊："你给我住口！"诸葛光心里刚觉得一阵安慰，只听得齐姐儿训斥道："你还有脸在这里说！早和你怎么说的来着？管不住自己的裤腰带，只会给我惹麻烦！我这会儿没钱。有钱也不给她！凭什么啊，左不过是个不要钱的婊子——你赶紧收拾好了上车！这里住不得了！"

齐姐儿竹筒倒豆子地说完了这一大篇，才意识到诸葛光正站在门口不可思议地看着自己。她下意识地摸了摸脸："怎么了？我脸上有东西？"

"你脸上没什么，不过我突然发现我不大认识你。"

齐姐儿没好气地说："你什么意思？"

诸葛光气得眼睛都充血了，指着齐姐儿的手直抖："你怎么能这么说人家一个小姑娘？你怎么能让齐飞就这样跑了？"你怎么能这么——不温柔？不善良？不像个女人？下面的半句话，他终究没有说出口，因为他的内心被一个极大的恐惧笼罩了：那就是，自己其实从一开始就知道齐姐儿是这样的人，只是为美色所迷，始终在自欺欺人。

齐姐儿因诸葛光的指责而愣了一下，不明白一个数面之缘的洗衣娘女儿怎么会令他如此激动，但还是免不了有一些慌乱，因为诸葛光语气里那么明显的厌恶之情。为了掩饰慌乱，她一边继续收拾东西，一边说："怎么了，我是没钱，你有钱，你给她好了。"

"你就是为了那笔钱吗？那我告诉你，那笔钱已经没了，就在刚刚，我把它捐给摩西会堂了。"

齐姐儿住了手，转过身来看着诸葛光："摩西会堂？"

"对！华德路①上的摩西会堂，收留犹太人的那个摩西会堂！一分不剩，

_____

① 今上海长阳路。

我全部给他们了！"

齐姐儿也激动起来，丢下手里的衣服，冲到诸葛光面前："一分不剩？你疯了？你知不知道，那笔钱是我怎么赚来的——"她猛地刹住了口。去日本人那里赚钱的事，她是绝不能让诸葛光知道的，否则，他一定会深深地鄙视自己吧？

仿佛为了呼应她内心的感念，诸葛光接口道："你不必说了。我怕我如果知道这笔钱你是怎么赚的，会更加——"

"更加怎的？"

"更加瞧你不起。"诸葛光下定了决心般一鼓作气地说了出来。

齐姐儿看着这个男人。他说好像不认识自己，其实在今天之前，自己又何尝真正认识过他呢。她急着搬家，护住自己在这个世上唯一仅剩的亲人，不想看他因为一时的糊涂娶了个不入流的女人，重新跌入他们好不容易爬出来的那个阶层；而他，刚刚把她忍辱含垢换来的钱，一个子儿都不剩地捐给了教会，捐给了"犹太人"，一群她连名字都说不清的外国人。他们是完全不同的人，有着完全不同的人生，他有他的阳关道要走，她有她的独木桥要过。

她早就应该认清这一点。

齐姐儿缓缓站直身子，对面前的诸葛光轻声而坚决地说："滚。"

诸葛光看着她，蹙着眉，眼神复杂。他心中既伤且痛，更多的是无奈——恰如夏虫语冰，他们俩谁都不懂对方。

这个"滚"字一出口，齐姐儿觉得一阵轻松，接下来的话就顺溜了。她再次说："你走吧，我们分手。我齐姐儿从来只靠自己，轮不着你这样的男人来瞧得起瞧不起。"

诸葛光走了。

齐姐儿用尽全身的力气把自己钉在原地，像一桩矗立的喷泉一样涌着眼泪。旁边是吓傻了的齐飞。

走吧，走了也好。齐姐儿的心说：这一回，死了心一个人在这乱世中打拼。爱情，是彻彻底底不适合自己的东西。

第三十章
妙妙污沼陷渠沟

上海滩上，一直流传着有关大明星妙妙小姐的一段风流佳话。

说是这妙妙小姐，常年包住在国际饭店的十楼套房。她素爱喝酒跳舞，每每玩到深夜凌晨才回酒店。有一回，偏巧电梯坏了，妙妙小姐带着酒劲，就号令那看门的印度阿三 ①，一手拎着她的高跟鞋，一手托着她喷香绵软的身子，将她背上了十楼。

这个故事一经流传出来，不知羡煞了上海滩的多少男人。好一个艳福不浅的印度阿三！要是能够背妙妙小姐上十楼，不，哪怕就是同妙妙小姐说上一句话，排队的人怕是也要从国际饭店排到黄浦江。

于是还真的有人深夜来国际饭店晃晃，看看会不会有那个运气，能碰上妙妙喝醉了，而电梯又恰巧坏了。

今天晚上，就有一个男人撞大运了。这人就是青红帮道字堂的袁堂主。

袁堂主让司机手下都等在门外，自己早早候在国际饭店的大堂里。深夜十一点，妙妙曼妙的身影准时出现，袁堂主笑得连朝天鼻的鼻孔都合不拢，用一口响亮的山东腔问："妙妙小姐，名片给你好久了，怎么今儿突然想起我

---

① 旧上海时期对印度人带有歧视的称呼。

老袁？"

妙妙娇笑道："袁堂主不是在江湖上放话，要背妙妙上楼吗？如何，此话到底是真是假？"

"自然是真。"

"我可住在十楼。"

"莫说十楼，二十楼我也背你上去！"

就这样，妙妙趴到了袁堂主背上，趴就趴了，还吐气如丝地在对方耳畔说："先说好了，上去你就走，可不许乱来。"

袁堂主一具山东大汉的体格，被她这一句话说得酥了半边，只剩傻笑："心肝，你好香！"

袁堂主，青红帮"清静道德"四大堂主之一，是大佬杜月笙和江湖上许多人都信得过的人。在青红帮里，他算是一个绥靖派，端的是长袖善舞左右逢源，有人说他有多种身份，暗地里也为日本人做事，因他身份尊贵，又擅长平衡，居然哪一方都容得下他。

山本男知道，这袁堂主的软肋就是一个"色"字，且又垂涎妙妙良久，就指示妙妙从他口中挖出国民党在上海滩的秘密组织。

妙妙同袁堂主走动起来之后，果然发现他不时与一个叫王文亚的洋行小职员见面，每回见面，都是在闹市之中，袁堂主并不下车，停车摇下车窗，那王文亚上来搭讪两句，递上一支香烟。

那支香烟，袁堂主从不点燃，看似随意地放进口袋，都被妙妙看在眼里。那日在国际饭店，她问正坐在沙发里抽雪茄的丘麟："你告诉我实话，这王文亚，到底是不是你们的人？"

丘麟吐了一口烟圈，答："也是，也不是。"

"这是什么意思？"

"他是中统的人，我是军统的人，所以说也是，也不是。"

"可如今，山本男那里，我要有所交代，你说这王文亚不是你们的人，难道就把他抛给山本男？"

丘麟摇头："使不得。虽说两个派系，但到底同属一党。他日若中统知道我手下的人出卖了他们的人，不好交代。"

"那怎么办？"

丘麟又深吸两口雪茄，从口袋里掏出一张相片，递给妙妙。妙妙拿过来看时，只见上面是一个四十岁上下的中年男子，面容清隽，天庭饱满，眼神温和，观之可亲。便问："这又是谁？"

"这人叫雷霆，是中共特科在上海的负责人，目前藏身在敬业中学里当教员。你将他喂给山本男，他一定大为满意。"

妙妙知道，如今国共虽在名义上联合抗日，可私底下国民党对共产党玩的这种阴招不少。她再低头看了看照片上的那个男人，心里暗暗下定了决心，最后向丘麟确认："这袁堂主这样左右逢源，四面通风，我的身份不会暴露吧？"

"这你放心，你的身份，除了我，只有戴老板知情。除非我把你供出去，否则任何人都不会暴露你。"

沪上的小道八卦第一报——《晶报》用头版头条发了关于妙妙的独家新闻，标题是《中华皮，东洋心？沪上大明星妙妙与日本军官订婚？》，这还不算，最具杀伤力的是随发的一张照片。那照片虽模糊，但仍看得出上面着蓝色和服的女人正是妙妙，笑盈盈地，与一宴会厅的日本军官相处甚欢。

新闻一出来，其余媒体先是一片沉默。因为实在兹事体大，大家都在等着妙妙发声。谁都知道，妙妙小姐是个爽快人儿，说话从来掷地有声。可到了这节骨眼上，她却不说话了，好像人间蒸发似的，就连国际饭店的印度门童也说好几日没见着她了。

这位正主儿，此刻正在套房里对着山本亨痛哭。茶几上放着一份《晶报》，还有一条缎盒装的红宝石项链——袁堂主派人送这条项链过来的时候，还送了一句话："妙妙小姐道行太深，袁某不敢高攀，就此江湖两相忘，这条项链就当作别礼。"

"你上次说参加订婚宴的人都是最可靠的，绝不会走漏风声，如今你自己看！"妙妙穿着真丝睡袍，趴在沙发扶手上，哭得面红头肿："这下子，我的演艺生涯算是完结了！在上海滩还能不能立足都是个问题！谁不知道，此刻与你们日本人走动，是冒天下之大不韪，何况这报纸连我们订婚的事都知道了！"

"这……"山本亨挠挠头，"大哥大约还没看到这报纸，待我去与他商量。大不了，把这报纸关了。"

"放屁！"妙妙忍不住捶沙发，"你这会儿关了《晶报》，岂不是不打自招！你关得了一家，关得了全上海滩的报纸吗？悠悠众口，你又堵得住吗？"

山本亨被她问住了，上前给她擦眼泪："好，好，不关，不关。那也有办法。这《晶报》毕竟只是小道报纸，我们再多联络些媒体辟谣就是了。要我说，这是件好事。"

"怎么是好事？"

"袁堂主送这条项链，我看就是好事。虽说眼下是战争需要，我也理解，可你同他……我心里多少是有些不舒服吧。"

妙妙闻言，擦擦眼泪斜睨着山本亨："都什么时候了，你还吃这种飞醋！我即便与袁堂主有什么，也是你大哥逼的我！倒是你，你什么四马路①、慰安所的没少去，你以为我不知道？"

山本亨笑笑："身体归身体，爱情归爱情，我们不是说好的吗？"

爱情？妙妙看着眼前的山本亨，一阵恍惚。山本亨是极少穿军装的，常年西服，有时兴致来了还学中国男人着长衫，衬着他斯文儒雅的面孔、挺拔精干的身材，倒确实很像自己少女时代憧憬过的爱人。

自己与山本亨之间，有爱情吗？自己对于他，除了纵情情欲，都是心计。他对自己呢？真的像他口中说的那样，他爱自己吗？他的上一个情人，川岛芳子，与自己一样，是很有影响力的中国女人。也许，自己也不过是他的一枚棋子；也许，他才是在背后操棋的那个人？

这个想法令妙妙感到一阵不寒而栗。

媒体虽然还在等待消息，部分爱国人士已经提前采取了行动。在国际饭店楼下，逐渐聚拢了一支抗议队伍。最多的时候达到一二十人，有学生，有知识分子，有公司职员。他们不敢喊口号写标语，只能手举着一张妙妙的海报，上面用红字写着"可耻"两字。他们曾尝试走入国际饭店的大堂里，被保安无情

---

① 今上海福州路，旧上海的"红灯区"。

地驱逐，不允许他们待在饭店门口，只能远远地隔着马路。

丘麟来到国际饭店门口的时候，看到的就是这样一幕。他停好车，走过去看看那个为首的年轻女孩子。她与妙妙差不多年纪，约莫二十三四岁，手里举着的海报还是限量版的。丘麟问道："你是她的影迷？"

那女孩一愣，继而点点头，眼里涌起悲愤的泪水。丘麟顺着她的目光看了看国际饭店十楼窗帘密实的窗户，叹了口气。

他敲了好久的门，妙妙才来开门，边走回沙发边说："你也该略微注意些，一个司机，老往我这房里跑，让别人起了疑心怎么办？"

丘麟进门，打量这间熟悉的套房。上午十点钟，外面阳光正好，这里却还像晚上："别人无非觉得与你有染的男人又多一个，你还怕这个？"

妙妙听了这话，哈哈笑道："问得好。我早已是世人心中的一介淫妇、汉奸，还怕这个？"

丘麟觉察到她已经喝醉了。茶几上歪歪倒倒三四个红酒瓶，饶是以妙妙的酒量，这也太多了。他上前，拿开妙妙手里又刚倒满的酒杯："行了。你喝得太多了。《晶报》的消息，不是你自己放出去的吗？怎么这会子又这样？"

妙妙如醉如痴，哈哈一笑："我这是与阳间诀别，庆祝自己正式来到鬼间——对了，就连这鬼间，也不知能待到哪一日，就要去往阴间了。"

"这你倒暂时不用担心。戴老板和中共特科那边，自有我去说明，不会有人暗杀你的。"

"杀人的，从来又何止刀枪？"妙妙说着，摇摇晃晃走至窗前，撩开窗帘一角，看着马路对面的那一小队人，指着为首的那个道，"那女子，我认识的，曾经数次参加过我的签名会。我发第一张专辑《等着你回来》之时，其实自己并不满意，她却给我许多鼓励。可你瞧她现在的神情，像是恨不得吃了我呢。"妙妙苦笑一下，放下窗帘。

丘麟又叹一口气，低声说："爱之深，恨之切，自古如此。你自断前程，用意是想让自己在山本男那里彻底失去利用价值，是也不是？"

妙妙不说话，算是默认了。她想起那日，自己将消息和照片送到《晶报》，亲手交给欧阳主编的时候，对方问她："你可清楚，这则新闻一旦发出，对你而言意味着什么吗？"

欧阳主编四十多岁年纪，浑身油墨，头发蓬乱，看起来邋邋遢遢糊里糊涂，其实于人情世故再通晓不过。妙妙答道："这你别管，你只管发出就是。千万记住，照片要和新闻一起登发，好叫我毫无辩驳转圜的余地。"

欧阳主编的一双眼睛透过乱发，炯炯有神地看了她一会儿，说："好。祝你求仁得仁。"

妙妙何尝不知道，自己是在赌。押上赌桌的，是自己这一世、乃至于史书中的清白。只是这对于她，却是没有选择的选择——无论是中统、军统还是中共，都是同胞，将同胞的头颅送到山本男的铡刀下，她做不出。

思来想去，唯有祭上自己的清白，是个一劳永逸的法子。

在彻底醉倒被丘麟抱上床之前，妙妙意识到，让她感到不安的除了自己的清白之外，还有一件事情她无法否认：她的潜意识中有令自己陷入危机的倾向。似乎环境越是逼仄，她的思想才能越是锐利。

活着的感觉，才能如此清晰。

黄莺轻轻挣开阿锋的怀抱，惊喜地问："阿锋，你怎么会在这里？"

阿锋却不回答，警觉地将她和诸葛光拉到身后，从门缝里观察外面的动静。屋外的日本兵怎么也想不到会有一扇门突然将他们追着的人吸进去，一气朝前跑远了。

阿锋这才松了口气，转头问黄莺："你没事吧？"

借着室内微弱的光线，黄莺发现阿锋与他离开上海时的样子不太一样了：他长高了，也晒黑了，机敏结实，行动果断。她摇摇头。

阿锋将黄莺和诸葛光引到桌前坐下，说："这里是我们一个同志的住所，非常可靠。你们先告诉我，行动成功了吗？阿部次郎死了吗？"

黄莺昏乱地点点头，脑子里各种念头浮动，又似乎什么也没有。她想起来，向诸葛光介绍："这是阿锋。"又对阿锋说，"这是诸葛先生。"

阿锋朝诸葛光点点头。诸葛光惊疑未定，问道："你是阿四的朋友？今朝多亏了你。"

黄莺又问："阿锋，你怎么会在这里？怎么知道我们今天的行动？"

阿锋犹豫了一下，才回答道："我是从雷霆同志那里得知的。因为我自幼熟悉上海，已经被党组织派回来，协助雷霆同志的工作。"

阿锋是作为"华东人民武装抗日会"特派员回到上海的。在这个身份下，他和雷霆所领导的中央特科既相互配合，又各自保持一定的独立性。

刚到上海，他就知晓了刺杀阿部次郎的计划。按照组织原则，他本来不应该插手。可这是有关阿四的事情，他无法想象那样柔弱温婉的阿四，怎样去参加如此血腥惊险的计划。他甚至因此与雷霆爆发了争执，指责对方不应该将一个党外人士拖进这么危险的行动里。

雷霆心平气和地对他解释："黄莺女士确实还不是我们的同志，但身为中华儿女，人人都有爱国救国之心。她是很诚恳地自愿参加行动的。我们也做了充分考虑，一定会优先保证她的安全。况且，我相信有一天，黄莺女士一定会成为我们的同志。"

"可阿四连一只鸡都没杀过！你却让她去杀人！"

雷霆自然知道阿锋口中的"阿四"就是黄莺，也猜着了他俩的前缘，温言说道："李锋同志，你的心情，我能理解。但也请你理解，如果此事不出动黄莺女士，是决计没有成功的可能性的，那么我们的两个同志就势必暴露在日本鬼子的枪口之下，对特科的士气也是一大打击。"

阿锋冷静下来，说："我没有指责特科的意思。特科的工作也是我们的工作，我会亲自去协助这次行动。"

这下雷霆有些急了，说道："李锋同志！我必须要提醒你，你这样做是违背组织原则的！不要让私人感情影响了革命工作！"

可阿锋还是来了。当他将阿四轻轻拥在怀里，从知晓这次行动之后就开始悬着的心终于落了定。即使在这样紧张危急的时刻，他仍然能感受到怀中的柔软馨香，就像姆妈去了之后他一直想念的"家"的味道。

但他随即看到了阿四身旁的诸葛光。其实之前，他早在报纸上见过这位"歌王"的模样。听雷霆说，诸葛光本可以不用参加这次行动，可为了保护阿四，也来了。对方此刻分明还想问他些什么，可阿锋摆了摆手："稍候！我去拨个电话。"

过了一会儿，他如释重负地回来，对黄莺和诸葛光说："贞娘和阿宝也平安脱身了！"

刺杀阿部次郎的行动执行得极其干净漂亮，成了中央特科在孤岛教科书式的一战。风头过去后，藏匿在摩西会堂的两名年轻人被成功转移到内地，阿锋在福州路安顿下来，黄莺的生活，似乎打开了一片新天地。

那天，阿锋的一番话，让黄莺感触良深。他说："外面的世界，已经天翻地覆。孤岛上虽然依旧歌舞升平，可终究不过是幻象。你的眼睛，不要被幻象所惑，要穿透幻象，去寻找真理。你的生活，也不要只是守在自己的小天地里，要投入到时代，投入到革命中去。"

黄莺被他的话说得心潮澎湃，觉得眼前的这个阿锋，同从前见到自己就脸红的那个小伙计有天壤之别，也更加证实了外面那个世界对人的灵魂触及之深。她虔诚地问："可是，我该怎样寻找真理、投入革命呢？"

阿锋问："你知道左联吗？"

黄莺当然知道。左联的进步作品，她早就着意了解；左联的田汉先生，更是她景仰的人。只是她之前的生活距离这个圈子太远，上海滩沦陷之后，孤岛上风声鹤唳，更是无从得知消息。

她反问："他们还在上海吗？不是据说撤到武汉去了？"

阿锋摇头："左翼剧联的十一支演剧队，都深入到内地去做抗战宣传工作了。但第十二队一直留在上海，现已改名为'上海文艺救亡协会'。汪伪政府的御用剧团一直用话剧做武器，为日本侵略者歌功颂德，这一块战场，我们不能丢。这也是我这一次回上海的工作重点之一。"

"啊！那么他们在哪里？"

当天傍晚，黄莺应阿锋之约，来到江西中路上的法工部局大礼堂。据阿锋说，文艺救亡协会现在不得不依托于中法联谊会，挂洋牌子，尽量与租界当局维持良好关系，才得以立足于孤岛。

黄莺让老丁将车停在这所灰白色的砖楼前，推开锈红色的大门，只见通往礼堂的铁门门深锁重，像是已久未开启。再往后面找时，才发现一扇小小的侧门，门上悬着一个牌匾，写着"人心不死"四个隶书大字。

她从侧门进入礼堂，里面好一派别有洞天！大约二三十个年轻男女，正热火朝天地忙碌着。有人发现，迎上来，随即惊喜地呼道："是黄莺小姐！"

随着这声惊呼，好几个人一齐围上来，她一时间被许多张年轻的笑脸包围，心里暖洋洋的。这时，她听见一个熟悉的声音："阿四！"

是阿锋。他早到了。他也是满面笑容，一派愉快地说："我先带你参观一下！"

阿锋介绍，他们正在排练话剧《祖国》。这是一台法国名剧，讲述的是法国布鲁塞尔地区被德国占领之后，全城居民组织武装斗争的故事。在孤岛内求生的上海文艺救亡协会，如今唯有通过这种方式来宣传爱国主义，才能在法租界当局那儿谋得一席生存之地。

阿锋说："这里的人都是职员、学生，并没有专业演员，你来了，很好，可以帮助指导他们——你想参加演出吗？"

黄莺惊喜地问："我可以吗？"

"只要你愿意，当然可以。只是风险是有的，如果被伪政府知道了，也许会影响你的事业。"

黄莺轻声而坚决地说："不过是些浮名，我不怕的。"

阿锋给了她赞许的一笑，随即便叫过一个女学生模样的姑娘，对她说："晓丹，黄莺小姐也要参加我们的演出，你替她安排一个角色。"

晓丹欢呼道："太好了！如此一来，我们的演出势必更加成功了！"她亲热地挽住黄莺的手，就将她拉到台上的年轻人之中。

那晚黄莺回到黄家大宅的时候，心怦怦跳，眼眸发亮，恍若踩在云里一般。在这个夜晚，她整个儿被点燃了。点燃她的，是友善，是热情，是艺术，也是一些更为深远宏大的东西。此时她感到，之前的歌后大赛也好，男女私情也罢，都变得遥远而渺小，不值一提，她这颗小星星，就要逐日逐光而去。

《祖国》上演之后，因为十分成功，协会决定在蓬莱大剧院加演一场。与租界内的演出相比，这一场在南市华界的演出别有一番动人心魄的力量。演出的消息虽然只能经由地下传播，当天的蓬莱大剧院还是座无虚席。没有座位的人就站在通道里，连舞台两边的台阶上都坐满了翘首以盼的观众。

出于各方面考虑，剧组最后只让黄莺饰演了布鲁塞尔爱国党中的一名群众演员。她和扮演李莎伯爵、加尔罗团长及无名英雄汝那的演员们、台下的所有观众一同齐声高唱着：

我们的民族在承受巨大的欺凌，敌人的野蛮没有止境。为了恢复我们的自由，为了洗刷我们的耻辱，我们宁愿捐躯！

她清楚地看见台上、台下的每一双眼睛里都和自己的一样，满含着热泪。台下坐着的男女们一望而知不是知识分子，也与她平日里熟悉的那群人大不一样，可在这一刻，他们的心因为同一种爱恨而紧紧相贴着。

演出顺利结束了。大幕降下又重新拉开，全体演员预备返场谢幕。今天的观众都知道群演之中有大明星黄莺，有人方才已经认出她来，此刻都兴奋地交头接耳。黄莺与晓丹拉了手，正准备登台，突然听见尖锐的警报声在剧院上空响起，同时有人在入口处焦急地喊道："大家快离开！警察来了！"

剧院里一阵骚动。立刻有工作人员跳到台下，组织观众们从几个通道离开。演员们也都匆匆换下戏服，结伴撤走。看看人都撤得差不多了，阿锋一拉黄莺的手："快！跟我来！"

他们是最后离开剧院的人，其时警局的车队已经全部抵达剧院门口，着黑色警服的警察接连从车上跳下来。阿锋示意黄莺猫腰，从屋檐的阴影处沿墙根跑，却在几乎就要成功之际被一个警察发现了。

"那边，有两个人！"

"快抓住他们！"

随着叫喊声，一小队警察追上来了。

黄莺的心都快要跑裂了。还好今日她没穿高跟鞋，穿着一双黑色系带粗跟皮鞋。阿锋拉着她的手，一路跑过逼仄的窄巷，被日军焚烧过的蓬莱市场，街角处摆着的马桶，头顶上晾着内衣的晾衣竿，一把将她推进一排还冒着蒸汽的老虎灶之后。

那几个警察对这一带显然没有阿锋熟悉，早就被他们左转右拐地弄得转了向，心有不甘地在附近吆喝了几声，悻悻而去。

阿锋松了口气，转头看黄莺。她穿着朴素的蓝竹布棉袍，脸上被老虎灶的蒸汽弄得湿漉漉的。见阿锋看她，她笑笑，却突然听见几声轻微的咕咕声——是她的肚子在叫。

黄莺不好意思地低下头。

阿锋笑了："没吃夜饭？"

"嗯。排练太紧张了。"

阿锋站起身，在老虎灶上寻找，在右手的小锅里找到一个白馒头，递给黄莺。她谢过，慢慢放进嘴里吃起来，问阿锋："你对这里很熟？"

"我在这里长大的。"

"真的啊？"

"这里是鸳鸯厅弄，老早我和姆妈就住在旁边裘家弄里。"

"刘嫂不住在我们家？"这黄莺倒是不知道。

"你姆妈人很好，她在世的时候，一直叫姆妈带我一同住过去的。不过姆妈讲，我是男孩子，不要寄人篱下。"

黄莺点点头，这刘嫂倒是有志气得很，难怪能养出阿锋这样的儿子。

阿锋突然问了她一个奇怪的问题："你知道我这辈子吃过最好吃的东西是什么吗？"

黄莺有些莫名其妙地摇摇头，却听得阿锋说："是七个肉饼。"

啊，她想起来了。

她不好意思地笑笑，转移话题道："多谢你把我介绍到协会，经过这一趟我才知道，从前，我真真是井底之蛙。"

"为何这样说？"

"从前，我生活的圈子太小了，认识的人也太有限。这一趟我才发现，我对生活的看法，也许全是错的；对什么叫作真正的痛苦，也只尝过皮毛。"

"你从小生活的圈子是剥削阶级的圈子，不过你同他们都不一样，你是好人。"

阿锋这话的意思，是其他人都不是好人了。黄莺觉得这样说似乎也不尽公允，不过也只能淡淡一笑。

阿锋却把她刚刚拉开的话题又拉了回来："我这辈子，再也没吃到过那么好吃的东西……上一次离开上海的时候，我本来下了决心要把你忘掉。但是我却一分一秒也没有做到，哪怕是在战场上的时候。这一次回来……我对你的心，还是同从前一样……我们之间，也许还有一线希望吧。你说，我想的，对也不对？"

　　黄莺听着阿锋的表白，含羞低头，却在不经意间，一个穿着白西装、茕茕孑立在人群一隅的身影浮上来，才发现它始终盘踞在心内一角，没离开过。

　　她抬头，发现阿锋还在紧盯着自己，料知避不过，也不想耽误了阿锋，于是轻声回答："阿锋，你的心同从前一样，我很感激。可是我的心……也同从前一样呢。"

　　阿锋显见着明白了她这句话的意思，眼中的光彩瞬间熄灭了。良久，他喟然长叹，站起来朝老虎灶外看了看，说："警察都散了，我们走吧。"

　　后面几日，黄莺再没见过阿锋，心里不由得疑惑：莫不是那日惹他生气了吧？协会那边，因阿锋分手时嘱托过她：不接到通知暂时不要再去，也不便去，竟是与阿锋失了联系。

　　那日在姆娘那里，她忍不住问阿宝："你这几日，见着阿锋了没？"

　　没想到阿宝看起来老大不高兴的样子，背对着她，没好气地说："你不知道？阿锋回前线去了！"

　　"什么？几时的事？"

　　"就是前日，因为上次在刺杀阿部次郎行动中，他违规去营救你，被撤了特派员的职，发回前线去了！"

　　黄莺对这消息猝不及防，一时连手都抖了起来，捂住嘴巴。阿宝回过身，递过来一样东西："喏！这是他留给你的信！"说着白了她一眼，走开了。

　　黄莺颤抖着手想要拆开信封，想了想，又放回坤包内，匆匆忙忙与姆娘告别，回到黄家大宅，一路上楼跑回自己的房间里，这才顾不上擦一擦汗，掏出信看了起来：

阿四:

　　本来没想写这封信的，倒是被阿宝提醒了。我这一去，你不要觉得是因你之故、内疚折磨才好。我想重返前线之心已久，此番正是得我所愿，你应当为我高兴。我这一去，不到抗战彻底胜利那一天是不会再回来的了。他日战死沙场也好，天各一方也罢，我都会长长久久地念着你的好，为你祝福的。还有句话，思虑良久，还是要讲：那诸葛先生，我瞧他的心并不在你身上，你还是不要再为他浪费时间了。我说这话，绝不是为了私心，我们既然无缘，我只盼着你能快快活活地过这一生。

阿锋

　　黄莺又在床上呆坐片刻，移到窗前，拿出打小练的簪花小楷本子，选了一支小毫，细细写起来。只是不知什么时候，那眼泪就滴滴答答，打湿了纸上一个个轻素幽奇的字体，模糊混乱得，一如她此刻的心儿一般。

第三十二章

齐姐儿众叛亲离

转眼间，齐姐儿与诸葛光分手已有半年了。

与他分手的那天，她便和齐飞搬了家，搬到福熙路四明村居住，租了一幢石库门洋房，租金与房东说定了一月一付，每次三千法币。不过几个月光景，房东便找上门来，说要涨租。

齐姐儿老大不痛快："房东阿姐，你这也涨得太快了吧？几个月前还是三千，你一下子要涨到五千？你当我齐姐儿是下钱的吗？"

房东是个斯斯文文的中年妇女，也不好意思得很："齐小姐，我也是没有办法。你看这法币月月都在跌，半年前三千块还好买十袋大米，如今连五袋也买不到。我一个妇道人家，孩子爸爸在前线，我要养活孝的小的，全靠这幢房子，还请齐小姐体谅——要不然，你付我大米好伐？每个月十袋大米，我保证永远不变。"

"我上哪儿给你弄十袋大米去？"齐姐儿眼珠子一转，"要么，军用券，你要吗？"

没想到房东的脸色却一下子冷了："哟，齐小姐手里有军用券？这日本人的钱，就是再好用，我也不敢用，齐小姐还是付我法币吧。"

房东走了，留下齐姐儿一个人在客厅里咬嘴唇。

　　从愚园路搬走那天，她到底还是给洗衣娘的女儿留了一笔钱。听齐飞说，那孩子在两个多月的时候自行流掉了，并未生下来。

　　如今她手里的钱所剩无几，只有从前给日本人唱堂会赚来的一点军用券，房东不要，少不得一会儿让齐飞到市面上换了法币，顶多把这个月应付过去。可之后呢？如今孤岛上的演出机会越来越少，齐飞的开销却降不下来，隔三岔五就有人把欠条送到家里来，她恨得牙痒痒，也没法儿。

　　门铃一响，她以为是齐飞回来了，女佣却来通报：来的人说自己叫长发发。

　　自从把诸葛光的钱还清之后，齐姐儿就再也没和长发发打过交道。她正准备让女佣打发长发发走，心念一转，说道：“让他进来。”

　　长发发溜溜达达地进来了，还是那副叫人厌恶的瘪三模样。齐姐儿板着脸问：“你怎么知道我搬到这里来了？你又来找我做什么？”

　　长发发媚笑着凑近：“您应当高兴，我是来给您送财的。这次可是一桩大差事，最多半天光景，酬劳——整整一万军用券！”

　　这个数字让齐姐儿心动了一下。不过她早就打定了主意，斩钉截铁地回道：“我不去。”

　　长发发还不死心：“姐儿，你先听我讲完。这一次不是唱堂会，也不进谁的房间，一切都在光天化日之下——事体是这样的，明天中午，有一艘日本军舰要过淞沪码头，开到武汉去。军舰上面的司令官，就是那天石原将军的好朋友。将军希望，你到时候能够去码头，给司令官献上一束鲜花，然后合个影。就这么简单，轻轻松松一万军用券到手。拿到市面上，起码可以换两三万法币。”

　　齐姐儿坚决道：“和日本人有关的差事，我不会再做了，你以后也不要再来找我了。”

　　长发发见劝说无望，满脸的媚笑突然像被一块抹布抹了个干净，冷笑着从牙缝里挤出了几句话：“齐小姐，我劝你可要想清楚。那天你自行走了，石原将军是很不高兴的，是我一直帮你讲好话，才争取到了这个将功赎罪的机会。如果你这一次再不识好歹，哼哼，我可吃不准日本人会做出什么事情来。”

齐姐儿被他说得不寒而栗，情不自禁地问："那个日本将军，真的，生气了？"

　　"那当然。"长发发边说边察言观色，"不过你也不用太担心，只要这一次，你把场面弄得好看一点，将军的朋友一开心，肯定就没问题了。"

　　齐姐儿有点动摇："真的只要献一束花？合影是用来干吗的？如果这件事让媒体知道了，我岂不是惹了大麻烦？"

　　"你放心，在场的绝对没有国内的媒体。合影也只是日本人自己拿去用。怎么样，姐儿，这钞票都放到你兜里了，你到底要不要把它捏捏牢？"

　　齐姐儿想了想，咬着嘴唇对长发发说："好，我去。说清楚了，这可是真真正正的最后一次。"

　　第二天中午在淞沪码头，齐姐儿确实没有见到一家国内媒体，心里嘀咕：这一趟长发发倒是没骗人。过程中也没有任何乌七八糟的事情发生，她给那个日本军头儿献了一束花，一堆日本记者拥上来拍了几张照片，事儿就完了——她甚至连假笑都没笑一个。

　　齐姐儿这边觉察到不对劲，是在整整一个月之后。那天下午，她恰逢没通告，就去拜访干爹，没想到吃了个闭门羹。在大厅里冷冷清清地等了半天，干爹没露面，管家特意赶来，板着面孔告诉她："老爷最近身子不爽，齐小姐请回吧，以后不用再来了。"

　　她还傻傻地以为干爹生病了，急忙献殷勤："干爹病了？哎呀那我去看看他。"

　　"不用了！"管家伸长胳膊拦住准备上楼的她，"老爷没生病，就是心里不舒服。不要让他看到齐小姐，他只怕还好得快些。"

　　这下她听懂了："干爹生我的气了？为什么？"

　　齐姐儿满肚子纳闷地回到家里，刚坐下，就接到梅花社乔社长的电话："齐小姐，怎么回事啊，刚刚接到百代公司的电话，他们说正在灌的那张唱片要暂停。"

　　"暂停？暂停到什么时候？"

"他们没说啊，语气很严肃的，齐小姐，你最近……会不会得罪什么人了啊？"

齐姐儿咬着嘴唇，捧着电话坐在沙发上："得罪人？没有吧。你也知道的，我其实不大和别人打交道，就是百代我也不耐烦联系，事情都交给你……难道是干爹那里？我刚从那边回来，他好像是有点不对劲。"

"哎哟，黄老爷子，你可万万得罪不得。不过，老爷子那么疼你，刚刚给你拍了一部电影，不会真的生你的气吧？如果真的是他，你赶紧去赔个不是，把他哄转回来。"

齐姐儿愁肠百结的，不知道自己到底哪里得罪了干爹。乔社长答应再动用关系去打听打听，就把电话给挂了。

到了晚上，乔社长那边的消息过来了。这一次他没打电话，是特地登门来通知的。齐姐儿请他进来，他不进，就站在门厅里三言两语讲完了："齐小姐上次去参加了日本军舰的欢迎酒会吧？还给日军司令献了花？现在，日本人马上要把你当作大东亚共荣圈的典型树起来了，照片也已经发到了国内各大报社，再不超过三天，报纸就要出刊，现在没有人能够回天了——除非，有一个人，你的干爹黄老爷子，也许能行。"

说完，他举了举帽子，转身就走。这是齐姐儿第一次在乔社长的脸上看见鄙夷。齐姐儿看着他的背影，想着他的话，如遭雷轰。少顷，她奔回房间里就打电话，第一个电话，却是打给长发发。她愤怒的叫骂声刚刚开始，就被长发发打断了。长发发在电话那头冷笑一声，说："我要是不先摆侬一道，最后还不是被侬一脚踢开的命？"

咔嚓，他把电话挂了。

齐姐儿恨得又拨，这以后长发发的电话却再无人接了。她抱着头坐在沙发里，直到齐飞慌慌张张地走了进来："大官，我才刚去四马路的路上，经过兰心大剧院，怎么见他们将你明儿的演出海报撤下来了？这早晚了，我去找他们经理理论，也找不着人。明儿到底还演不演？"

齐姐儿的眼前一暗。报纸、唱片、话剧，一言以蔽之：她被整个上海滩的娱乐圈封杀了。而电影那边呢？齐姐儿并没有打算再去找干爹。全上海滩的人都知道，黄老爷子有钱，爱女人，亲国疏共，但有一条：他痛恨日本人。他一早就告诫过齐姐儿，千万不要沾和日本人有关的事，否则的话，他知道的那一天，就是和齐姐儿恩断义绝的那一天。

眼下齐姐儿可以想象，她耗费了几个月时间拍制的电影，干爹的大手一挥，就毫不犹豫地将全部拷贝付之一炬，随之付之一炬的，还有她齐姐儿的演艺生涯。至于钱，对黄老爷子来说，从来就不是个问题。

她站起来，面如死灰，心如枯槁，对齐飞说："你们谁都不要吵我，我要回屋睡觉。"

第三十三章
妙妙被刺失右眼

上海滩的红歌星暨影星妙妙小姐，今日在华懋饭店召开记者招待会，澄清近日关于她与日本人交往的不实传闻。

招待会的消息是托《中美日报》发出去的。这家报纸的主编实是军统的人，所以《中美日报》多年来一直是妙妙的拥趸。

丘麟不解："你不就是要令自己无路可走吗？又何必多此一举？我们讨论过，觉得你莫若就把握这个机会彻底入了日本人的阵营。这个女明星的身份不要也罢，反正你又不缺这几个钱生活。"

妙妙嗤道："你是真糊涂还是假糊涂？这个姿态，是一定要摆的，倒不是摆给中国人看的，而是摆给山本男看的。全上海滩谁不知道我妙妙凡心最炽，名、利、色，我样样都少不了，总不能让山本男轻易看出，我是醉翁之意不在酒吧？"说到这里，她微微苦笑，"至于中国人，恐怕是无论如何澄清，也是不会再接受我的了。"

说到这里，妙妙想起了黄莺。这两位歌后大赛的亚军季军，自从赛事结束后就成了一对闺中密友，常在一起研究音乐、诗词、书法，倾谈心事。为了学习乐章结尾时的委婉唱法，两人常常在钢琴前一待就是一个晚上。前日妙妙在霞飞路上的鞋行门口偶遇黄莺，正兴兴头头地要上前招呼，却见黄莺匆匆钻入车内，显是不愿与自己说话之意。连一向柔婉的黄莺都如此决绝，可见这一趟自己在上海滩，是被唾弃到了怎样的程度。

妙妙今日穿了件素白滚宽边旗袍，头发也梳成朴素式样。平日里她戴钻石多些，今日却特意选了珍珠耳坠与胸针。丘麟开着车，转瞬开过了河南路，离华懋饭店不远了，这时妙妙从车窗外收回目光，问道："丘麟，你这辈子，有没有认真爱过一场？"

丘麟沉默片刻，瓮声回答："有。怎么？"

妙妙的声音透着惆怅："我最近总隐隐觉得，似乎自己离大限不远了。如果到了那一天，我最遗憾的事情，大约就是这个：我还没有好好爱过一场。小的时候和青木文雄，当时以为是爱，后来也不是。再后面就是山本亨，又是逢场作戏。还有几个男人，譬如你，虽然也对我好，但也不是爱情。我真想知道，爱一个人，也被人好好爱着，是个什么滋味？"

"乱世之中，不谈小爱，这是你我的宿命。"

"是呵。"妙妙轻叹一声，接受了丘麟的说法。只是丘麟不知道，昨晚在国际饭店，山本亨也问过自己这个问题："妙妙，你这辈子，有没有认真爱过一场？"

她当下妩媚地反问："你这话是什么意思？难道我不爱你吗？你不爱我吗？"

"我自然爱你，至于你是不是爱我，我但愿如此。"山本亨说着，伸手将她拥入怀中。

此刻妙妙思忖着山本亨的话，揣度着他的用意。华懋饭店就在转角，时值春末，梧桐树的叶子还是浅绿色的，无风亦摇曳，将无边杨花抖撒下来。她对丘麟说："停车，我想下车走走，你到华懋饭店等我吧。"

车子开走了。妙妙一个人走在南京路上。但她知道自己并非真的一个人，在不远的某处，至少有一双陌生的眼睛监视着自己，随时可能掏枪朝自己瞄准。

害怕吗？她问自己。可能害怕并不如憋屈来得多。是的，如果就这样死了，最可悲的不是死亡本身，而是死得不明不白，前有敌人，后无援兵，想做的事情都还没来得及做。

父亲当年战死于锦州的时候，想必就是这样的心情吧？如今她与父亲落得一模一样的境地，这莫非也是一种宿命？

妙妙这样想着，一抬头，发现面前不知何时出现了一个老翁，他蹲在路边，手里持一支毛笔，蘸着一个破碗里的水，不时在地上写些什么。妙妙好奇上前看时，却发现他反反复复地写的是"真善美"三个字，天气热，水渍入地即干，干了又写，写了又干。

妙妙过去，骈腿蹲在老翁身边，客气地问："老人家，为什么反复写这三个字？"

老翁呵呵一笑，也不看她，用低沉的嗓音回答："妙妙小姐，你是个通透人儿，怎么不知道，这世间多少的造化，都在这三个字里呢？"

"哦？此话怎讲？"

"这世间原是无味的，有了这真善美三个字，才有了那对应的假丑恶，又一发幻化出喜怒怨、爱憎痴，无穷滋味。世人忘了本，将那次一等的味，便当作人生大事，百般地咀嚼起来，却不知要想知人生真味，还得回到这真善美三个字里寻找。"

妙妙细听，知道自己今儿遇到了高人，表情越发恭敬，仔细打量那老翁：只见他身着旧竹布褂，头戴破草帽，身侧还搁着一副扁担，满面皱纹，满身污渍，可一双藏在皱纹中的眼睛，却是精光四射。

老翁知道她在打量自己，不以为意地一笑，继续说道："真者，伤人亦伤己；善者，不伤人，唯伤己；美者，伤人，不伤己。世人都说真善美，可这真、善、美三味，到底哪一个能得善终呢？"

妙妙思忖，反问道："依您之见呢？"

"玉求善，何其美，妙于真。恐怕美者易碎，最早夭折；真者刚强，可到最后，却是活得倍加辛苦啊！"

听到这里，妙妙缓缓站直身体，若有所悟。等到她再回过神来的时候，老翁却已不在原地，地上空无一物，水渍俱无，恍如一梦。

妙妙进入宴会厅，往主席台上就座，引得台下一阵骚动。今日全上海滩数得上名号的报纸都来了，大大小小有二十余家。《中美日报》的主编亲自担任主持人，见妙妙坐好了，便咳嗽两声，轻敲敲麦克风："大家安静一下，我们的澄清会这便正式开始了。下面先由妙妙小姐讲话。"

妙妙用帕子半掩住嘴，先楚楚动人地往台下扫了一圈。这一圈却令她吃了一惊：山本亨居然正坐在观众席的第一排对自己微笑！他穿着一身浅灰色薄料西服，白衬衫，深褐色皮鞋，黝黑的面孔上，小胡子刮得干干净净，宛然一个英俊干练的报业小开。见妙妙看到了自己，他向她挤了挤眼睛。

妙妙吃了一惊，情不自禁地四下看了看。这间屋子里的三四十个人如果知道在他们中正坐着一个日本军人，大概会一起怒吼着将他撕成碎片。她瞪起眼睛，与山本亨无声地交流着，心里却涌起一股亦正亦邪的快感。距离他今天凌晨和自己分手时还不到六个小时，这男人真是个疯子。

妙妙收回心神，对着麦克风轻轻说道："今天请大家来，是想澄清一下，前段时间《晶报》针对我发布的不实新闻。《晶报》说，我同日本人走动，乃至订婚，这全是一派胡言。我妙妙身为中华儿女，一片爱国之心天地可鉴，怎会糊涂油蒙了心，去做这种事情？希望今天在场的记者朋友，能够为我洗脱莫须有的罪名，还妙妙一个清白。"

"那照片你怎么解释？"

妙妙看向发声的记者，清清楚楚地回答道："那人不是我。"

她这句回答又引得台下一阵骚动。那张照片虽然拍得模糊，照片上的女子却与妙妙有八成相似，说不是她，实在令人难以信服。

在这要紧时刻，《中美日报》的主编拿过麦克风说道："上海滩这么大，寻两个相貌相似的妙龄女子，原就并非难事。况且那照片上的女子，画着日式浓妆，眉唇全盖，如何能够分辨？仅凭一张照片，就将这么大的罪名扣在当红明星的头上，这是对中国文艺事业的扼杀，大家不要中了敌人的反间诡计。"

他这么一说，台下有约半记者点头称是。《晶报》本就以八卦著称，素来捕风捉影。这一次，想必也是意在博眼球。

妙妙敏锐地发现，宴会厅里的气氛不知不觉转调了。台下的山本亨摸着不存在的小胡子向她坏笑。这时，《中美日报》主编扔出了撒手锏："大家请看，今天妙妙小姐的衣饰和背后的背景，都是经过精心设计的，她的心意，应当已经表达得非常明白了。"

他这一提醒，记者们才发现今天宴会厅的幕布是红蓝相间的颜色，衬着妙妙的素白色旗袍，宛然是国民党重庆政府"青天白日旗"的颜色，顿时发出一片赞叹之声。妙妙将食指竖在嘴上，对众人笑道："大家拍照即可，发文字的时候，可千万手下留情，别给我惹麻烦。"

众记者一齐笑，镁光灯闪成一片。片刻之后，《中美日报》主编说："差不多了吧？——我也晓得，大家见到妙妙小姐的活人就舍不得放走。可是人家后面还有事情，我们就长话短说，最后一个问题，好不好？"他看了看，指着角落里一个高瘦的男记者说，"侬来！手臂举了嘎久，就侬来收官！"

男记者应声站起来。他约莫二十四五岁年纪，此刻看起来有些紧张，面色苍白。宴会厅里静下来，他清了清喉咙，发问："妙妙小姐，你是不是曾经为日本人拍过电影《东亚大和平》？"

妙妙愣住了。那是让她和山本亨相识的电影，由满映筹拍，拍好后也只在满洲地区上映，其他地区知道的人并不多。

还没等她回答，男记者又继续发问："这一次的《永世流芳》，是不是也是日本人拍的电影？"

《永世流芳》是妙妙刚刚杀青的电影，拍的是鸦片战争的故事，拍摄方是刚刚在上海成立的"中华电影公司"。这"中华电影公司"确实归属日本人和伪政府，妙妙是在山本男的授意下加入的。不过这家电影公司在孤岛内的经营可谓老谋深算，用心良苦，用"八两狗肉里掺上二两羊肉卖"的伎俩，来模糊他们纯为日军宣传喉舌的身份，达到推广"大东亚共荣文化"的目的。而《永世流芳》，就是他们用来麻痹中国人的那二两羊肉。

电影此刻还未上映，大光明影院已经联合申报做足了宣传，将其推为"中国人必看的爱国热血史迹"，而妙妙在其中的表演则是"凄苦活泼，怜之爱之"。可以说"中华电影公司"利用这部电影笼络民心的目的是达到了。不过这位男记者火眼金睛，一下子去芜存菁，看透了本质。

宴会厅里又重新开始嘈杂。男记者提高了声音，里面带着抑制不住的愤怒："你这样替日本人拍电影，充当他们的宣传炮弹，有没有考虑到会伤害中国人的感情？"

几乎就在他话音刚落的同时，他从怀里掏出一把手枪，瞄准妙妙，举枪便射。妙妙本能地一偏头，子弹贴着她的面孔飞过，击中了她面前的麦克风，麦克风炸成了碎片，妙妙只觉得脸上一阵剧痛，温热的液体流下，右眼顿时看不见了。

人群哗然，安保人员即时有所动作，一齐向男记者涌去，但是他坐在角落里，被人群冲挤着，一时近不得身。只见他稳稳地以手托腕，再次瞄准了捂脸坐在椅子里的妙妙，就在子弹出膛的那一瞬间，安保人员将他撞倒了。

子弹仍然射出来了，破空向妙妙飞来。在这电光石火的一刹那，她想起早上对丘麟说过的话。在失去意识之前，她恍惚用左眼看见一个灰色身影迅速地从第一排的观众席里跃起，向自己飞扑而来。

山本亨再见着妙妙，是一个月以后的事情了。

他轻轻推开病房门，妙妙从窗前慢慢地转过身来。她身姿容貌似从前又不似从前：右眼上多了一只眼罩。

那日，她的右眼被麦克风的碎片击中，瞎了。

从昏迷中醒来的妙妙得知这个消息后，就闭门谢客，一心在医院里休养。直至右眼卸去纱布的那一天，她才接待了第一位访客：老凤祥银楼费字头的二代传人费祖寿。

费师傅与妙妙商议了两个时辰，去了。几日之后又来，从此妙妙的右眼上多了一只黄金眼罩。眼罩以纯金打造，镂花，周遭镶红绿宝石，眼角飞起，用金链悬在一侧脑后。妙妙戴上它，就像化装舞会上的魅惑女郎。

这黄金眼罩日后成了妙妙的标识。前无古人，后亦无来者，她是中国，乃至世界影史上唯一的一个独眼龙女明星。

此刻妙妙对着山本亨微微一笑，看似平静、实则关切地观察着他看到自己的反应。只见山本亨先是愣了一下，随即朝自己走近，伸出手，轻抚她的臂膀，问："好些了吗？"

妙妙点头，双臂交叉抱住山本亨的头颈，问道："你的腿怎么跛了？"

山本亨微笑："那日被流弹伤了，过几日就好，不妨事。"

妙妙点头，看着山本亨的眼睛，献上柔唇。眼罩几番修改，彻底调妥之后，她约见的第一个人就是山本亨。他是她为自己设置的测试，如果她能够赢回他，她就能够赢回这个世界。

天知道，在这过去的一个月中她经历了些什么。她在这一个月中才明白：过去的困境，都算不得真正的困境。因为无论哪一次，她都是以强者的姿态存在的，她喜欢涉险，再凭自己挣脱，但她从未想过这辈子以一个弱者的姿态生活。

她不会允许自己以一个弱者的姿态生活。那对她来说，才是真正的地狱。

在山本亨如鼓擂般的心跳声中，她的心反而渐渐沉静下来。有一个问题随着他越来越滚烫的吻在心底浮浮沉沉："那日，扑过来想为我挡子弹的人，究竟是不是你？"

但终究还是没有问。

姆娘一边剥毛豆，一边对黄莺说："小小姐，我要住到诸葛先生家里去。"

"什么？"黄莺正坐在姆娘身旁的另一个小马扎上，将毛豆米外面的薄膜吹去。

"我在这个地方住得不适意，已经同诸葛先生讲好，要住到他那里去。"

黄莺看着姆娘狡狯的眼神，心里隐约知道老太太在打什么主意。自己自小在姆娘身边长大，心事瞒不过她。她闹上这一出，自以为帮忙，实则只会陷自己于尴尬。黄莺脸蛋涨红地说："姆娘……你没事住到诸葛哥哥家里去做撒？再讲，他和齐小姐在恋爱，你在那里会打扰他们。"

"啥奇小姐怪小姐，我一个老太婆怎么打扰他们？你不要管，反正我已经同诸葛先生讲好了。"

黄莺还在反对，诸葛光恰巧来了，听清了她们在讲什么，对黄莺说："就让姆娘住到我家里来吧，我家里地方大，不多她一个。"

"这样方便吗？"

诸葛光笑了："方便得很。不用同我客气，小辰光咳嗽，我还吃过姆娘做的糖梨膏呢。"

姆娘看起来得意得很，黄莺当着诸葛光也不便再同她争论，只得无奈接受。

就这样，姆娘住进了诸葛光的家里，黄莺不时前去探望，大多都是趁诸葛光不在家的时间。姆娘自从离开黄家大宅，又病了一场之后，身体每况愈下，如今一半时间缠绵病榻，另一半时间就用来期盼黄莺。她虽然嘴上不说，可黄莺心里知道。只要有空，哪怕是通告的间隙，她也赶过来和姆娘打个招呼，逗个乐儿，姆娘就能在回味中度过这一天剩下的时光了。

有天中午，通告结束得早，黄莺打包了一份枣泥千层糕赶到诸葛光家。事先拨过电话，姆娘早就在门口翘首以待。母女俩吃了午饭，她帮姆娘篦头，姆娘手里拿着一块千层糕坐在椅子上，笑得见牙不见眼。

那是一幅非常美好的画面。

诸葛光就这样倚在门框上看了这幅画一会儿，那一会儿他心里涌过很多很多在以往的创作过程中未曾涌现过的感悟：关于人生，关于人性，关于爱情和成长之间的关系，甚至，关于那个他早已与之决裂的大家庭。

一直到黄莺发现了他，微笑着站起身来："诸葛哥哥，你回来了。真不好意思，事先没打招呼就过来了。"

诸葛光摆手："不要拘束，就当自己家里。是我打扰了你们，我这就回房去了。"

他离去之前，黄莺鼓起勇气问了一句："诸葛哥哥，你刚才靠在门上的时候，在想什么，那么出神？"

诸葛光沉默了一会儿，回头给了她一个略带无奈的微笑，说："我在想，为什么两个差不多年龄的女子，想法、做法会差异这么大。"

说完他就上楼去了，把黄莺留在满室的纳闷里：诸葛哥哥说的两个女子，想来一个是自己，另一个指的是谁呢？莫非是齐小姐吗？那么，诸葛哥哥这句话的意思，是自己做了什么不合适的事情吗？

黄莺不知道的是，就在那一天，诸葛光和齐姐儿分手了。分手是齐姐儿提出的，但也让诸葛光看清了她这个人，或者说，承认了她就是这样的一个人。和齐姐儿的这一段缘分，像是横在他生命中的一座山，一定要爬，也一定会爬完。

他在家里蛰伏了一段时间，谢绝一切应酬，交歌也只用邮寄。这段时间除了女佣，他唯一见得到的人就是姆娘和黄莺。虽然黄莺每次来从不上楼，但他偶尔会被楼下传来的欢歌笑语所吸引，从二楼的楼梯间，远远地注视那个失去了母亲的女孩，怎样将孺慕之情献给一个从小将她带大的老用人。那样的善良、快乐和爱让他觉得内心平静，是和齐姐儿在一起时完全不同的感受。

有天晚上，黄莺正要离开，姆娘突然抬头冲他站着的阴影处说："今朝天晚了，诸葛先生，麻烦你送送我们小小姐吧！"

他吃了一惊，这才明白姆娘一直知道自己的存在。

几分钟以后，他和黄莺再次并肩走在习习的晚风中。好半晌没有人开口，突然两个人同时被梧桐树叶拂动的声音吸引了，驻步听了一会儿，相视一笑，继续前行。

黄莺说："诸葛哥哥，你最近好多天都没有出过门了。"

诸葛光歉意一笑："是的，我待在家里，妨碍你们了吧？"

黄莺忙说："那倒不是的。只不过……你不要去看齐小姐吗？"

诸葛光顿了一下，说："我们已经分手了。"

黄莺没有再说话，仿佛对这个消息非常意外。过了一会儿，她叹息着说："你很难过吧，诸葛哥哥。齐小姐那样美，那样可爱。"

诸葛光没有回答。快到黄家大宅的时候，他才问了黄莺一个问题："你说，我写了那么多歌，你唱了那么多歌，可是，像我们这样的人，看到的世界，到底是不是真的？我们，对于别人心里的想法，到底知道多少？"

他问这个问题的时候，黄莺正走到黄家大宅的台阶前。听到这个问题，她没有转身，停驻了一会儿，就这样背对着诸葛光，说了一番话："诸葛哥哥，我知道，你不喜欢这个世界，不喜欢这里的一切。我和你一样不喜欢，但我是个女子，我没有你那样的勇气。但有一件事情，我是感谢这里的，那就是十四岁那年，在这里，在这个玫瑰园里，我遇到了一个人，一个令我永远也无法忘记的人。"

说完这句话，她快步踏上台阶，按响门铃，随着应声而开的门，消失在门里。

诸葛光被她的这句话钉在台阶前。这个看起来单纯柔和的女孩儿，内心竟然藏着这么久、这么巨大的深情，他为之所震撼感动。扪心自问，他对黄莺兄长般的感情里，未尝不带着男女的情愫。无可否认的是，在内心深处，他常常拿齐姐儿和黄莺做着比较，并因此对前者的所作所为更加觉得失望。

回忆起来，已经有颇长的一段岁月，除了《忘忧草》，他几乎没写出过像样的歌。那种被灵感所充盈的感觉，竟然只有和眼前的这个女孩儿在一起的时候，才会纷沓而至，仿佛那女孩儿身上一点未被这乱世所沾染的清幽，也传染了自己，将自己带回到往日平静的岁月里。

第二天一早，醒来拉开窗帘的黄莺，吃惊地发现一个一夜未动的身影，正在楼下的马路上痴痴凝望着自己的窗口。

那是诸葛光。

虽然时值冬日，但黄莺觉得记忆中那些春风沉醉的夜晚又回来了，只不过这一次精心打扮的人变成了她自己，而絮絮的风变成了阿爸和新姆妈之间的。黄莺正准备敲门问新姆妈借一只手袋，却意外地听到了阿爸和新姆妈的谈话。

阿爸的声音："倒是没想到，他们俩最后会走到一起。早些年，两家人曾经想撮合这小两口，不过那辰光伊拉年纪还小，伊姆妈讲不用急……"阿爸说到这里顿住了，想是因为顺口提到了姆妈，怕新姆妈不自在。

新姆妈马上接口，一副不以为意的语气。上次的危机之后，她如今是真心真意为黄莺打算："早早晚晚的事情。他们两个，正是天设地造的一对璧人。那天我遇到诸葛太太，伊也是交关开心。如今就差两个年轻人提出来，婚事都是一应俱全……"

听到这里，黄莺再也听不下去了，手袋也不借了，红着脸儿溜走。她回到自己房里，等着用人通报诸葛光来接她。等候的时光里，她顺手打开了桌子上的无线电接收机，传出的是华新台熟悉的点歌时段。今天是礼拜四，如果记得不错的话，稍后应该是齐姐儿的专场。

过了约会的时间，诸葛光并未出现。黄莺正在疑惑，阿细敲门进来，笑眯眯地说："小姐，诸葛先生在电话里寻你。"

黄莺颔首，阿细关门离去。为了她联络方便，阿爸早在她房内装了分机，她拿起分机听筒，里面传来诸葛光兴奋至极的声音："你现在赶快到耳先生家里来！"

黄莺奇道："出了什么事情？"

诸葛光的声音是那样激动，黄莺可以想象得出，他此刻大约连头发丝都在飞舞着："就在刚才，国民政府正式发布对日宣战布告，太平洋战争爆发了！如今我们有了同盟国的支援，中日战争的现状要改写了！我想，最后的胜利离我们不远了！我们现在聚了好多人，都在耳先生这边，你快点过来！"

黄莺迅速被诸葛光的兴奋所感染了，言简意赅地说："我马上来。"挂了电话，拿起围巾和大衣，正要出门，突然听见忘记关掉的无线电接收机里传来了主持人严肃的话语："听众朋友们，现在有一个消息要对大家宣布。有些听众朋友可能已经知悉，就在一小时之前，国民政府正式对日宣战，和日寇的最后对决时刻即将到来。而就在此时，我们得到消息，本台的长期合作歌星齐小姐，参加了对日本军舰的欢迎会，并向日寇官兵献花。对于这种弃国媚敌的行为，本台以实际行动坚决抵制，在此郑重宣布：从今日起，华新台不播出、不宣传、不参与与齐小姐有关的一切作品和活动。"

黄莺呆住了。

那天晚上黄莺赶到耳先生家中的时候，电话里诸葛光的兴奋劲儿早已荡然无存，相反地，他显出一副若有所失的模样。黄莺知道，他也听到华新台方才的宣言了。

这无疑是条很可怕的宣言，不只是华新台如今作为第一大电台的势力，更重要的是，它传播出的一种姿态，将齐姐儿彻底钉在了耻辱柱上。接下来等待着她的会是什么，会有多少跟风的同行和群众，黄莺不敢细想。

这是虞台长一贯坚决抗日的姿态，也难说是当年在歌后大赛中，对齐姐儿玩弄手段累积下的心结和鄙视。

在这个快乐呈爆炸态蔓延的房间里，这条宣言并未引起太大的注意，就像诸葛光的失落并未引起太大的注意一样。

只除了黄莺。她的一整个心神都在诸葛光的身上。

他们仅仅交往了几个月，而他与齐小姐的过往却有几年。不止于此，在这几个月的时间里，他谈及过，自己打动他的是真情和善良，而齐小姐打动他的是纯女性的魅力。这两者，尽管如他所言，前者才是更为深沉久远的东西，但恐怕更接近爱情实质的，还是后者吧？

在内心深处，当面对深爱的诸葛哥哥的时候，黄莺始终无法自信。她用小心翼翼的目光追随着他，直至他发现了，接住她的目光，递给她既温润又凄然的一笑。

黄莺的心头随这个笑容轰然一响。她知道，自己又要失去他了。

第三十五章
齐姐儿诸葛复合

一座孤岛，被海水覆没了。

齐姐儿不知道自己蒙头睡了几天。窗外是嘈杂的，依稀响过枪声、警哨声、奔跑声，她只是翻个身又睡。世界末日到了吧？也好，这样就不用起床面对明天了。

她是被齐飞摇醒的。齐飞急切地坐在床边喊她："妹妹！齐大官！"

她睁开蒙眬的睡眼，随即将头埋进被子里，生气地说："我说过了，谁也不要打扰我！出去！"

"我的亲妹妹，不是哥哥我想吵你。家里没米断炊了。如今日本人将陆路海路一起封锁，这租界里成了不毛之地。外面黑市上有江苏偷运过来的黑米，价钱已经被炒上了天。可即便炒上了天，人也不能不吃饭不是？妹妹，你有多少，如今尽数拿出来保命吧。"

齐姐儿一激灵，从床上坐起来，问："日本人进租界了？"

齐飞摇头叹气："如今哪还有什么租界呢？整个上海都是日本人的地盘了。那英美人，既已与日本人撕破了脸，却谁想到这般没用？他们在黄浦江上的军舰，投降的投降，战败的战败，洋鬼子们通通被抓起来关进了龙华集中营。外面，到处在封锁，到处在排队。你在银行里还有多少钱，趁早提出来，能换什么吃食换什么吃食，存在家里才是正经。"

齐姐儿垂首想了想："我在银行里哪儿还有什么钱？那三文两子的也不值去提——你把我的坤包拿过来。"

齐飞如示，从散乱的衣物中找出了齐姐儿的坤包，齐姐儿打开，从里面掏出厚厚一叠现钞："这是五千现洋，是我们所有的钱了。你拿去买吃食吧。"

齐飞将一车子的黑市米、肉、蛋带回来的同时，还带回了一个人，一个令齐姐儿意想不到的人：诸葛光。

齐姐儿已经勉力振奋了自己，换了件白色绸结儿衬衫，米色呢子裙，正坐在沙发上等齐飞，可见到诸葛光的第一眼，她就后悔没有好好打扮——到底是二十九岁的人了，这与她在北平的上一个劫数差了整整十一年，这副皮囊，也渐渐地有些靠不住。

齐飞亲热地将诸葛光按在沙发上："姑爷，您这儿坐！千万别拘束，咱们都是一家人，这儿就是您的家！"全不管他一反常态的热情令对方浑身不自在。倒是他的后面一句话，打消了齐姐儿的疑虑，也让她的心窝一暖，差点滴下泪来。

"我说妹妹啊，我才回来，就看见姑爷站在街角那儿，不敢进来。我说你的脾气也该改改了，这么好的姑爷，打着灯笼上哪儿找去呀？"齐飞说完，知趣地咂巴咂巴嘴，说，"我还有点事要出去办，你俩先聊着——千万别再拌嘴了啊！"

齐飞走了，将齐姐儿和诸葛光留在尴尬的沉默里。良久，诸葛光打破沉默，低声问道："你……可还好？"

齐姐儿赌气回："能好得了吗？"她本来还想加一句"我从报纸上看到，你倒是好得很啊"，但还是没加。女性的直觉告诉她：此时此刻，对黄莺这个名字还是不提为好。半晌，她恨恨地说："他们这样欺辱我，我总有一天要报仇雪恨！"

听了这话，诸葛光抬头，惊异地盯着她，声音里是掩不住的失望："都这会儿了，你还是这样糊涂。不是别人欺辱你，是你欺辱了自己，大错特错，还不知道自己错在哪里吗？"他越说越悲愤，站起身，痛心地甩了甩手，就欲离开。

齐姐儿急得抛开了矜持，站起来，从背后一把搂住了诸葛光："别，别走。留下来陪陪我。我不是不知道自己错。是——我炒股票，输光了你的钱，怕你瞧我不起，才不得已铤而走险去赚日本人的钱。"她将脸埋在诸葛光的背上，一股脑儿地倾诉而出，眼泪浸湿了他的大衣。都是为了这个男人，她一步错步步错，原本只是想让他高看一眼，到头来却还是被他轻视了。

诸葛光的脊背因惊愕而僵住了。他记得这回事。自己将积蓄给了齐姐儿，原本是不打算讨回的，可马丁神父那边说缺经费，他就找齐姐儿要回来捐给摩西会堂了，就在和齐姐儿分手的那日。

他怎会想到，这背后藏着这样的故事？如此说来，齐姐儿的悲剧，自己也该负一半的责任。诸葛光叹一口气，接受了命运的安排，转过身抱住哭成泪人儿的齐姐儿，轻吻着她的头发，说："好了，好了，都是我的不是。"

齐姐儿哭倒在他的怀里。

前日傍晚，诸葛光去黄家大宅里寻黄莺。黄莺似是一早料着他会来，笑着将他领到沙发前，让他看报纸上的一则租房启事，边说："姆娘总是住在你那儿，终归不方便。你看，我又寻着了一处，今早已经去看过，就是这里，不错吧？"

诸葛光一噎。黄莺这番话说得好巧，也不知是有意还是无意。他往两旁看看，轻声说："我们去你房中说话吧？"

黄莺点点头，将诸葛光带到自己卧室中，不过门开着，并不关。两人坐到窗前，从窗外传来蜡梅花香，沁人心脾，一时无话。良久，诸葛光轻轻开口："阿四，实在不知道怎样同你讲，真是对你不住。"

黄莺也不问他这话什么意思，只管眼泪簌簌直落，可眼神清亮，甚至还笑了一下："不要紧的，诸葛哥哥，我知道你要同我讲什么。你是要回齐小姐那里去了吧？我能理解的。"

她这样的通情达理，反倒让诸葛光更加难过了。他犹豫片刻，低声说："我想了又想，还是得回去。你有阿爸姆妈，还有姆娘，她是除了一个靠不住的大哥之外，什么都没有的。"

黄莺一边落泪一边点头："归根结底，你放不下她。诸葛哥哥，这是人心的事情，你也没有办法，我都省得。过去的几个月，我就权当是做了一场美梦。多谢你给了我这个美梦，我是不会怨你的。今后，你还是我的诸葛哥哥，我还是你的阿四，好吗？"

"好。"诸葛光话音刚落，自己也忍不住哽咽了。他站起身，黄莺将他送下楼，送出门，一直送到黄家大宅的篱笆前。他最后回头看了一眼，暮色里阿四的脸恍恍惚惚的，也不敢细看上面是否淌着眼泪；背后的黄家大宅漆黑深幽，像一个张着大嘴的怪兽。他就这样狠着心肠，将这从十四岁起就倾心于自己的女孩儿丢在这怪兽嘴里了。

齐飞几番明示暗示，要结了福熙路这处的房子，和齐姐儿一同搬去与诸葛光同住，可对方只当没听懂。

齐飞私下与齐姐儿嘀咕："妹妹，你说姑爷这是什么意思？你们的婚事……他同你开过口吗？"

齐姐儿一呆，苦涩地摇摇头。

"这打的是什么哑巴谜儿？眼见着我们房租、米油钱统统都拿不出来了，这不是存心难为人吗？——也罢，我找他谈谈去！"齐飞一拍大腿就要站起来，齐姐儿死命拉住他，说："你要是去找他谈，我就去死！都到这步田地了，你真的是半分脸面也不留于我吗？"

齐飞登时软下来，哄齐姐儿道："急什么，都病了，还是改不了这个急性子。不去就不去，我听你的就是了。只是这柴米油盐的事情，横竖躲不过去，你还得寻个机会和他说说。还有哥哥我的那个——"齐飞做了个抽大烟的姿势，"都断了好几日了，快熬死你哥哥我了。"

"知道了知道了。"齐姐儿被齐飞闹得心浮气躁，气血上涌，眼睛前头金星乱冒，说道，"我要睡一会儿，你去吧。"

齐飞走了没多久，齐姐儿合着眼睛又听到动静，问："怎么这么快就回来了？"睁开眼一看，却是诸葛光来了。他手里拿着一张纸，面上也就是淡淡的，一双剑眉却舒朗得很。齐姐儿熟悉他，知道：他这就是很高兴了。

"什么事情这样高兴？"

"你看。"诸葛光将那张纸递到齐姐儿跟前，她低头一看，登时坐直了。只见那纸上写着：话剧聘用合同。原来是一纸上海艺术剧团聘用齐姐儿出演话剧《秋海棠》女主角的合同。

诸葛光道："也是巧了，这《秋海棠》写的是京剧的事儿，台词又要求带京味儿。你说这满上海滩的女演员，有哪一个会比你更合适？"

他说得稀松平常，齐姐儿心里却明镜似的："怕是没有这么巧吧？这节骨眼，你是怎么说服他们用我的？"

诸葛光沉默了一会儿，才小声说："也没什么，我答应不收报酬，给他们写一整部的配乐。"

齐姐儿偏头擦掉眼泪，不愿意让诸葛光看见，对他甜甜一笑："你过来。"这纸合同交到她手里，不过十来分钟光景，她整个人一扫病容，重生光彩，况且知道了诸葛光的心，才又有胆子撒娇了。

诸葛光过去，齐姐儿端详他：距离在屋檐下遇见的那个雨夜，十一年过去了，自己这朵花已经开到浓处，可面前的这张俊脸，却还是当年的模样。齐姐儿悄悄叹口气，伸出食指在那脑门上轻轻杵一下："米也没了，油也没了，肚子饿得咕咕叫，你说怎么办？"

诸葛光恍然大悟。他光想着得帮扶齐姐儿重新在这个圈子里站起来，竟把这一茬给忘了，于是慌忙站起来说："我这就去买！买米，买油，买肉！你想吃什么，我先叫了熟食来！"

"不必了，逗你玩的，我现下还不饿。"齐姐儿话到嘴边，想叫诸葛光留下现钱就行，却还是咽下了。

一个月后，话剧《秋海棠》在卡尔登大剧院上演，楼上楼下八百个位子座无虚席。

上台前，齐姐儿紧张得打着冷战。她十三岁梨园亮相，十八岁演红了娜拉，二十四岁成了上海滩的歌后，她从未像现在这样紧张过。她握了握拳头，暗暗啐了口这个不争气的自己，又想起今天卡尔登大剧院的门口，满天地是自己低头凝眸的巨幅海报。原以为这样的景象，这辈子是不可能再看到了。

好在，大幕一拉，灯光一打，第一句台词一出口，什么紧张都烟消云散了，角儿的感觉又回来了。齐姐儿今儿也是极美的，一点残余的病容，都被精心的妆容掩盖。着一袭酒红色丝绒旗袍，她将那个军阀姨太太演得婉转动人，从早期为爱情私奔的浪漫，到后期为生活所苦的凄凉，如今她可样样是感同身受。

演着演着，齐姐儿精神一振："戏眼"到了！接下来这一段快板，她琢磨着一准能得个满堂好。论唱京剧，她自信这一台的演员没有一个能比得过自己。但听得她运气纳声，先轻后重，先缓后急，疏而不漏地唱道：

黑夜里，闷坏了，罗士信！西北风，吹得我，透甲如冰。耳边厢，又听得，金声响震；想必是，那苏烈，鸣锣收兵……

真个是有板有眼，丝丝入扣。齐姐儿唱得好生得意，好生舒服，正预备迎接台下暴风雨般的叫好声，忽觉得脸上着了一下，不知是什么东西，倒是不疼，只是味儿有些怪。

她低头看那个打中她之后掉到舞台上的东西，嘴里居然还没忘了唱腔。是个草纸团儿。齐姐儿还没反应过来是怎么回事，第二个浸透了污水的草纸团儿砸中了她，然后是第三个、第四个，她兴头正浓的演唱终于被打断了。

她呆在舞台上，旁边配戏的男主角也呆了。事实明摆着，只是太过难堪，以至于让人不敢相信。一声厉喝打破了沉默，不知从哪一处的观众席里发出："我们不要看卖国贼婊子演戏！"

"对！对！"随着这声厉喝，观众席里的戾气像是被一把火点燃，更多的草纸团、垃圾，甚至脚上的旧布鞋被扔到齐姐儿身上，随着一声盖过一声的叫骂声：

"真勿要面孔，还敢出来唱啊！"

"瞧她打扮得山青水绿，没事人似的！"

"滚！给日本人当婊子去吧！"

齐姐儿的脑子是蒙的，像是被冻住了。怎么回事？前一秒钟，她还在久未沉醉的京剧里，在久未沉醉的女主角的欢乐里，她这是在做梦吗？如若是梦，就让她快点醒来；如若不是，她也不想活了。

一个身影拦在她的身前，不是默默退到后台的男主角，而是从观众席里冲上来的诸葛光。他满面涨红，对台下仍在扔着秽物的人说："住手！住手！"

有人认出了阻拦他们的人是歌王诸葛光，一个个地停下手来。诸葛光环顾台下那一张张义愤填膺的面孔，沉声说："不错，她是一时糊涂，做错了事。请问台下诸位，谁这辈子没有做过一件错事？如果有人从未犯过错，可以站出来，接着砸她。否则，这样欺辱一个赤手空拳的弱女子，又谈何正义？"

"我们的错能和她的比吗？她是卖国贼！"

"她无权无势，何德何能能够卖国？那是日本人的奸计，为的就是让我们中国人自相残杀。外面的炮火正在打响，你们想一想，你们的敌人，真的是她吗？"

众人的目光随诸葛光的话转到齐姐儿身上。她的身形这会儿工夫，看起来蓦然小了一圈，倒是没有哭，脸色煞白，头上身上流着污水，也不敢来拉诸葛光的手，低头哀求道："求求你带我走，带我离开这里，我再也不想来这儿。"

诸葛光眼睛一红，看看齐姐儿，又回头看了看重新安静下来的观众席，拉起齐姐儿的手，从后台离开了。

第三十六章
妙妙刺杀山本男

一列打扮得神气十足的童子军从南京东路上整齐地通过，旁观的人们却都在流泪。

孩子们不过六七岁模样，白净可爱，有超出年纪的安静懂事，口中除了随带队老师喊的口号之外，别无嘈杂。

他们喊的是日文口号。

他们中绝大多数人的父母，都已经死在日本人的铡刀之下，以他们的年纪，还只懂得悲伤而不懂得仇恨。

他们是"上海日文讲堂"的第一批学员。这所学校的中国孤儿们，统统被日本教师们精心授日文，传日风，从小灌输日本人比"支那人"天生高贵的奴化思想，他们是即将被画上诅咒的白纸，是即将被种毒的灵魂。鲁迅先生说："所谓悲剧，就是把最美好的东西打碎给人看。"约莫如此。

鬼子，其心可诛。

旁观者的心也碎了。这景象简直与孩子们的父母被杀时同样可怖，不，是更为可怖。有青年的拳头握起来，似乎预备冲出人群，却被旁边姆妈模样的人含泪拉住了。

妙妙与丘麟也在人群中，用厚厚的围巾掩住脸颊，墨镜遮眼，静观着这令人须发怒张的一幕。妙妙的热泪打湿了围巾，直到身旁的丘麟拽了她一下，双双拔脚离开人群。

他俩并肩沿南京东路步行到国际饭店，一路上都没有人开口说话。进了房，妙妙将半湿的围巾除下，墨镜摘下，露出右眼的黄金眼罩，坐在沙发里陷入沉思。

这场仗打到现在，多少叫人有些灰心。本以为要不了一年半载，就能将侵略者逐出我中华大地，结果国民党军节节败退，接连将东北、上海、华北的主权拱手相让；八路军及新四军成立之后，虽在局部捷报频传，但难改战争大局。太平洋战争爆发后，连上海滩的租界也沦入日本人手中，倭寇气焰更加嚣张，将英美停靠在上海港内的战舰尽数击沉，租界内除德籍之外的外国人都被关进龙华集中营。如今的上海滩，竟成了一座暗无天日的魔窟。

这时，妙妙听见丘麟说出了她正想听的话："事到如今，我们必须做些什么了。党国决定，派我们这个小组去执行一项重要任务。"

"什么任务？"

"刺杀山本男。"

刺杀山本男行动，代号"抽薪行动"，是军统上海区情报组副组长丘麟向组织自愿请命的行动。他在请命的血书上这样写道："若能在此时此刻暗杀日本总领事，必能重挫敌军，扬我士气，更不要说为千千万万死在山本男指挥刀下的英魂报仇。丘麟深知此事极为不易，只因妙妙已潜伏在山本男身旁三年有余，深得其信任。此女胸怀大义、行动果断，可以成事。丘麟愿意带全体组员全力一试，此一去做好牺牲准备，若被俘当即自绝，绝不做有负国家党国之事。"

此时在国际饭店的套房内，丘麟正色对妙妙说："若不是你，组织万万不敢筹谋这项行动。但要做好有去无回的准备，你愿意吗？"

妙妙的回复是凛然的一句话："我是陈作龙将军之女。"

丘麟知道无须多说，当下与妙妙布置详细。时间，就定在本月中华电影公司于新亚大饭店举行的酒会上，届时妙妙将作为华影重点推出的女影星之一登场。参与者除他二人之外，还有两位妙妙从未碰过面的同组组员。

当天的酒会上，山本男做开场发言，说到华影要完成使命的关键，在于唤起中国人对日本的亲近之情，为此，妙妙等几位中国籍演员的存在是至关重要的。在接下来的时间里，华影将投拍一批符合大东亚共荣圈主题的影片，在全国范围内推广，结束满映仅在"满洲国"境内发挥影响力的历史。

他的发言引起了在场者的热烈掌声。随后，妙妙与其他两位女影星登台，款款向众人行礼。她当日着一身茶色灯芯绒套装，帽檐、袖口、衣摆均滚着白色狐毛，又是领时尚潮头之举；右眼上的眼罩换成了白金镂花，不仅不显得多余，反而更添几分神秘，美艳的光芒照亮了整个宴会厅。满厅的日本人将她视为摆脱了狭隘民族主义的电影女神，山本亨亦是脸上发光。

妙妙一边向鬼子们颔首微笑，一边在心中回顾着今日的行动计划，每一个细节都来不得丝毫大意：一会儿，她得将同事指到山本男今日乘坐的车前；接着，想法子将司机引走，好让同事潜入车内安装炸弹；山本男上车，车子开动后，丘麟与另一同事会在回领事馆的途中尾随车子，若山本男侥幸从爆炸中逃脱，则将其当场击毙。

一个着白色套装、戴白手套的侍应生将托盘端到妙妙面前，彬彬有礼地问："小姐，还要香槟吗？我们有美国的上好威士忌，要来一杯吗？"

妙妙一凛：这是暗号。眼前的这个人，就是丘麟组的另一组员——朱晔。她状若无事地取了一杯香槟，悄悄将一个小纸团落在托盘里，用余光看见朱晔将其掖进手套里。她知道，稍后他便会换身衣服，到纸团上所指的车辆位置埋伏起来。

朱晔扮作的侍应生转身走了。背后有人招呼妙妙，是同来的另一位女影星上官云在问她："妙妙小姐，我去洗手间补补妆，侬要一道伐？"

妙妙急忙称是，放下酒，两人挽了手往洗手间走去。到了洗手间，上官云站到镜子前，妙妙却不好意思道："我肚子有点不舒服，上官小姐，你一会儿不用等我，先走好了。"

她在隔间里等了片刻，听得上官云踩着高跟鞋出去了，轻轻出来，从侧门行至新亚大饭店的外头，在右转的街道里找到了山本男的车，以及正靠在车上百无聊赖的司机。

司机看见了她，急忙立正招呼。她微微一笑："刘哥，辛苦啊。我一只耳环找不到了，你帮我寻寻，是不是早上来的路上掉在车里了？"

司机弓身在车后座找，妙妙在一旁候着。她知道在不远的地方，朱晔一定在紧紧地盯着这里的动静。司机找了一会儿，歉然地告诉妙妙，没有。她点点头："没关系，想来是丢在别的地方了。对了——这是方才上官小姐给我的雪茄，你知道我素来不抽这个，给你吧。"

说着，她从坤包内掏出一个银制雪茄盒子，启开，里面是六支粗大的雪茄，每支上都印着明显的字样：COHIBA[①]。

她看见司机的眼睛一下子亮了。她当然知道，这司机是个老烟枪，生平最馋山本男的雪茄，有时连山本男的烟屁股也要拿起来吸上几口。果然，这时他满脸垂涎三尺的模样，说："妙妙小姐，这可是上好的货色啊……真的给我？"

"我妙妙什么时候哄过人？"妙妙说着，白他一眼，手又往前递递。

这一次司机毫不犹豫地接过，揣进怀里，感激涕零地说："那就谢谢侬了。"

妙妙一点头，往宴会厅里走，临进去之前回头看了一眼，满意地看到那司机已经迫不及待地找角落解馋去了。

又一个时辰之后，酒会进入尾声，山本男先行告辞。妙妙被山本亨揽着腰，和众人一起送山本男出来。司机已经提前接到通知，将车开上甬道处候着。妙妙看了看隔着窗玻璃向自己赔笑的司机，心想这汉奸自打日本鬼子打进来之后，就一直对鬼子鞍前马后，这一趟给山本男陪葬，也不算枉死了。

山本男似笑非笑地往人群里看了一圈，这一圈似乎看得特别久、特别用心；然后后脚跟一碰，钻进车里。眼看车辆就要发动，一旦车速开上二十码，炸弹会在五分钟之内爆炸。妙妙有种尘埃落定之感，心内大大松气，继而一阵欢喜。

这时，让她意想不到的情况出现了：山本男突然摇下车窗，对山本亨招了

---

① 知名雪茄品牌。

招手，让他也上车去。山本亨松开她，跛着还在复健中的右腿上前，弯腰和山本男用日文说了几句，意思是他还和妙妙有约。山本男不耐烦地说："是公事，快上来！"

山本亨转头对妙妙温柔而歉然地笑了笑，说："我让司机一会儿折返回来送你。"说完就上车了。

那电光石火的一瞬间，妙妙差一点伸出手拉住山本亨，但她克制住了自己，看着山本亨坐稳了，再抬头对她一笑。他身旁山本男的目光，也阴沉沉地锁在自己脸上。

她说："等等。"在众目睽睽之下，上前，拉开车门，将手中的拐杖递给山本亨，说，"你忘了这个。"

山本亨一笑，接过拐杖，拉住她在嘴唇上吻了一下。她关上车门，直起身，对身后哄笑的众人娇嗔一眼，好像是对公然秀恩爱感到不好意思。

车子开走了。妙妙在台阶上呆立了一会儿，也说不清心中是个什么滋味。方才山本亨匆匆留在唇上的那个吻，是微温的；昨夜在自己床上时，则是滚烫的。可短短五分钟之后，他就将随车里的另三个人——山本男、副官和司机，变成飞溅的血肉。

妙妙还未来得及回过神，只见一辆军车又风驰电掣地驶近停下，从上面跳下一列日本兵立定站好，就有另一队日本兵从饭店一侧押了一个人出来。妙妙一看他们押着的那人，登时头上冷汗涔涔而下：是朱晔！

朱晔的目光，似有意又似无意地从她的脸上滑过，看起来除了面色苍白之外，倒还算镇定。到了车前，押他的一个日本兵朝他的腿弯踢了一脚，他就爬进车里，士兵们全部上车，转眼间车子又发动了。

妙妙出于本能，想要上前一步，却被一只手及时拉住了。她回头，拉她的人是上官云。上官云秀眉微蹙，不易觉察地冲她一摇头，妙妙心念飞转，重新不露声色地站稳时，却见载着朱晔的军车已经开走了。

上官云笑道："妙妙小姐，你的车子还没来，不如我载你一程吧。"

上车之后的上官云，立刻敛去笑容，正色告诉妙妙：他们今日的行动已经失败了。朱晔动手之际，被路过的士兵擒获，之所以没有嚷嚷出来，是山本男特意留了一手，号令手下不要打草惊蛇，暗中观察朱晔同党的异动。

妙妙被上官云的话惊出一身冷汗。好险！方才山本亨上车的时候，抑或是朱晔被捕之时，倘若自己自制不够，流露出一丝半点的蛛丝马迹，只怕此时已经与朱晔一样，被送进了七十六号①。

她还有一个问题要问上官云："你是谁？"

对于她的这个问题，上官云没有回答，而是嫣然一笑道："妙妙小姐，国际饭店到了，我们后会有期。"

那一晚，妙妙和丘麟共同在国际饭店的套房客厅里度过了无眠的一夜。他们清楚，这一夜，最难熬的人绝不是他们，而是朱晔。

丘麟发现了妙妙的焦灼，安慰道："你放心，朱晔与我出生入死数年，我深知他绝对可靠。若实在受不住，他的后槽牙里事先埋好了毒药，只要用力咬破，五分钟人就过去了，毫无痛苦。"

今日，他的经验让他在远远地看见军车驶来时就觉察不对，没有按照事先的计划跟上山本男的轿车。也亏得如此，才没有中山本男反跟踪的埋伏。只是事出紧急，他无法通知里面的妙妙和朱晔。

听闻此话，妙妙忍不住恻然，问道："你们每人都装有这个吗？"

"是的。"

"那为何不给我也装上？说不定哪一日……我也用得上呢。"

丘麟却说道："你的使命，到此暂时告一段落了。"

"什么？"妙妙意外抬头，"是因为今日的任务失败吗？"

丘麟摇头："不。今日你虽未被山本男逮住，但只怕他已经怀疑到你身上，你需要避避风头。你对司机说那雪茄烟是上官云给你的？"

"是。说起来，这上官云又是何人？是你们的人吗？"

"是中共的人。这个细节，我回头要去打点一下，莫要露了破绽才好。"

又是一阵沉默。

---

① 其全称为"国民党中央执行委员会特工总部"，是第二次世界大战时期汪精卫伪政权奉日军令设置于上海市的特工总部，坐落于上海静安区极司非而路七十六号（现万航渡路 435 号），简称"七十六号"，内设酷刑拷打抗日之士。

妙妙倚在沙发上，身心俱疲，想要尝试睡一会儿，终究还是睡不着。在这个夜晚，有人生，有人死，有人已成鬼却还留在阳间，有人为正义走过奈何桥。妙妙擦掉不知不觉中淌下来的眼泪，又问："朱晔就这样牺牲了？我们就这样放过山本男了？"

　　丘麟的每一个字都像是从牙齿缝里吐出来的："山本男的这条命，迟早是我们的。"

第三十七章
黄莺凄然别姆娘

这日晚上，阿爸回家来，严肃地对黄莺和新姆妈说："你们留在家里，外人一律不要开门，我出去看看就回。"

他是去看邻居庄叔叔的。庄太太是美国人，一早被日军带走了，临走前手臂上被套了一个写着字母"A"的臂章，据说是要被送进龙华集中营[①]。庄家那边传来的哭声，即使到了下午，也还依稀可闻。

天是大亮的。但黄家大宅门窗紧闭，窗帘密实，就像此刻的每一户上海人家一样。贞娘点起了几盏瓦数不高的台灯，但黄莺有一种感觉：无论什么样的光，也无法驱除那厚实的、让人透不过气来的黑暗了。

也许曾经有过，但她也失去了。诸葛光向她提分手的那天，尽管事先已经有了准备，她还是哭了很久。整个黄家大宅都愁云惨雾的，新姆妈气得好几次忍不住痛骂诸葛光，阿爸虽未开口，但坚决地将上门来致歉的诸葛家人拒之门外。

夜里，贞娘又一次举着烛台来到她的卧室，不过这一次并不是去叫她救人的。贞娘知道她没有睡着，将烛台放在床头柜上，自己坐到床前的椅子上，轻轻地拍拍黄莺的背。

---

① 二战期间日本在上海建立的集中营，主要用来关押上海公共租界的欧美侨民。

黄莺转回身来，满脸是泪。贞娘心疼地抚摸她的脸，在烛火里坐了一会儿，轻声说："你知道吗，小姐，贞娘我，也曾经欢喜过一个人。"

黄莺屏息聆听。她想起新姆妈刚嫁进来的时候，有一次因为生日会宾客名单的事情和贞娘起了龃龉，当时贞娘仿佛提过，是有这么个人。

贞娘接着说："这个人，是我的夫婿。他的名字，叫作孙明。"

黄莺联想到上次生日会时的细节，惊愕地缓缓坐直身体，问："贞娘，你说的孙明，是……他？"

贞娘看着她的眼睛点了点头。黄莺此刻的心里，电光石火一般转了个圈，有种恍然大悟的感觉，为何贞娘一直对自己的背景讳莫如深；为何她是个娘姨，却说得一口流利的英文；为何她举止气派都有不俗之处；为何她口口声声革命是为了"完成他未完成的事业"；为何上次的生日会，她不惜辞职也不愿伺候叶举将军手下的张劼参谋。

黄莺激动地一把抓住了贞娘的手："贞娘！那你为何……会来到这里？"

贞娘摇了头，苦笑了一下，借机擦掉眼角滴下来的眼泪："他去了以后，太太让我留在她身边。但他都已经不在了，我留在那儿又有什么意思？我也不想再待在北平那个伤心地，广东，更是不想回去。就这样来到了上海。"

贞娘在暗夜里倾诉着，尘封的记忆如泉水般汩汩流出："我俩是打小一起长大的，他家里苦，我家里也是。有一年春天，我捞鱼掉进了河里，他救了我的命。为了报答他，我娘就把我送给了他——当媳妇。"

"你娘把你送给他，他就要了？"

贞娘苦笑："其实，他从来没有……要我。不过我娘既然把我给了他，我就是他的人。这一点他也是承认的。我是说，我是他的人这件事。他这个人，是个极好极好的人。后来，他娶了太太，太太对我也是不错的。本来以为就这样一生一世跟在他们的身边伺候，我也知足了。谁料想……但如今又好了。自从我认识了雷政委他们，只要一想到自己正在做的事情是他想做的，他知道了，会有多么欢喜，就好像他又在我的身边一样。所以，小姐，喜欢一个人，不一定要和他在一起……只要你的心里有他，你就等于和他在一起了；只要你不忘记他，你就永远和他在一起了。"

黄莺细思量贞娘最后的这句话，心里头酸、甜、苦、辣，五味杂陈，好像人生的真正滋味，正透过贞娘的故事，让自己窥见一斑。她禁不住问："贞娘，你这一辈子，心里苦吗？"

没想到贞娘对这个问题却报之一笑，答道："怎么会苦呢？我这一生，任何时刻想起他，心里终归是甜的。"

临离开的时候，贞娘又举着烛台，回头对黄莺说："对了，小姐，他的钢琴也弹得很好呢。这一点，他倒是和诸葛先生一样的。"

黄莺这才知道，为什么贞娘那么爱听别人弹钢琴。

黄莺和诸葛光分手后，姆娘不便再住在诸葛光那里。黄莺和贞娘商量之后，在苏州河畔租了一间小屋，又雇了邻居阿嫂帮忙照应，将姆娘安顿下来。

黄莺和贞娘有空时就去探望姆娘。其实黄莺知道，贞娘还不时地利用这间小屋开展一些"工作"，雷政委也在这里和情报人员碰过头。不过这些事情，他们不愿意让她知道，她也就不问。

阿锋自从蓬莱大剧院演出那天，就再也未见。听贞娘说，他已经到了东北前线，对于他，黄莺心里总是怀着一份歉意。

这天，黄莺去苏州河边看姆娘，正遇上雷霆在那儿。看到黄莺，他从姆娘的床边站起来，笑道："天气冷，我来看看姆娘，再给她订了一担木柴，一会儿就送到。"

雷霆今日穿着半旧棉衣棉袍，打扮得像街头随处可见的中年男人。上次的怀恩堂刺杀事件之后，黄莺与他有了一分亲近，见到他也很高兴，说了声："多谢雷大哥。"

话音刚落，门口有人扬声问："是这家有人订的木柴吗？"黄莺与雷霆一同出屋看时，只见一个精瘦黝黑的伙计，扛着一扁担木柴，站在院门外。

雷霆问道："是从河北边来的吗？"

伙计笑着回答："是从河西边来的。"

雷霆又问："西边天气还好吗？"

伙计又回答："西边比你们这儿暖和些。"

黄莺正被这没头没脑的对话弄得丈二和尚摸不着头脑，伙计已经将木柴卸在了院子里，雷霆摸出几张钞票递给对方，一面说："今天夜里风凉，出门多加小心。"

伙计接过钞票，回答："多谢老哥提醒，我们带着衣服呢。"

雷霆告辞离开了，黄莺送过他回到姆娘床边，心里暗自揣测，方才来送木柴的伙计只怕也是雷霆的"同志"。她将视线调回姆娘身上，姆娘的脸色萎黄，颧骨那儿却带着不正常的红晕。姆娘的病，一直没好，恰逢时局动荡，受了几次惊吓，又搬了几回家，反倒越发重了。在黄莺的坚持下，带她去看了西医，说要动手术，姆娘坚决不上手术台，也不好勉强她，只有保守治疗。

此时姆娘靠在床头，痛苦地抓着心口，对黄莺说："最近心口发紧得越来越厉害了，背也疼，上次那个洋医生不是说了，背疼也是因为心。我看我这颗心，跳不了几天了。"

没想到黄莺因为她的这句话，一下子掩住面孔，哭了。姆娘连忙欠身抓住黄莺的手，抚摩着："别怕别怕，姆娘和你开玩笑呢。姆娘才不会死，姆娘还要看着你出嫁呢。"

这句话不说也罢，一说出口，黄莺更是哽咽得厉害。姆娘一下子反应过来，也后悔自己失言，急忙将话题转开："小小姐，你来得正好，我正有样东西要给你。"

黄莺放下捂住脸的手，看姆娘扭过身子，从床头一个带锁的木头橱柜里，拿出一件大红色镶金银丝的衣服。姆娘小心翼翼地将衣服逐层打开，原来是一件镶龙绣凤的凤褂裙①。那凤褂裙显是用上等锦缎所制，质地细腻厚实，上面龙凤浮凸，云缭雾绕，动人心魄。

姆娘爱惜地用手抚摸着凤褂裙，说："这上面的刺绣，都是我一针一线绣上去的。头尾足用了两年光阴。这褂子上的是金龙，裙子上的是金凤，银色的是祥云，都是卜心图案②，这比平心的好看。知道你爱清雅，我选的是中五福③

---

① 中国传统新娘喜服，褂为上衣，裙为下裳。凤褂裙每一件都是一针一针缝制的，是很个人的传统工艺，绝不可分工合作。

② 按刺绣方法，卜心图案有立体感，需要高超的刺绣技艺。下文提到的平心图案就没有立体感。

③ 龙凤褂按照金银线刺绣的密度不同，可分为小五福、中五福、大五福等。

的花式，不像大五福花哨，又比小五福吉利些。"

姆娘说到这里，咳嗽起来，黄莺慌忙帮她捶背，稍迟，咳嗽被压下去了，姆娘才接着说："我和你姆妈的娘家，刺绣是出名的。如今我虽老了，敢夸下海口，这套凤褂裙，放在全中国哪里比也比得过去了。"姆娘露出难得的得意神情，脸孔红扑扑的，连病容都消了大半。

"原以为，你很快就要用到，我就赶了赶，把它赶出来了。谁料想……唉！小小姐，命里有时终须有，命里无时莫强求。那诸葛先生，心既然不在你的身上，也就不要去多想他了。这件凤褂，你拿回去好好收着，哪一天嫁人的时候，一定穿上，姆娘就是在那边，看到也会欢喜的。"姆娘说着，用一个真丝包裹将凤褂裙包起来，递给黄莺。

"姆娘！"黄莺拒绝着，不肯接过包裹，"你满嘴里胡说些什么啊，这衣服，还是你替我收着。等我……真的要嫁人的时候，你再给我。"

"可姆娘怕等不到那一天了啊。"姆娘坚持将包裹塞到了黄莺的手里，她争不过，只好收下了，又害羞又伤感，赶紧换了个话题，"姆娘，日本人就快战败了，你赶快好起来，到时候我和阿爸姆妈说，让你搬回黄家大宅，我们一道去杏花楼吃点心。"

姆娘靠回枕头上，方才脸上短暂的光彩已经消失，此刻看起来灰得吓人。可听到黄莺的这句话，她那双眼睛又重新亮起来，仿佛在憧憬着自己重入黄家大宅的情形："那敢情好！我死倒是不怕的，唯一遗憾的就是没能死在黄家大宅里。"

姆娘看着有些乏了。黄莺扶着她躺下来，仔细为她掖好被子，柔声说："姆娘！你好生睡，我走了，明日再来看你。我叫邻居阿嫂一会儿过来。"

关上门之前，她又看了姆娘一眼。姆娘还没有闭上眼睛，正躺在枕头上，对她露出一个若有所悟的笑容。

那是她此生最后一次见到姆娘。

第二天早上黄莺起床的时候，心里头还在想着姆娘，想一会儿吃好早饭，就去杏花楼买一盒枣泥酥看望姆娘。

她下楼来。阿爸和新姆妈还未起床，客厅里只有阿枝和阿细在轻声打扫。突然，大门一声响，却是贞娘从外面进来了。她脸色苍白，神情肃穆，一看就是发生了什么事情。待阿枝阿细一出客厅，她立刻走到黄莺面前，压低声音说："今天凌晨，有人往租界的日军岗哨投掷了爆炸物。现在日本人正在外面拉封锁线，据说三层，一层一层往里拉。现在还在我们这边，越往里面的人越难出来。我得赶紧去通知里面的同志！"

　　黄莺知道，贞娘指的是雷政委他们在福州路上的据点。眼见着贞娘的身影就要消失在门口，她追过去喊："还有姆娘呢！那么你去福州路，我去苏州河那边找姆娘！"

　　谁知她的这句话却让贞娘打了个回马枪。贞娘按住她，严肃地说："小姐，你现在千万不能出去，外面满街都是日本人。"

　　黄莺顺贞娘的话想起那幅景象，不禁打了个寒战。

　　贞娘说："我去过福州路以后，立刻赶去苏州河将姆娘接过来。如今事情紧急，也顾不得老爷太太怎么想了。"

　　黄莺连连点头。

　　贞娘走了。

　　黄莺独自坐在沙发上，心里像熬油一般。阿枝过来请她用早餐，她摆摆手示意不用。

　　贞娘直到下午才回来。之前阿爸新姆妈问起，黄莺只说她是替自己办事去了。贞娘进了门，黄莺直往她身后看——没人。此刻她也顾不得新姆妈就坐在近前，迎上去焦急地问："姆娘呢？"

　　贞娘用眼色向她示意，自己先进了厨房，黄莺急忙跟进来，再一次焦急地问："姆娘呢？怎么没来？"

　　生平第一次，贞娘竟有些不敢和黄莺对视。她沉了沉气，才回答："姆娘——没来得及接出来。我才刚去往苏州河边的时候，那里的警戒线已经拉上了，进不去，也出不来。"

　　黄莺急得汗登时就出来了，想了想，问："怎么会没来得及呢？你不是一早就出去了吗？不是去过福州路就去接姆娘吗？"

贞娘有些吞吞吐吐："我在福州路见到雷政委，他又给了我几个同志的地址，让我逐个去通知撤离。"

黄莺问："这些同志，都通知到了吗？"

贞娘点头："是的，都成功撤离封锁线了。"

黄莺的眼泪在眼眶里直打转："只除了姆娘。她一个人，又老又病，却成了最后一个，成了被放弃的人……如今也不知她那边是个什么情形，连邻居阿嫂也没能关照一声。再想为她做点什么，也不能够了！"她捂住嘴，难过得说不出话来。

贞娘正想接口，新姆妈狐疑的面孔出现在厨房门口，她只能顿住嘴。黄莺也迅速地用手抹了一把眼泪，出去了。

晚间阿爸带回来一个消息：他工作的英国洋行已经被日本人正式接管，他准备辞职回家了。

阿爸把全家叫到客厅里，说："阿四如今不工作了，我也失了业，以后一家人要勒紧裤腰带过日子了。贞娘，阿枝，阿细，老丁，你们过来。"

用人们都围到餐桌边。阿爸说："贞娘年纪大了，又没有其他家人，自然跟着我们。阿枝，阿细，老丁，如今我怕是开不出工钿给你们，也不敢耽误你们。我给你们每人准备了一份遣散金，你们如果愿意，明天就可以离开。"

阿枝和老丁垂下头。阿细却跪了下来："老爷！如今兵荒马乱的，您让我离了这上哪儿去呢？我不愿走，求您留下我！工钿我不要，能给我一口饭吃就行！"

阿爸连忙离座扶起阿细："你这是做什么？既不愿走，自然没人逼你走。有我们的一口，就有你和贞娘的。愿意留的，留下；愿意走的，一会儿来我的书房拿遣散金。"

用人们下去了，只剩下贞娘站在桌前。阿爸强笑着看着除自己之外的三个女人，说："没想到我黄家会有今天啊！"

新姆妈抚住了阿爸的手，垂首无言。黄莺从座位上站起来，绕到阿爸背后，搂住阿爸的脖子，低下头将脸颊贴在阿爸的脸颊上。阿爸也用另一只手抚住了她的脸。自从姆妈死后，他们父女的心从未像此刻这样贴近过。

黄莺勉强又忍了一夜，第二天事态仍没有好转的苗头。阿爸出去了一趟，回来被气得脸孔通红，在客厅里来回踱步。

"那些日本人封住了永安百货！里面三百号人关了整整一夜！还有皇后大剧院，密密匝匝五百多人，路过的时候都能听到里面传出的哭声！马路边都是被扣住的老百姓，衣衫单薄，站不住了，坐在地上。可疑的男子当场被带走，也不知带到哪里去，也不知生死。他们在妇女身上写编号，故意写在她们的胸脯上，简直——禽兽不如！"阿爸一拳头捶在桌上，目眦尽裂。

新姆妈急得上去捂住阿爸的嘴："不要再说了！你也不要再出去。你这样激动，万一做出什么来，出了什么事情，我也是活不成了。"

阿爸轻轻揽住抽泣的新姆妈。黄莺却急得腾的一声站起来："不行！我得出去！"

阿爸、新姆妈、贞娘一齐抬头看着她："你出去干什么？"

黄莺看了看贞娘，下定决心，对阿爸和新姆妈说："姆娘在封锁线里。她病着，病得很重，我得去找她。"

阿爸和新姆妈大为意外。待黄莺说清了原委，贞娘补充了一句："老爷，太太，姆娘回上海全是我的主意，和小姐无关——你们现在，千万不能让小姐出去！"

阿爸点点头，对黄莺说："你着急姆娘，我可以理解。但是贞娘说得对，你现在绝对不能出门。"

黄莺急得什么似的："阿爸！你不明白，姆娘的身体——她熬不了多久的。"她的眼泪滚滚而下，"我一想到她此时此刻是什么样子，简直一刻也坐不下去的。你让我去，我好歹算是个名人，日本人不会把我怎么样的。"

阿爸拦在欲往门口走的黄莺面前："不行！现在和孤岛时期不一样了，日本人什么事都干得出来！你知不知道，他们已经将大夏大学变成了……慰安所，就在已经西迁的大夏大学原来的教工宿舍里……"阿爸一拳捶在了边桌上，"他们不是人，是畜生！是野兽！"

黄莺打了个寒噤，但还是坚决地朝外走。

阿爸见劝不住她，喊道："贞娘，把小姐送回房里去！"贞娘闻言上来，用有力的双手架住黄莺，她立刻挣扎不得，一直被贞娘和阿爸押回卧室，任凭她如何反对，阿爸从外面反锁了卧室，说："从今天起，直到封锁解除，你就不要出房门了。饭，让贞娘每顿给你送来。"

她被阿爸和贞娘合伙软禁了。

直到第七天头上，阿爸才打开门，对黄莺说："走吧。封锁解除了，我们现在去接姆娘。"

阿爸亲自开车，车子沿着苏州河缓缓而行。黄莺的心越跳越快，急着见到姆娘，又害怕见到姆娘。

直至路过邻居阿嫂家，她已经有一丝不祥的预感：这里门户大开，翻箱倒笼，一看就是主人已经离去。待来到姆娘的小院，车还未停稳，她就迫不及待地跳下去，一迭声地喊："姆娘！姆娘！是我，阿四，阿四来了！"

在幻觉中，她好像听到姆娘回应自己了。姆娘的声音从紧闭的屋里传出来："小小姐，我在这里呢。"然而那实际并未发生。小院里静悄悄的，只能听得到她自己的心跳声。她用颤抖的手推开屋门，屋里窗帘紧闭，灯开着，姆娘面朝里躺在床上，床头放着半碗水。

姆娘的嘴边挂着一串白沫，神色安详，身体已经凉透了。不知道是因为心脏病突发，还是饥饿衰弱，抑或是在梦中静静地去了。她的身体看起来很小很小，如她所愿地，对这个世界没有丝毫打扰。

黄莺的脑海里轰的一声，跌坐在床前。她是被走进来的阿爸和贞娘唤醒的。阿爸扶住她的肩膀，皱着眉头，含着泪水。贞娘颤抖着想上来帮忙："小姐，让我来……"

黄莺一把抱住姆娘的尸体，扭向一边，对贞娘说："走开。"

贞娘愣住了。她从未见过黄莺如此冷漠的模样。但黄莺清楚无误地又重复了一遍："你走开。不要碰她。"

贞娘走了。

阿爸也走了。

他们退到院外，把姆娘留给黄莺一个人。黄莺紧紧地搂住姆娘冰冷的身子，脑海里掠过自小以来和姆娘共度的岁月：她淘气害姆娘坐了断板凳；她夜读姆娘为她煮夜宵；姆娘为她梳头，为她亲手做了第一件胸衣；姆妈没了，姆娘替姆妈守护她；姆娘为了保护姆妈的一件旗袍被赶出了黄家，孤零零地死在一间租来的小屋里……

像姆娘这样的女人，是柔弱无用的。除了生活里的一点鸡毛蒜皮，她们没有什么多大的作为。她们的世界，除了厨房间和卧室，至多延伸到花园里的葡萄架。她们的心里，也只有那么小小的方寸，死死爱着的几个人。

但这并不意味着她们的感情、她们的性命就不贵重。不，一丝一毫也不是的。站在人的角度上，她们是与贞娘，与阿爸，与雷政委，与任何人完全平等、同样可贵的生命。

这才是这个世界值得存在的理由。

因为贞娘放任姆娘去死，让黄莺之前对她的尊敬荡然无存。

第三十八章
齐姐儿花落人亡

不知何时，齐姐儿又醒过来了。

这是个她所不熟悉的世界，空无一人，静谧无声，空气里弥漫着药香。她辗转了一会儿，确定无法再次逃进睡眠里，于是摸索着起了床。

客厅里同样静悄悄的，齐飞不知哪儿去了，诸葛光独自垂着头坐在钢琴前发呆，未察觉她的到来。她轻轻近前一看，他对着发呆的那页琴谱，是《何日君再来》。

齐姐儿浑身越发无力。自上回演《秋海棠》受辱之后，她就绝了重归演艺圈的心思。茫茫乱世，曾经那样心高气傲的自己，如今可堪依靠的也只有面前的这个男人，可这个男人的一颗心，却看不见，抓不牢。

诸葛光觉察到了身后的动静，回过头来，惊讶地问："你怎么起来了？"

齐姐儿在一瞬间收拾干净了脸上的依恋和伤感，换了一副尖刻的语气，说："怎么，嫌我多余？想独自待着吧？和我一起的时候，特别想独自待着吧？——还是，想和某人一起待着呢？"

话说完了，连她自己也不知道为什么要这样说。一字一句落入耳中，倒好像陌生得不是自己说的。她有些后悔，闭上嘴咬着舌头。

诸葛光的面孔漾上一层愠气，但即刻消散，换成一副凄凉认命的表情，竟没有和她针锋相对，只是回转身去，弹起琴，一面说："你身子不爽，不要动气，还是回房歇着吧。"

这比索性吵嘴还更让齐姐儿受不了。她顿了顿，上前，一把将琴谱扫到地上。诸葛光吓了一跳，不由得怒道："你……你怎么变成这样了？"

齐姐儿冷笑一声："我变成怎样了？我从来就是这样。大爷不过是腻了。前面大爷您觉得新鲜有趣，如今您玩腻了，自然看我处处都不顺眼。"

这样粗俗的话语与姿态，都是诸葛光受不住的。他低声吐出两个字："泼妇！"然后拂袖而去。

齐姐儿冲着他即将关门的背影喊叫："你别以为我不知道，你这趟回我这儿来，是权当自己已经死了。你以为你这样可怜我，我会感激吗？你若这样人在心不在地侮辱我，还不如索性杀了我来得痛快！"

诸葛光关门的手被齐姐儿的这句话一震，隔着门，听到屋里的人放声大哭。他茫茫然来到街上，漫无目的地信步而走。脑海里一时是黄莺巧笑嫣然的温柔表情，一时又是齐姐儿放声大哭的可怜模样。不知什么时候，他居然又走回了齐姐儿的门前，停下，想起一年多前的一天，他教齐姐儿识谱、弹琴，彼时正是春光烂漫，琴瑟和鸣。他发现，齐姐儿虽无音律知识，却是个水晶心肝玻璃人儿，但凡她用心听，那便是一听就透。几番下来，他忍不住停了笔，微笑凝视着琴凳上的齐姐儿。

齐姐儿奇怪："怎么这样看着我？"

诸葛光微笑着说："你极聪明，是我见过的最聪明的女人。"

齐姐儿反问："难道不是你见过的最漂亮的女人？"

诸葛光诚实地回答："那当然也是。"

齐姐儿得意："那就是说，我是你见过的既最聪明也最漂亮的女人喽？"

诸葛光："是。"他将齐姐儿轻轻搂在胸前，心里涌过强烈的怜惜。怀里的这个人儿，这样的天资，如果能够出生在稍微好一点儿的人家，用不着是大户，只要能够父慈母爱、不愁衣食，想必从小如珠似宝一般地长大。可如今，那美貌也罢、聪慧也罢，都只是她用惯了的武器，她是在残酷世界里讨生活惯了的斗士。

诸葛光告诉自己，以后对齐姐儿的坏脾气，要更包容一些。

斯情斯景，如在眼前，诸葛光想起当初对自己的誓言，又想起方才齐姐儿的话，不得不承认：事实再一次被水晶心肝玻璃人儿的齐姐儿指出来了——他正是人在心不在，看似慈悲，实则在雪上加霜地伤害着齐姐儿。

他冲动地推开门，欲要找齐姐儿道歉和好，却发现对方已经不在家中了。原来齐姐儿将诸葛光气走之后，一个人在客厅里哭了好久，直到静下来，突然听见一阵呻吟声。她好奇地去寻时，发现呻吟声是从齐飞屋里传出来的。

齐飞仰躺在床上，似乎正做着噩梦，牙关紧咬，涕泪交流，嘴角吐着白沫，喉头不断发出呻吟。齐姐儿吓了一跳，赶紧上去推他："哥，哥，你这是怎么了？快醒醒！"

推了数下，齐飞幽幽睁开眼睛，一把抓住齐姐儿的胳膊："妹妹，我的好妹妹，救我！"

"你究竟怎么了？"

齐飞绝望地哈着气："烟！我要烟！"

齐姐儿明白了。齐飞这是鸦片瘾犯了。

米价转眼从几百元一石涨到了几千元一石，他们的那点儿现金，在飞涨的物价面前不过是杯水车薪，如今一家人的柴米油盐，都由诸葛光供应。可齐飞的大烟，诸葛光自然是不会供应的。

齐姐儿又心疼，又气急，又犯难："你这个不争气的东西！这会儿让我上哪儿去给你弄烟！我看你莫若趁这个机会戒了吧！"

齐飞痛苦地一字一顿："要戒……也不能在这一时……总得让我缓缓……不然……会出人命的。"

齐姐儿觉得这话倒也在理，可她实在想不出法子："这会儿上海滩哪里还有烟卖呢？即便有，我是一个子儿也没有了。去找诸葛光要的话，只怕他也不会给。"她为难地咬着嘴唇。

齐飞见她有松口的意思，有如绝望中抓住了浮木："妹妹，你要真想救我，还有法子。"

数小时之后，一辆黄包车停在马斯南路路口，车夫对车上的齐姐儿和齐飞说："再往里厢不能走了，请先生小姐就在这里下车吧。"

　　齐姐儿一身朴素装扮，手里拿着一个布制坤包。她从包里摸出零钱来付了车钱，在齐飞的搀扶下下了车。这会儿的齐飞可和数个时辰之前判若两人，气定神闲，身轻如燕。

　　家里没有钱，无论是法币、中储券还是军用票都没有，齐飞怂恿齐姐儿将米斗里的米拿去换鸦片。他说："没了米，诸葛光总不见得看着我们饿死吧？再说如今大米是硬通货，比什么钱都要值钱！"

　　齐姐儿还在犹豫，被齐飞要死要活地缠磨着，到底换了身衣服，将家里的米斗倒空，装了两个小口袋，和齐飞一人拿着一个，到了虹口的一个白面馆——即是由高丽浪人经营的地下烟馆里，换了十余枚鸦片丸子，齐飞当即就拿了烟枪填上一丸，在躺椅上来了一番吞云吐雾。

　　此刻兄妹俩沿着马斯南路一路往徐家汇路走去，路过法国公园门口，只见一个个面容愁苦的男女老少陆续不断地从公园里走出来，肩头扛着米袋，往法租界周边拉着的铁丝网边走去。网的那边有同伴候着，先将米袋丢过去，人再翻网而入。

　　齐飞好奇，拉住一个约莫四十出头的爷叔，问道："老兄，你们这是在做什么呢？"

　　那爷叔上下打量齐飞兄妹，因齐姐儿这会儿素着脸，又是病中憔悴，那爷叔竟没认出她来。他见兄妹俩衣饰考究，想必是有钱人家的子女，便说道："租界里的米价贵上了天，你们有钱人自然是不惧的，我们穷老百姓哪里吃得起呢？喏，这是法国公园黑市里米囊贩卖的米，比租界里的便宜许多，大家就用这个法子，偷偷运了进去。"

　　齐飞知道，这是极危险的行径。仗打到这里，日本人战备吃紧，恨不能将上海滩的每一滴油都榨出来。因此原本最富庶的孤岛，成了日本人"割羊毛"的重地，米价涨上了天，正中日本人的下怀，工部局早就发出公告：国米一粒也不许运入租界。

　　齐飞问道："不怕吃枪子啊？"

爷叔答："这里是个死角，日本人来得少。不过要真碰上了，也只好自认倒霉。"他的视线转到铁丝网的旁边，那里整整齐齐地放着几口棺材，里面是被日本人当场打死的运米者，放在这里派杀鸡骇猴的用场。

说话间，他们已经和爷叔一起走到了铁丝网前。爷叔将肩上的米袋扔给网那边候着的男青年，就预备翻过去。齐飞见他到了那边，拉着齐姐儿，想绕铁丝网走到约百米远的关卡铁门处进租界，没想到齐姐儿却踌躇起来。

齐姐儿说："哥，我们也从这里进去吧。"

齐飞看看她："你这样子，怎么翻网呢？不要紧，我们身上没有违禁物，日本人和伪军不会为难我们的。"

齐姐儿吞吞吐吐的，正要说些什么，突然听见有人尖叫一声："日本兵来了！"

说时迟，那时快，一队日本宪兵端着枪，一边用日语吆喝着一边迅速跑过来，淡黄色的军服象征着魔鬼的颜色。在靠近铁丝网的地方，他们开始开枪，齐姐儿眼见身边的一个年轻人随即中枪倒地，吓得魂飞魄散，还好齐飞一把将她扑在地上，才躲过了流弹。

日本兵跑近了。未来得及逃跑的百姓在他们的喝令下，沿着铁丝网站成一排。一个军官模样的日本人上前巡视，立刻对唯一的青年女性齐姐儿发生了兴趣。齐姐儿今日穿着蓝色粗布旗袍，脂粉未施，病容犹在，但仍不掩身段姣好，姿容秀丽。

日本军官走近齐姐儿，托起她的下巴，强迫她和自己对视。齐姐儿的大脑一片空白，稍后只觉得一股热流顺着大腿流下，她意识到自己小便失禁了。所有有关日本人的传言在脑海里打转，这样的恐惧是前所未有的，甚至十一年前在北平被军阀的公子抢走的那一夜，与今相比也可算天堂了。

日本军官发现齐姐儿的旗袍湿了，淫邪地笑了一下，转头对身旁的手下说了几句什么，立刻走上来两个日本兵对齐姐儿进行搜身。他们粗暴而不怀好意地沿着齐姐儿的粗布旗袍捏捏摸摸，另有一个日本兵从背后架住齐姐儿的两个胳肢窝，不让她躲闪，也不让她倒下。

齐姐儿的目光绝望地乱闪，对住了齐飞血红的眼睛。他试图上来解救齐姐儿，被身旁的日本兵用枪托一下子打倒在地，只能对日本军官身旁那个看似中国人的翻译官喊："你快点对日本人说，我们没有藏米！她是齐大官，齐姐儿啊！"

翻译官果然凑在日本军官的耳边说了些什么。日本军官听着，面无表情，高深莫测。这时两个日本兵完成了搜身，垂首立正，仿佛在报告没有发现藏米。日本军官不甘心地上下打量瘫软的齐姐儿，突然在她的脚边发现了她的坤包，命令日本兵打开坤包。

齐姐儿一把搂住坤包，就像搂住救命稻草。但这完全没用，只一下子，她就被一个日本兵拨到了一边，他抬起坤包，拉开锁扣，包口朝下往地上一抖。

哗啦啦啦，从包里抖出了约莫一碗的生米。

日本军官和日本兵们发出了一阵哄笑。哄笑里的意味令人齿冷，仿佛得意，仿佛得逞，仿佛心照不宣。

齐飞傻了眼，不知道齐姐儿的坤包里怎么会藏着米，却不知齐姐儿到底还是怕对诸葛光难以交代，趁着齐飞和烟馆的人理论的工夫，偷偷用坤包好歹扣下一点儿来，谁知这会儿惹了大麻烦。

齐姐儿看着铁丝网旁黑黢黢的一排棺材，吓得浑身直哆嗦，又哭又喘地匍匐在地上，喊了声："哥！"

她这一喊，齐飞倒醒了神，刚才的一袋烟给他打了强心针，他立即从地上跳起来，跑到日本军官面前，努力挤出一个滑稽讨好的表情，连比带画，如小丑一般，也不知说了什么，只盼望对方能被自己逗笑一下，事情能有转机。

可日本军官只是冷冷地看着他，突然拔出手枪，指着齐飞的脑袋。齐飞吓得扑通一声跪倒，日本军官哂笑一声，收回枪，让手下将被打死的年轻人的尸体抬到一边，其余被搜出藏米的人排成一排押走。有一个中年人的腿部中弹了，流着血，面色惨白，也被押在队伍里上了囚车。

铁丝网旁除了日本兵和翻译官，转眼只剩下齐姐儿和齐飞。日本军官让翻译官告诉齐飞，他可以走了。齐飞刚因为这句话眼睛一亮，就见两个日本兵一左一右地架起了齐姐儿，飞快地向关卡处走去。其余的日本兵，包括那个日本军官，则列队跟在后面。

齐飞站起来，开始跟着日本人的队伍小跑，边跑边央求："你们这是要把我妹妹带到哪里去？啊？我们错了，我们不该藏米，我们认罚，行不行？要不，你们抓我，放了她，抓我！抓我！是我把米放在她包里的！她什么都不知道！"

没有人搭理他。他一时跟着日本军官跑，一时跟着翻译官跑。跑到翻译官面前的时候，对方对他做了一个无可奈何的表情，用唇语告诉他："走吧。"

在租界关卡处，齐飞眼见着齐姐儿被日本军官扛起，向岗哨塔楼里走去。这塔楼三层楼高，二楼往上有个亭子间。齐姐儿在日本军官的怀里疯狂地踢打着，一边骂，一边哭，一边求。

齐飞疯了，一次次地想挣脱日本人，一次次地被枪托打倒在地。只见日本军官和齐姐儿的身影在旋梯上转了两转，转眼就进了亭子间。进去之后的齐姐儿反倒没有声息了，像死一般寂静。

不知过去了多久，也许是一分钟，也许是十分钟，不知什么时候，齐飞眼里的血管爆裂了，血珠子挂在脸上，此刻看出去，到处都是一片血红色。就在这血红色的世界里，他突然听见塔楼顶上传来一声撕心裂肺的大叫："哥！"

一个蓝色的身影从塔楼上飘落下来。落到地面二。前后也就半秒时间，但在齐飞血红色的眼睛里，好像电影的慢动作那样长。

当天晚上，诸葛光赶到四明医院的时候，这里已经被层层戒严。沪上歌后齐姐儿被日军强奸未遂、被逼跳楼的消息，轰动了整个上海滩，愤怒的人群集结在医院外面，等待着齐姐儿进一步的消息，一旦她宣告不治，一场游行抗议势在难免。

日方已经通过汪伪政府发出了公告：强奸未遂概不存在，事实是齐姐儿违反规定，试图向租界内走私大米，被当场拿获，畏罪跳楼。

四明医院的朱院长是诸葛家的世交。诸葛光托了他，才得以越过戒严，进入医院内。朱院长将他带至一个病房前，沉痛地说："能做的都做了，进去告个别吧。"

诸葛光不知道自己是怎么走进那间病房的。他第一眼看到的人不是齐姐儿，而是趴在病床上哭得像个小孩子的齐飞。齐飞边哭边说："让我去死！老天爷，让我去死！不该啊，我的妹妹，这可害苦了你啦，要不是我逼你拿米去给我换大烟，你也不会遇到这些事情啊！这可叫我怎么活……"

诸葛光轻轻地、轻轻地挪动。他心里害怕，怕一旦越过齐飞，看到床上的齐姐儿已经是一具尸体。

齐飞发现了他，出乎意料地，站起来扑向他，一拳打在他脸上："你这个无情无义的畜生！但凡你像个男人，早早娶了她，她也不会有今天！"

诸葛光任凭齐飞的拳头落在身上，目光与床上的齐姐儿相接。还好，她的眼睛还是睁着的，尽管脸色铅灰，气若游丝，面上罩着氧气面罩，腕上连着吊瓶。她的眼睛看见了诸葛光，一亮，快速地眨眼，示意他走近。

诸葛光过去握住齐姐儿的手，泪如雨下。齐姐儿的双眼温柔地看着他，抬手敲敲自己的氧气面罩，示意要说话。诸葛光想了想，替她将氧气面罩摘下。

齐姐儿笑了笑："真是的，每……一次，总是不想在你面前显得难看，最后却总还是难看。"

齐姐儿说到这里，仿佛已经力竭，闭目喘了几口气。诸葛光想把氧气面罩重新给她戴上，被她拒绝了。她休息了一下，又对诸葛光说："你说过，我是你见过的最美、最聪明的女人。"

"是的。"

"但不是最好的女人，是吗？"

诸葛光摇头，又点头，涕泪纵横。

齐姐儿说："下辈子，我也想像黄小姐那样，有个好出身，当个好女人，那，你会不会多喜欢我一点？"说完，她殷切地看着诸葛光，盼望着他的答复。

诸葛光捧起她的手放到唇边，泣不成声，而齐姐儿眼里那点光芒，一点点地散尽了。

就这样，一代歌后齐姐儿，在距离自己的三十岁生日还差两个月的时候，一缕香魂，悠悠断绝。诸葛光握着那只渐渐变得冰凉的玉手，只觉得一颗心空空茫茫，和齐姐儿初识的那个夜晚，突然跃至眼前，那情，那景，那般佳人，自己的一颗心曾经那样的悸动；之后又与她那样别离，那样重逢，直到今早还让她那样的伤心。

他在齐姐儿的床头跪了下来，痛哭流涕。突然听到空中依稀传来话语声，似梦似真，不由自主地侧耳聆听：

生逢乱世，奈何情关。欠泪的泪已尽，欠命的命已还！

第三十九章
美人如玉剑如虹

防空警报响彻夜空，不夜城的灯光，一盏一盏熄灭了。

这只是演习。这已经是如今上海滩司空见惯的事情。美军的飞机，动辄从重庆机场飞来，在上空耀武扬威一番，日本人被吓破了胆。

白天才刚为齐姐儿之死爆发过游行的人们，此刻不得不关在家里，窗帘紧闭，连如豆的灯光，也必须用黑罩罩住，否则，轻则收到罚单，重则牢狱之灾。

妙妙和山本亨也坐在黑暗里。一盏低瓦数的电灯用灯罩罩着，仅能看得见彼此的轮廓。妙妙突然站起身，走到唱片机前，选了一张唱片放到唱针下，扭低音量。

空气里低低地开始流动的，是齐姐儿的名曲《玫瑰处处开》。她那一把清亮有生命力的嗓音，此刻在黑暗中听来，分外凄凉。

妙妙背对着山本亨站在唱机前，声音里有掩不住的激动："你们以为自己能用枪炮占有这座城市，而这永远也不可能发生。在这个城市的底下，埋藏着太多的秘密，你们猜也猜不到的秘密。"

"什么样的秘密？"

"譬如说，我。"妙妙转过头，不顾一切地瞪着山本亨。

让她意外的是，山本亨并没有追问，只是平静地说："快了，离这一切结束的时候，不远了。"

"什么意思？"

"离大日本帝国彻底战败的那一天，不远了。"山本亨说着，露出一个无奈认命的笑容。

仿佛为了验证他的话一般，刚刚平静下去的警报声突然以加倍的能量鸣响起来，同时，夜空里传来轰炸机飞过的声音和高射炮的射击声。山本亨拿过一边的拐杖，从椅子上吃力地站起来，走到窗前拉开窗帘向外一看："是美军的B29型轰炸机。"

谁也没想到，一场例行的防空演习，变成了实打实的空袭。轰炸机轻盈地向东飞去，高射炮追在屁股后面如同儿戏。稍迟，东边传来轰炸声，房间里仅剩的一盏电灯熄灭了。山本亨拉大窗帘，眺望着东方，说："电厂被炸了。"

炸完电厂的美军轰炸机绝尘而去。警报声仍未解除，马路上却陆续有了人。人们向东眺望着，一个个喜形于色。虽然接下来将是长达数十天断水断电的艰难生活，但此时人们抱着的念头是：哪怕是挖骨割肉，也要剔除吸附在上海滩身上的毒虫。

站在山本亨身后的妙妙，眼睛在暗夜里越来越亮。一个念头，已在心中成形。

妙妙依照和丘麟的约定，在亚尔培路①一家名唤"小巴黎"的酒馆里给他留了暗号。

如今租界内已不见私家车的踪影，只有土黄色的日本军车和伪政府的黑色轿车呼啸而过。百姓出行唯有依仗人力车或电车，丘麟无法再以司机的身份隐藏在妙妙身旁。上次刺杀山本男的行动失败之后，为了避免给妙妙招致祸端，丘麟也一直没有再联系过她。

她放下需要和丘麟面谈的消息的当天晚上，丘麟就来到她位于国际饭店的包房内。

***

① 今上海陕西南路。

妙妙请求组织派她去炸掉日军在大夏大学所设的慰安所。她说："日本人将慰安所设在大学里，这是残酷加无耻，是对中华民族的一记耳光。再加上前些日子齐小姐的事情，我觉得应该为中国女人做点什么！"

丘麟未置可否。

妙妙继续说："请你向组织转达，我可以个人去执行这个任务，不需要任何支援。只要给我足够的炸药就行！"

丘麟笑了笑。

妙妙知道，他是在嘲笑自己根本没用过炸药，但她言简意赅地说："大不了，同归于尽。"

丘麟不笑了，说："好，我会向组织汇报你的想法。"他站起来告辞，临出门的时候，他扭住门把的手比平时多停顿了三秒，妙妙知道，他在等自己留他。

但她没有。

丘麟的脚步声消失在走廊里。

妙妙想起了山本亨。此时的他在做什么呢？会不会又在那个叫春代的慰安妇那儿寻求温暖？

前几天的晚上，她故意将话题引到了自己感兴趣的方向："这段时间，只有我一个女人吗？"

山本亨正从背后拥抱着躺在他臂弯里的妙妙。听到这个问题，他起初以为她指的是川岛芳子。但妙妙清楚，如今的川岛芳子已成为日本人的一枚弃子，只能用"金碧辉司令"的招牌在北平天津一带招摇撞骗混饭吃。

山本亨答道："是的。没有别人。"

妙妙回过头，娇嗔地看着他："慰安所……不会去吗？"

山本亨哑然了。实际上，确有这样一个女人，名叫春代，来自奈良县。和许多日本少女一样，她是怀着神圣的军国主义理想自愿加入"女子挺身团"的，第一次慰安的时候，她甚至还是个处女。自从第一次光顾她之后，山本亨就不时去与她欢好，并为她带去各种来自家乡的物什。在心里，他是非常尊重春代的，他认为他和春代之间，是一种男人和女人用疼痛来互相抚慰的关系。

妙妙看他的神情，猜道："会去吧？那里人多吗？"

山本亨如实答道："礼拜天的傍晚，人特别多。因为除了士兵之外，军官也喜欢在那个时间光顾。"

"不觉得可耻、残忍吗？"

"很多日本女人，都是自愿的。"

"那中国女人呢？朝鲜女人呢？刚刚被你们逼死的齐小姐呢？"妙妙的声音开始有些激动。

山本亨坦然答道："就我个人来说，我从未和任何一个非自愿的女人发生过关系。但是，在日本文化里，女人对军人来说是很重要的，不仅仅是肉体的原因，更重要的是，有女人的陪伴，会给战场上的军人带来好运。"

妙妙恨恨地捏紧拳头："我不明白你们日本的文化。但我明白一件事情：女人不愿意做那事，男人不能勉强她。勉强女人做那事的男人，就不配活着！"

军统方面否决了妙妙的提议。丘麟将消息告诉她的时候，她居然意想不到地平静，只是回答："好，我知道了。"

丘麟在电话那头说："那么这件事就这样了。"

妙妙说道："这件事还没完。我早料到你们不会同意了，我还有别的计划。"

丘麟问："什么计划？"

"我自己去。"

丘麟有点着急："你自己怎么去？你有武器吗？"

妙妙回答："有。"她挂上了电话。

妙妙打开和室壁画后一个隐蔽的壁龛——这是她当初在装修和室的时候特意留好的，从里面捧出一个紫檀木匣子。匣子里有一副鲜红的将军领章和一枚未开封的手榴弹。

这是父亲的遗物。当年由山本亨千辛万苦地找来交给她，成了他们的定情物。今天，她终于为这枚手榴弹找到了最合适的归宿，父亲的在天之灵如果看到了，也一定会含笑的归宿。

当然，一枚手榴弹的爆炸能力有限，不过足够炸死几个日本人了。更重要的是，这是来自中国女人的宣言。

今天正是礼拜天，此时还是中午。她好好地吃了个午饭，又为自己摆了茶道。品茶的时候，她想起在北海道的时光里，也曾经接触过日式的剑道，却觉得和父亲曾经教给自己的中国剑法大相径庭：多了刺眼、撩阴这些下流的招数。

茶道既完，但觉心静如水，水中唯有一滴，可以化剑。妙妙站起身，换上一身玄色衣服，取下眼罩，戴上墨镜，将手榴弹放入坤包，紧紧抓住。想了想，又打开抽屉，取出一把勃朗宁 HP 手枪，贴身藏好。

她步出国际饭店，正准备到街上叫人力车，突然从暗处闪出一个身影，一把将她抓到隐蔽处，吓了她一跳，待静下来看时，才发现是丘麟。

丘麟握住她的肩膀，紧张地问："你这是上哪儿去？"

妙妙坚定地回答："大夏大学。"

丘麟的视线将她从头打量到脚，停驻在她的坤包上，伸手探了探，便知道其中是什么。他说："你这样过去，只怕还未靠近大夏大学，就已经被特务抓进了七十六号。"

妙妙有些不寒而栗。如果被抓进七十六号，那将是比死亡更可怕的事情。

"不去不行吗？"

"不行。"

丘麟有些气急："你一个女人，为何总要学男人，去逞什么英雄？"

"英雄只不过是一股气，到谁的胸中，便成谁的命数，又分什么男女？"

丘麟看着妙妙，因着她的这句话，第一次彻底忘了她的性别，而只将她视为一个可以携手作战的战友，浩气激荡。他说："好。我和你一起去。"

妙妙意外："你不是说组织上否决了吗？"

丘麟道："我现在不是作为军统上海区情报二组组长丘麟，而是作为你的司机丘麟去的。"

妙妙看着丘麟，明白如果将丘麟的加入理解为仅出于对自己的儿女私情，是对他的侮辱。他绝不仅仅是自己的司机丘麟，还是一个中国人，一个中国男人，一个和她这个中国女人一样，想为那些被侮辱被杀害的女同胞们做点什么的中国男人。

于是她什么也没有说，只是紧紧地握了握丘麟的手。

他们叫了人力车，出了租界，在中山路大夏路路口下车，沿大夏路一路向前走去。妙妙依丘麟的意见换了裙装，精心打扮，和西装革履的丘麟扮作一对上流社会的夫妻。

在光华路路口，他们遇到日伪的关卡，丘麟拿出一张日本陆军总部颁发的"特别通行证"，顺利过关。

眼前就是大夏大学的校舍了。此刻其中已无师生，皆已内迁至贵阳。日本人将此处改为慰安所之后，附近的居民，能搬走的尽数搬走；不能搬走的也尽量少出门。整座街区异常安静，傍晚的幽风吹过，妙妙只觉得一阵阴恻恻的毛骨悚然。

越来越近了，仿佛能听得到日语的笑骂声。妙妙血脉偾张，悄声对丘麟说："我调查过，宿舍在西南角，我们就朝那儿去吧。"

丘麟拉住她："别急。先侦察一遍。"他拥着妙妙，假装散步般绕着校舍走了一圈，说："正门处有警哨，四个角各有一个卫兵，但好在这里的警卫并不严，毕竟不是军事重地。西南角那里也有一个卫兵，如果能把他引开，想办法混进那片灌木丛里，就是最好的投射点。"他左右观察了一下，说，"我去想办法把他引开，你等他一看不见你，就躲进灌木丛里藏好，千万小心，不要被人发现。"

他蹿进了旁边的小巷。过了一会儿，只听那里传来了巨大的声音，好像有什么庞然大物倒下了。妙妙看那个卫兵提着枪赶了过去，赶紧闪身进了灌木丛，蹲下来藏好。她刚藏好，丘麟气喘吁吁地跑了进来，用手指竖在嘴唇上，示意她不要发出声音。他们蹲在那里，见那个卫兵绕了一圈，咕哝着回来了——原来方才丘麟只是拉倒了一个废弃的井架。

他们小心翼翼地，一步一挪地，向灌木丛的后方挪去。妙妙这时才明白，尽管父亲曾悉心调教过她功夫骑射，但若论实战经验，她就是一张白纸。今天若不是丘麟，她的爆炸计划，恐怕只会沦为一个以卵击石的笑话。想到这里，她感激地瞥了丘麟一眼，对方却没有回视她，全部的心神都用来警惕着。

到了灌木丛的尽头，他们趴在地上，这里地势比校舍里的高，可以清楚地观察里面的形势。果然像山本亨说的，礼拜天的傍晚，这里的男人特别多，有穿着黄色军服的普通士兵，也有穿着淡绿色军服的军官。他们排着队站在一个个隔板房的面前，看着从房间里满面轻松走出来的同伴，快活地开着下流的玩笑。

妙妙看着这支淫乱无耻的队伍，咬紧了牙。她从坤包里拿出了那枚手榴弹。

丘麟伸出手："还是让我来吧。我扔得准。"

妙妙躲过他的手："不。我自己来。"

丘麟看妙妙的表情，知道这事没得商量，于是指点着手榴弹压低声音说："拉这里，将手环拉开后，对准人最密集的地方扔出去。要快，但是不要紧张，知道吗？"

他的这句话显然是多余的。妙妙吸了一口气，眯眼又往校舍里打量了一下，然后非常冷静地拉环、扔出。

手榴弹在黄绿相间的队伍最稠密的地方爆炸了。

妙妙和丘麟牵手狂奔着。高跟鞋早已在仓皇中被她甩掉了，墨镜也不知掉落在何处。她用残缺的那只右眼，无法看见身侧的丘麟的脸，但想必和自己一样，是惨白的。她用空着的那只手摸了摸绑在大腿上的勃朗宁 HP。万一逃不出去，她不打算被日本人俘虏。

不知道是真的还是想象，她觉得日本人已经近在咫尺，像野兽，咻咻喷着鼻息。恐惧炸裂了心脏，也许，这一切倒不如早一点结束得好。她的心在一瞬间闪过刚才在爆炸中倒下的几个鬼子，他们如果知道这一切是个中国女人所为后的表情，甚至还有齐姐儿的面容，心里又觉得没那么害怕了。

一辆黑色的尼桑轿车突然从巷子那一头对他们直冲过来，车头上插着小黄旗，还挂着显眼的日本陆军黄五星标志。妙妙和丘麟被迫停住了脚步。妙妙心知大限已近，将勃朗宁拔出握在手上，突然，尼桑车一个转弯急刹，停在他们身边，从车窗里焦急探出的面孔，竟然是山本亨。

山本亨招手，叫他们速速上车。来不及想山本亨怎么会知道他们在这里，妙妙已经被丘麟拽着塞进车里，丘麟正准备也上车来，突然听见砰砰几声枪响，日本人追过来了。

山本亨焦急地："快！快！你们俩这副模样，我虽然开着军车，也解释不过去。"

不承想丘麟听了他这话，却停住了，思考了两秒钟，探头对山本亨和妙妙说："你们赶快开车走，我朝另一个方向跑。"

"什么？"妙妙大吃一惊，"日本人就快追来了，你用腿是跑不过他们的。快上车！"

丘麟沉着地说："那样的话，我们一个也跑不掉。"他不再搭理妙妙，转而对山本亨说，"快！快开车啊！"

"不！"妙妙不顾一切地下车，死死抓住丘麟的手。她浑身颤抖，说不出话来，只能反复地叫："不！不！"

丘麟按住她的手，语气是命令式的："赶快撤离，千万不要被日本人捉住。不要担心我，我来之前就研究过撤离路线，我有经验。我成功脱险后，会在小巴黎给你留言。如果一直到明天晚上还没有我的留言，千万不要再找我。耐心等待，会有其他人同你联系的。"

妙妙依旧不放手，丘麟加重了语气："快松手！没有时间了！我救你，不是出于儿女私情！你比我重要。死了一个丘麟，还有别的丘麟，可妙妙只有一个。你懂吗？"

妙妙在丘麟坚定炽烈的眼光之中，懂了。她不再追问，也不再反对，只是将手里的勃朗宁塞进丘麟手中，最后深深地看了他一眼，转身跑回山本亨的车上。

车子立即发动了。丘麟也立即转身向小巷里跑去。妙妙转过头，清晰地看到追来的日本兵哇啦哇啦叫着兵分两路，一路试图追上他们的车子，一路跟着丘麟去了。

山本亨猛踩油门。日本宪兵的身影终于越来越远，看不见了。妙妙呼了一口气，瘫软在座椅上，这时才发现自己满脸是泪。至于刚才她和丘麟之间完全超乎雇主和司机的举动，她现在无法，也不想对山本亨解释。

好在他也没有问。

在国际饭店的套房里，妙妙好好地沐了一个浴，又泡在浴缸里抽了两支烟，才渐渐平静下来。她穿上浴袍走进客厅，山本亨坐在沙发上，同样抽着烟，同样看起来平静而疲惫。

妙妙的脑海里有千百个问题，但此刻她选了最重要的那个来问："你怎么会知道我在那儿？"

"那天你向我打听慰安所的事情，我有些猜到你的用意，担心你会有什么过激行动，这几天来一直在暗中跟踪你。"

妙妙在震惊中一时沉默，只听山本亨接着说："你用的手榴弹，是当年我转交给你的，令尊大人的遗物吧？"

妙妙终于找到了接下来的问题："既然猜到了，为什么不阻止我？那些可是你的同胞。"

山本亨熄灭烟蒂，平静地看着地毯回答："他们是战士，你也是战士，战士杀死战士，这就是战争。"

从山本亨的这句话里，妙妙无法确定他是不是已经洞悉了自己的身份。她又问："既然如此，又为什么要救我？"

对这个问题，山本亨苦笑了一下，说："我不知道，我要是知道，倒好了。"

这时妙妙发现，山本亨踩在地毯上的右脚，在不受控制地痉挛着。他这条还在复健中的腿，虽然今天在绝境中被激发了潜力，此刻却彻底崩溃了。

她走过去，跪在地毯上，轻轻抚摩着那条腿，感觉它在自己的抚慰下，渐渐地熨帖、平静。她将头靠在山本亨的膝盖上，问："你到底是谁？我又是谁？"

山本亨抚摸着她的头发，声音很温柔："你是飞蛾，我不过是你扑火的时候，送你的一阵风。如若有一天，风不吹了，你也不要放在心上。"

从此以后，妙妙再也没见过丘麟，没有得到过他的任何消息。军统方面也再没派人与她联系过。与之相关的一切，就像一场幻梦，海浪卷去，再无痕迹。

妙妙知道，军统的情报人员牙缝里都会嵌进一个小毒药瓶，如果被捕，一旦咬破，会在五分钟之内毒发身亡。她想象着，在那最后的五分钟里，丘麟会是怎样的心情？会后悔认识自己吗？会后悔那天的决定吗？在同一天里，有两个男人为了自己，将生命置于险境。她的生命将何所归呢？妙妙的心里，浮上了第三个男人的身影。

是父亲。父亲写给她的最后一封信，父亲倒在锦州保卫战中的身影。

于是她明白了，她的生命，早就不归自己所有，而属于某些更为浩大、更为久远的东西。对那些牺牲者表示歉意的方式，恰是应该更加坚定地继续走下去，直到将自己也走成皑皑白骨，融入这时代的滚滚巨轮之中。

第四十章
黄莺奔赴解放区

伙食越来越差了。不要说下午茶、夜宵点心，就连一日三餐都成了问题。米饭换成碎米粥，碎米粥又换成苞米粉。小菜往往只有一个，以花生米居多，因为营养丰富，又好储存。

日本人的唱片公司来和黄莺接洽工作，被她拒绝了。伪政府的商会来请阿爸复出，也被婉拒。但是不工作、不复出，就没有收入，只能坐吃山空。虽然人人都说日本人支撑不了多久了，可谁也说不清，这个"多久"到底会是多长时间，新姆妈只能将家用一再收紧。

新姆妈一面算账一面摇头："米价涨到六百元一石了！这价钱，真比飞的还快呢！——阿细，以后你不要去买米了，据说现在马路上抢米抢得厉害，而且专抢弱女子。还是让贞娘去吧。"

阿爸放下报纸："贞娘也不要去。以后我去买米。"

新姆妈点点头："这样最好。"

阿细不安地哆嗦了一下，将刚刚擦干净的桌子又擦了擦。钱越来越紧，生活越来越简单，可以做的事情也越来越少。其实大家都清楚，如今的黄家用不着她和贞娘两个用人。

贞娘从厨房里走了出来："老爷，太太，你们忙吗？"

阿爸答道："不忙。有什么事情？"

贞娘的手上提着一个不大的包袱，垂首恭敬地站着，说："贞娘向你们请辞了。这十一年来，承蒙黄家对我的照顾。如今，贞娘老了，帮不上忙，还在这里吃闲饭，实在说不过去。这就请辞。我用过的东西，都理好了摆在用人间。随身带的，太太一会儿查看一下。我昨天已经和阿细交代好了，以后她会好好伺候你们的。"

阿爸和新姆妈都大吃一惊。阿爸即刻站起来，说："贞娘，你不要开这种玩笑。"

"老爷，您知道的，贞娘从来不开玩笑。"

新姆妈说："贞娘，你这会儿走，要走到哪里去呢？还是大家守在一起，有米吃米，有粥吃粥。"

贞娘答道："太太不用替我担心，我一个糙老婆子，到哪里都能活得下去。说真的，这儿，我也真待得有些闷了呢。"

她这么一说，别人倒不好再说些什么。阿爸看了一眼黄莺，继续问贞娘："那么你是打算去哪里呢？回家乡吗？你的家乡不是在广东吗？那里如今倒是比上海太平些。"

贞娘点了点头，算是默认："船票，我一早买好了。今天傍晚就要开船。老爷太太如果同意，我这就出发了。"

阿爸和新姆妈一齐将贞娘送出了黄家，期间黄莺一直坐在沙发上未动。

自姆娘死了之后，她一直怨恨、不睬贞娘。可这会儿眼看对方就要离开，她的心就像刀割一样，疼得受不住。她猛地从沙发上站起，跑出门，对正要离开的贞娘喊："贞娘！你不要走！我……我不是真心生你的气。"

贞娘的眼睛一下子湿润了，笑看着黄莺，说："小姐，我都明白的。只是，是我走的时候了。"

黄莺哭了："不要走！贞娘，我舍不得你。"

贞娘抬起一只粗糙的手，颤抖着，轻轻抚摸着黄莺的脸蛋儿，慈爱地端详着她，接着下定决心地松开手："小姐，你请回吧。尘缘已尽，贞娘这便去了。

我这一生，爱过，恨过，做了我该做的事，也做了我不该做的事，最对不起的人就是姆娘。对她，我罪孽深重，要用余生的青灯古佛来赎了。"

黄莺征得阿爸和新姆妈的同意，坚持将贞娘送到了渡口。此刻夕阳西下，粉红色的晚霞恋恋不舍，金色的霞光倒映在江面上，一江春水，悠悠向东流去。贞娘背着包袱，孑然一身踏上甲板，面朝黄莺，轻轻挥手。

黄莺站在岸上，泪如雨下。如果说姆妈的去世结束了她的少女时代，诸葛光、姆娘和贞娘的接连离开，则意味着将她的整个青春都带走了。她于泪眼之中，听见贞娘隔水传来的歌声：

那一心求名的，偏叫世人把她忘记；一心求爱的，沦入孤惨惨地狱；如兰似香的，被千古编着骂名；想做孟姜的，叫她终老在烟花巷里……

黄莺想起，多年前，在她还是阿四的时候，曾有一次听贞娘唱起过这首歌。此时她只觉曲调分外凄婉，歌词似有玄机，待要问时，那载着贞娘的船已起锚离岸，排浪入水，倏尔便只余剪纸般的一个小影，恰似那，缥缈入天地，归去报沙鸥。

贞娘走后不久，黄莺到福州路找到雷霆，恳请他介绍自己到解放区，以及加入中国共产党。

雷霆对她的要求似不意外，沉稳地说："解放区欢迎你，我也代表党组织欢迎你，我们需要你这样进步的文艺工作者。"

她正高兴，又听得对方说："但是，解放区可不是让人逃避情伤的地方啊！"

黄莺一惊，既羞于雷霆的直白，也佩服他洞若观火。她扪心自问：自己想去解放区，真的是为了逃避情伤吗？心内渐渐寻着了答案：虽然与诸葛光分手、贞娘离开，断了自己留在上海的念头，可其实革命的火苗，早在刺杀阿部次郎，以及后来阿锋带领她加入左联之时，就已经根植在她心中，随着时间过去，渐有熊熊之势。

她对雷霆说："雷政委，请您放心，我的请求绝非儿戏。从此以后，自当以国家民族之大义为先，将儿女情长放下。"

雷霆赞许地一笑，正式向她伸出手来，说："欢迎你，黄莺同志！"

担心被阿爸和新姆妈阻拦，黄莺没有声张，只留下了一封言辞恳切的信，就收拾简单的行李，搭上了开往延安的火车。列车一路向西，窗外的景致从江南烟雨，逐渐变成广袤平原，她的心胸似乎也跟着开阔起来。

她在解放区受到了热情的接待。雷政委给她写了介绍信，让她到鲁迅艺术学院找丁同志报到。丁同志是一位四十出头的女同志，极其友好地欢迎了她的到来，让她称呼自己"丁大姐"，并告诉她：学院正在排演一系列大型话剧，有《雷雨》《白毛女》……非常需要她这种文艺人才的加入。她被安排在学院的办公室工作，并且在半年以后，顺利地加入了中国共产党。

这里的生活对黄莺来说是崭新的。劳动，是解放区一切活动的基础。从每天早上的田间劳作开始，到午后的开窑开荒、傍晚的抬担架训练。毫无疑问，她的身体经受着考验，手和肩膀接连磨出了水泡，镰刀将自己砍得浑身是伤。每天晚上躺到床上时，她才第一次发现床铺是这样可爱的东西，她缩进解放区出产的棉花做成的被子里，舒服得发出类似动物的呜咽声。

她的起点特别低，可以用"五谷不分，四体不勤"来形容。可到底，她凭借自己的坚忍温柔赢得了人心。那些起初以友善而隔膜的微笑对待她的人，终于对她伸出了真挚的手，让她感受到了与自己所生长、熟知的那个环境截然不同的美，一种自然、质朴的美。

劳动和工作之余，她抽出时间来教当地的孩子识字。她还应农民的要求教他们学会了记账。因为生平第一次开始有了盈余，这些农民也第一次有了记账的需求。她手把手地教他们在纸上写下：

收入：

谷子二石八斗

棉花五百八十斤

卖布四十元

卖棉花二十二元

卖棉线七元六角；

支出：

盐八元四角

煤十元

药四元

修房子二十元

杂项十元……

除了劳动，她在解放区的精神世界绝不苦闷。这里的文艺气氛非常活跃，几乎每个月，都有投奔而来的作家、戏剧家和演员。他们聚集在一起，以和从前一样的创作激情工作着；但又被某种更宏大的东西所唤醒，以一种比从前更贴近生活真相的方式工作着。

日子就这样平实而红火地过去了一年多。

如果阿爸和姆妈此时来解放区，一定会认不出黄莺了。她晒黑了，脸颊泛着健康的红润，剪短了头发，穿着自己纺出的蓝布工作服，话音清脆，笑容爽朗。

唯一令她神伤的依然是诸葛光。到解放区的头几个月中，她陆续给诸葛光写了七八封信，但都如石沉大海。后来，她也就不再写了，任凭那个穿着白色西装的身影，在心头渐渐淡去。

对了，还有阿锋。在熟悉了解放区的生活并正式入党之后，她见到了阿锋。

那天她正在诵读《白毛女》的剧本，这是学院史上最恢宏的歌剧巨制，剧本的最后一稿刚刚写好，送到她手中，她将是剧中女主角"喜儿"的扮演者。

她坐在学院分配给她的窑洞里。正值初冬，陕北大地上慷慨的阳光从窗棂里映照进来，暖烘烘的，无数轻尘飘浮在空气中。她一手支额，越读越是心潮澎湃，待读到杨白劳在昏迷中被迫按下了喜儿卖身契的手印，忍不住拍案而起："可恶！真是太可恶了！"

"是谁这么可恶？"她刚听到这个声音，窑洞门就被推开了，阿锋出现在门口。还未等她惊喜的呼声消失在空气中，阿锋已经几个大步上前，她发现自己陷在一副坚实有力的臂膀之中，耳边听得一个熟悉的声音说道："阿四！你终于来了！"

隔着厚厚的土棉袄，她趴在阿锋肩头，眼睛一下子就湿润了。

来解放区之后，她一早已经从其他同事那儿打听到了阿锋无虞的消息，不过这却是蓬莱大戏院之后他们的第一次再见，相隔整整一年了。

从重逢的喜悦中平静下来的阿锋迅速松开了黄莺，不好意思地摸着脑袋笑着，问："你才刚说什么？谁可恶了？"

"喏！"黄莺将手上的剧本递给阿锋。

阿锋稍微翻看了几下，就明白了，笑道："看来你在这里生活得很不错！"

她打量着面前的阿锋——他变得更黑、更壮了，面容也更为舒朗自信，她着意看了看阿锋的胳膊和腿，问道："各处都还齐全？没丢哪一处吧？"来到解放区的她，也不知不觉变得幽默爽朗了。

阿锋哈哈大笑，拍着胳膊说："没丢没丢，都还是我的！今天见到你，我真是太高兴了！你知道吗，其实我就知道有一天，你一定会到这里来的！"

阿锋傻呵呵地咧着嘴，黄莺抿嘴笑笑，说："坐吧，我给你倒杯水。"她拿了自己惯用的瓷缸杯，想了想，又从箱子里找出从上海带来的乌龙茶叶，加了一点。

她在忙碌着的时候，阿锋打量着这个朴素温馨的小房间，高兴地看到事事物物都留下了阿四的痕迹。从窗户上的蓝布窗帘，到桌上的一瓶小花，炉子上的余炭烧着热水，黄莺将瓷缸杯递到他手里，他喝了一口——是乌龙茶。

阿锋抬眼对黄莺一笑，黄莺却不好意思地红了脸——糟糕，自己怎么又搞起了小资产阶级情调？阿锋心里却在想：没关系，你就是你，我知道的。你是无论走到哪里，都能让那个地方变得更美、更好。

黄莺坐下来，再次关切地问道："你都还好吗？打仗辛苦不辛苦？最近都是你们打胜仗的消息，我们这里高兴得不得了。"

"好。不辛苦。"阿锋简短地回答，想了想，又说："你知道吗阿四，要不是打仗，我还不知道自己能有这样的能耐。前几个月，我们的队伍攻打林县，我带了一支小分队，在城西门从凌晨打到深夜，好拖住伪军，让我们的主力队伍能够破城。进城以后，本想合个眼，日本人的飞机又轰隆隆飞到头顶了，我们又打了一天，赢了！那时候才发现自己已经两天两夜没吃没睡了，却一点也不困、不饿，哈哈哈！"

他说得自豪，黄莺却从中听到许多凶险艰辛，她的眼睛又湿了，低下头去。阿锋察觉，住了嘴不再说，过了一会儿说道："好多事情，挺过来了，以后就再也没什么好怕的了。"

黄莺想着阿锋的这句话，心里头各种滋味逐一滚过。想想与阿锋的前缘往事，竟也似一场梦一般。从厨房间的那个毛头小子，到间接指引她走上革命道路，阿锋无疑是她生命中的"贵人"。可惜她给这个贵人的，从来都只有失望。

不过看这次阿锋的样子，大概也已经放下了自己。黄莺心中的感觉很复杂，半是释然，半是惆怅。

沉默一会儿，他们同时间听到广播站的广播响起来了。主持人轻快的声音流淌在上午的日光中："大家好！这里是延安新华广播电台，这个生机勃勃的上午，让我们用黄莺同志的一首《一江春水向东流》开始！"

他俩相视一笑。阿锋说："我还没来得及看呢！他们看过的人都说，你演得交关好。"他说的是黄莺主演的电影《一江春水向东流》。

黄莺笑道："这里的露天剧院，每天晚上都放胶片电影，这一部这几天就有，到时候我陪你一道去看。对了，你回来得正巧，我们明天就要开始《白毛女》的第一次排演，你有空过来看看，给我多提意见！"她说得兴致勃勃，在解放区里见到了故人，而且是自己一向如家人般信赖的阿锋，心里高兴之极。

没想到，阿锋听了她这句话，眼睛却黯淡了一下，说道："我只能留一天，明天一早，就要赴东北指挥那里的游击战。"

黄莺一时间无法接受这个消息，喃喃地重复道："一天……明早就走……"

阿锋来之前，她在解放区的生活也是快乐充实的，但今天见到阿锋之后，才觉得这份快乐彻底地圆满了。

她坐在那儿，出着神，脸上满是惆怅，却不知阿锋打量着她的脸色，心里又惊又喜，柔声安慰道："不要紧的，我不会去太久。日本人节节败退，我们就快要彻底胜利了。到那一天，我们一定会重逢在解放区。"

"重逢在解放区！"黄莺的心被阿锋的这句话点燃了，抬起头看着对方，坚定地点了点头。

第四十一章
白茫茫大地真干净

齐姐儿去世三周年了。

根据她的遗愿，骨灰没有被送回北平，而是留在上海，埋入万国公墓。在她三周年忌日的这一天，许多歌迷自发地在她的墓前堆满了鲜花，以红玫瑰为主，这正是齐姐儿生前常常被用来打比方的花。

诸葛光在人潮散尽的黄昏时分才出现，轻轻地将一束晚香玉放在齐姐儿的墓前。暮色渐合，花香初露端倪，诸葛光看着墓碑上齐姐儿那清丽无俦的笑容，脑海里浮现第一次见到她的那个晚上，自己摘了一朵晚香玉送给她，也就从那个时刻开始，注定了一生一世的纠缠。

今天，他本来叫了齐飞一起来，被齐飞拒绝了。齐姐儿去了的这三年里，齐飞一直痛恨着他，指责他是造成齐姐儿不幸的罪魁祸首。不过指责归指责，齐飞并不拒绝他的接济。如今齐姐儿的这个大哥，完全是诸葛光的责任了。诸葛光也做好了养他一辈子的打算。

诸葛光在齐姐儿的墓前站了良久，又想起了她临终前说的话，说来世想投胎做一个好人家的女儿。他眼底发潮，对着墓碑喃喃说："战争结束了。日本人投降了。又是太平世界了。你来吧，投胎到一个好人家，这一世好好享受幸福、美满。唱你喜欢唱的歌，演你喜欢演的电影，不要再遇到不争气的家人，也不要遇到薄幸的爱人……"

他说不下去了，转身拭泪离开，突然听到擦身而过的黑色轿车里，传出温婉清甜的歌声："问君能有几多愁，恰似一江春水向东流……"

诸葛光定住了。那是黄莺的歌声。她已在两年前迁往内地延安，加入了中国共产党，在鲁迅艺术学院学习文学和戏剧，也参演了多部爱国主义电影和话剧，《一江春水向东流》就是其中的一部，而她为电影演唱的同名主题曲早已传遍大街小巷。

此刻的黄莺，不知身在何方。抗战胜利后，很多延安的文艺界人士都回到了上海，不知黄莺是否在此列。诸葛光常常在夜深人静的时候，徘徊在黄家大宅的附近。黄家大宅早已不姓黄，全面沦陷以后即被汪伪政府征为驻沪办公联络处，日伪武装军警日夜守卫，市民不得近前，但诸葛光还是喜欢隔着马路眺望黄家大宅里透出的灯光，想象曾经透过灯光印在二楼卧室窗户上的那个温柔倩影。

如今，她该回来了吧？

战争结束了。一个时代终结了。也许有些事情，也该随战争一起走进回忆；而有些事情，将随新时代一起势不可当地到来。

诸葛光突然迫不及待地期待与黄莺的重逢。

山本亨挂上妙妙的电话，走回庭院。在庭院中央清朗的月光下，大哥山本男仍然在血泊中抽搐着。

距离山本男剖腹自杀已经过去三个多小时了。山本亨是他选择的唯一助手，其他的家眷和仆人，则都已提前送走。山本亨确定山本男采取了教科书式的剖腹方式：将军刀刺入左肋骨下面的腹肌，接着将刀遽然向右转，割破胃脏，再向上猛切。可完成了这一系列动作后的大哥，依然活着。

山本亨曾请求帮他的忙，但被山本男拒绝了。他挣扎着，从沾满了血的衣襟里拿出事先准备好的匕首，用颤抖的手，一刀刀割向自己的颈动脉。

一个小时后，山本男醒来，发现自己仍然活着，他再次拒绝了山本亨要帮忙的请求，又割了自己一刀。他跪在地上，左右摇晃，在一时昏迷一时清醒中度过了接下来的一小时。这时的他，甚至连再拿起刀的力气都没有了，但他仍然用眼神阻止山本亨的帮助。山本亨唯一被允许做的事情，是在他气绝后替他收尸。

就这样，当山本亨赶到国际饭店的套房时，天边已经出现了第一道曙光。再有不到四小时的时间，他就将踏上那艘由失败者组成的遣返船。

稍迟，妙妙打破静谧问："不用回去收拾行李吗？"

山本亨苦笑："哪有什么行李？本来想给你留一些钱，但都被没收了。"他知道，妙妙已经有段日子没有收入，积蓄也所剩无几。他从背后搂住妙妙，下巴抵着她的头顶，说："对不起，不能留下来。"

也许是纯粹出于好奇，妙妙问："既然不能留下来，为什么不开口让我一起走？"

山本亨再一次苦笑了。她在胜利的一边，还不明白失败对失败者意味着什么。他将空身踏上多年未见的母国，在那里等待着也的，是同盟国的管制军队，是饥饿困苦的同胞，是将延绵不知多少年的赎罪之涯。但比起那些正充当无偿劳力修挖铁路的同胞，那些不愿投降而冻死在长白山密林里的同胞，那些和山本男一样剖腹自杀的同胞，他仍然可算是幸运的。

妙妙仿佛看到了他的心思，用丝毫不带同情的声音说："你们的梦想破碎了，但你们不值得同情，因为那个梦想，原本就是不正义的。"

山本亨不以为忤，轻声回答："那是他们的梦想，不是我的。"

妙妙转回身，看着他的眼睛问："那你的梦想是什么？"

山本亨看进她的眼睛深处，没有回答。

妙妙问："不恨我吗？我接近你是为了你的大哥，不只如此，我们还一直在找机会杀掉他。"

山本亨平静地回答："用不着了。我的大哥，山本男，已经在几小时之前剖腹自杀了。"

妙妙震惊，默然，也明白了刚才令山本亨耽搁的原因。面对命运这样的书写，她觉得不能也不必再开口安慰，于是他们剩下的最后时间，就在彼此沉默的拥抱中度过了。

在后来妙妙长至耄耋的岁月中，她常常陷入对这个叫山本亨的男人的回忆之中。而这些回忆中最鲜明的画面之一，就是他们最后的拥抱。城市在脚下重生，无数的冤魂在欢呼，乾坤等待着用血和泪审判，他们在地狱之门开闭的间隙里紧紧相依。

临别之前，她送他到门口，说："山本君，我给你唱首歌吧，我还从来没有为你一个人唱过歌呢。"

说罢，她便轻声唱起来。她唱红了那么多首纸醉金迷的歌，可从没有人知道，她自己最爱的，却是这首《今夕何夕》：

今夕何夕，云淡星稀。夜色真美丽，只有我和你。才逃出了黑暗，黑暗又紧紧地跟着你，啊，今夕何夕。

他认真听她唱罢，抬手抚她的脸，轻声说："别了，淑子。"

房门关上，电梯上来又下去，将他带出她的生活，将她留在满室的寂静和震惊里——他怎么会知道自己在北海道时用的名字？他是什么时候知道的？难道从一开始，他就知道全部的真相？

她颓然跌落在地毯上，用只有自己能听到的声音对他说："你爱中国诗词，应该也知道那句'千年修得共枕眠'。从此以后，各自安好，便是千年。"

此时的黄莺，确已回到上海。

黄家大宅仍然没有被归还，她和阿爸、新姆妈被国民政府安排住进陕西北路的一座花园洋房里。三层楼的洋房，住了六户人家，地方自然同从前不能比，况且邻居里起码有两家是专为监视黄莺而来。

阿锋也和她一起回上海了。《双十协定》以后，国民政府同意中共在马斯南路一百〇七号设立了办事处，但不许挂牌，对外只能称"周公馆"，阿锋和一些同志工作、吃住都在这里。

抗战胜利之后，她与阿锋果然如约在解放区重逢，也正式确定了恋爱关系。本来，阿锋想在解放区内完婚，但她坚持要回到上海后，在阿爸和新姆妈的见证之下嫁给他。

如今，她和阿锋都回到了上海。明天，就是毛脚女婿正式上门的日子。她已经提前向阿爸和新姆妈介绍了阿锋，本以为会遇到些阻碍，没想到阿爸居然十分满意。

　　虽然国民政府在胜利后从日本人手中接管了上海，可他们昏庸贪婪，心里只有"劫收"，不管市民困苦，街上三天两头爆发罢工。大家都私下说，这天下迟早是共产党的。这种时候，有个共产党高官当女婿，实在再称意不过。

　　倒是新姆妈，找了个没人的时候问黄莺："诸葛公子，回来以后见过吗？"

　　黄莺的眼睛一下子黯淡了，无声地摇了摇头。

　　新姆妈问："不要见一面？真的忘记他了？"

　　黄莺强笑道："姆妈，都是过去的事了，以后不要再提了。再说，这种事体，剃头担子一头热，终归无用。"

　　从阿爸和新姆妈那里出来，黄莺赶往复兴中路的三民主义同志联合会，她和阿锋约了在这里见面。此处的主人是当年追随中山先生的三民主义元老程老先生，德高望重，连国民政府也卖他几分面子。他私下支持共产党的革命理念，因此复兴中路上的这幢洋房，就成了中共地下党和进步人士的秘密聚会场所。

　　黄莺赶到那儿的时候，程太太碰巧正在听唱片。程太太五十多岁，秀丽优雅，是黄莺的歌迷，看见她格外高兴，招呼她到唱机旁，亲手放自己的歌曲。

　　黄莺含笑，将唱针跳到《明月寄相思》这一首。这首歌不如《一江春水向东流》那样红，但却是她演唱时最饱含感情的，她只觉得，这首歌的每一个音符、每一个字都敲打在自己的心上，敲中了自己最伤感脆弱的地方。她一直想当面谢谢这首歌的词曲作者，却一直没能联系上，署上的只有"佚名"。

　　她正和程太太一起听歌，听见身后有人招呼：阿锋到了。程太太识趣地离开，将客厅让给他们两人。她见阿锋今日仍旧穿着平日的一身衣服：蓝色棒针衫翻出白衬衫领子，敞着深褐色夹克衫，下面是卡其色便裤。因方才走得急了，额角沁着汗。

　　黄莺拿出帕子给阿锋擦汗，阿锋捏住她的手，两人相视一笑。黄莺转身，拿出自己带来的印着"新新公司"的纸袋，往外面一件一件掏：一套章华料子的褐黄色暗纹西装，箭牌皮鞋，哈德曼呢帽和领带，说："这是我买的，你明日换上，阿爸肯定喜欢。"

阿锋看她一件件掏，含着笑，却说："我还是穿我平日的衣服吧。我就是我，扮作旁人去见你阿爸，反而不好。"

黄莺一想，回道："你说得对。就这么办吧。"

阿锋憨笑，知道她明白自己的心意。两人一时无话，依偎着看窗外的一轮秋月，但觉心意相通，静好无限。阿锋突然意外地提起了诸葛光。

"明天下半天去见你阿爸姆妈，上半天却是诸葛光约了我。"

黄莺心内一动，问道："他约你？有什么事情？"

"他在电话里没说，但我想，应当与他最近遇到的麻烦有关。沦陷期间，他为'华影'写过歌。早几日'中电'宣布，凡是参加过华影活动的，都要论汉奸罪。他是歌王，恐怕首当其冲。"

黄莺听了，知道兹事体大，心底好一阵难过，面色煞白。阿锋见她的模样，柔声安慰道："你莫急，也未必就这样糟糕。即便真是如此，大家再一起想办法。"

黄莺听了这话，脸色稍好，稍迟，又渐渐转红，期期艾艾地说道："阿锋，这件事真难为你。我并不是……对他还有旧情，只是毕竟是从小一起长大的朋友，总是想见着他好，不愿见他落难。"

阿锋拍拍她的肩膀："你不必解释，我都省得。你的心肠，见一只小鸟儿受罪也是要难过的，何况是老朋友？我帮诸葛光，倒不是为了你，而是知道他并非真的反动亲日，想来多半还是政治上太过幼稚。"

黄莺连连点头："正是呢，他正是这样的人。若不是有你帮助，我从前不也是如此吗？"

"你如今就不幼稚啦？"阿锋说着，刮了一下黄莺的鼻子。

第二天上午，阿锋在他的办公室里见到了诸葛光。诸葛光手拿一张"中电"的文件，急着为自己辩解："我是给华影写过电影插曲，可那是《红楼梦》啊！《红楼梦》有什么政治性呢？我不过是写了一些宝玉黛玉想对对方讲的话……"

阿锋一看，那张文件的标题是《关于沪上文艺界人士涉华影事务的处理决定》，下面所列出的人名中，诸葛光的大名正是赫然在目，难怪他如此着急。

他耐心等诸葛光说完，才说："你说了很多，却忽略了事情的本质——华影是伪政府、大汉奸张善琨开的，他们的电影，反动的也好，不反动的也好，归根结底都是为发展亲日喉舌服务的。你口口声声艺术，艺术如果沦落到敌人的手里，就成了武器。"

诸葛光被他说得哑口无言，脸涨得通红，想说些什么，终于闭嘴，化为一声长叹。良久，他再次开口："我是支持革命的，这一点你是知道的。"

阿锋沉默。

诸葛光说："你如今在共产党身居要职，请你帮忙为我讲两句话，还我一个清白。"

阿锋依旧是沉默，过了一会儿，才开口道："我会尽力去试一试的，包括提供你曾参与刺杀阿部次郎事件的证据。不过请你理解，恐怕效果不大。老实同你讲，如今我们与国民党之间，局面非常复杂，是敌是友，还待最后的水落石出。我的话到了中电那儿，到底派不派得上用场……"阿锋摇摇头，表示不乐观。

其实还有些话，他不便与诸葛光说，抗战胜利之后，毛主席远赴重庆与蒋介石签署了《双十协定》，期颐于和平从此常驻中华大地，可这边刚握完手，那边蒋介石就迫不及待地调集了二十六个师、三十万人准备歼灭中原军旅，朱老总已经通知全军做好内战准备。

他虽未说出口，诸葛光也从他的神色中猜着了一二，叹了口气，沉思片刻，说道："也罢，你也不用再为难。我今天来之前已经想好了，若你这条路走不通，我就到香港去。"

"香港？"

诸葛光点点头："最近很多文艺界人士都在离沪赴港，也有朋友叫我一道走。先前，因为一些原因还在犹豫……至今也没有她的消息，想来她多半过得很好……既如此，我也不必再犹豫了。"

阿锋听懂了诸葛光的话，尴尬地摸了摸脑袋，想了想，说："那也好。香港倒确实是个遮风避雨的好地方，也适合你。你到了那儿，会重新找到可作为的天地的……据说如今赴港的船票一票难求，这我倒是找得到人，你需要吗？"

诸葛光摇摇头："不必麻烦了。"他说着，就站起身来，重新戴上帽子，恳切地望着阿锋，道，"你是个好人，虽然这次未能帮上忙，我还是一样谢你。"

他的这句"你是个好人"倒说得阿锋惭愧起来，也站起来支支吾吾地说道："阿四……就是黄莺，我同她，就快要结婚了。"

诸葛光闻言大吃一惊，一时间脸色煞白："这么说，她回到上海了？"他想到自己还在傻傻等着黄莺的消息，她却连回到上海都没有联络自己，又与旁人有了婚约，不由得一阵心灰意冷；又想起从前自己一再地伤了她的心，她却是一次也没有为难过自己。归根结底，是造化弄人，自己一次一次地辜负错过了她。于是惨笑着勉强道："原来你们最后走到了一起，也好，也好。"

"我告诉她，你们见上一见吧？"

诸葛光又是凄凉一笑："不见了，莫要给她引上什么麻烦才好。她跟着你，再好不过，你就替我同她告个别吧。"

妙妙在淞沪码头的铁栅门前，等着开栅登船。

栅门前的人越来越多，像压力蓄积的洪水。妙妙渐渐地也承受不住，不得不尽力用肩膀和手肘为自己留出一点儿喘息的空间。这会儿，没有人在乎她是不是大明星。

突然，让人窒息的压力松开一个空隙。妙妙听见一个声音在她头顶喊："妙妙小姐！"

她抬头看去，是诸葛光。他正用自己的脊背，护在妙妙的身后，这正是那洪水减缓的原因。

妙妙又惊又喜，叫道："诸葛先生！"周遭十分嘈杂，她不得不提高音量，"你也坐船去台湾？"

诸葛光喊道："不，去香港，从台湾转道。你去台湾？"

妙妙摇头："也不是，我转道去南洋。"

说话间，工作人员将栅门打开，汹涌的潮水眼看就要一拥而入，却被一排持枪的巡警挡在门外，接受验票的检查。人群中登时爆发出哀求和哭喊声，等候者们多半都是没有船票的，巴望着能先上船再补票。此时的上海滩，唯一比米票更贵重的东西，就是这张船票了。

妙妙和诸葛光都是有票的。他们和其余有票者形成一条令人艳羡的队伍，等着验票上船。这时，一个身影突然从旁边扑出，径直扑到诸葛光的身上，一把拉住他的胳膊。

诸葛光吃了一惊，待细看时，却发现那是个令自己又嫌又恨的人：长发发。

长发发一副丧家之犬的模样，没头没脑地哀求着诸葛光："诸葛先生！侬发发善心！带我一起走。我再留在这里，命也要丢了！只是死活弄不到船票！侬带我走！让我做下人用人都可以，哪怕就把我当成一条狗，求求侬！求求侬！"

诸葛光想起齐姐儿可以说是死在这个人手上，恨得咬紧牙关，使劲挥胳膊："你走开！我没有多余的船票！"

长发发的眼泪鼻涕一齐抹在诸葛光袖子上："诸葛先生！我知道，因为姐儿的事情，你恨我！我要是早知道最后会害了她的性命，打死我我也不会做啊！你把我当成坏人，你不知道，我姆妈，也是信佛的！我虽然坏事做绝，可是我告诉自己，只谋财，绝不害命，从头到尾，我没有故意害过任何人的性命啊！"

诸葛光听他这样说，心又软了下来，好声好气地回答："我真的没有多余的船票。这里一票一人，没办法通融的。"

长发发痛哭失声。

一旁冷眼旁观的妙妙这时有所行动，从坤包里拿出一张船票，递给长发发："这是明天另一趟船——太平轮的船票。别人邀我一起去，我不去了，这票也用不着浪费。你拿去吧。"

长发发意外之喜，一时间竟呆住了。待反应过来，一把抢过船票，对妙妙深鞠一躬，在旁人既羡又妒的眼光中，飞速离开了。

诸葛光与妙妙结伴上了船，诸葛光替她找到船舱，放好行李，自己才回到船舱。妙妙坐了一会儿，心里头滋味难言，想着在离港前再看一眼上海，就来到甲板上，没想到又在这里遇到了诸葛光。

他也在凝望着岸上，似在与这个自己出生、长大的故乡默默作别。见到妙妙，他礼貌问候，又忍不住问道："怎么会这种时候去南洋？是有家人朋友在那儿吗？"

妙妙摇摇头，笑道："没有人。不过我会唱歌，会跳舞，想来也不至于饿死吧？"她答得古怪，诸葛光也不便再问，但听得妙妙说了一句越发古怪的话，"战争归战争，人总要有真情，诸葛先生，你说是不是？"

只这一句，诸葛光虽然不解，只觉得对方十分真诚可爱，不由得由衷说了一句："是。愿你们有情人终成眷属。"

轮到妙妙问他了："你怎么也走了？是因为中电整治的事吗？"

诸葛光点头，苦笑道："也想了办法要留下，托了人，终究没有用……"

妙妙问："你这一走，黄莺怎么办？齐小姐已经去了三年，你们俩也该有个好结果才是。"

诸葛光自然知道她与黄莺曾是闺密，也不奇怪她对自己和黄莺、齐姐儿之间的事如此了解，只惆怅地叹了口气，说："到了如今，我已经没有能力好好保护她，也不是她最佳的选择。倒不如就此离开，是我能为她做的最好的事。"

这时，只听得汽笛一声长鸣，响彻天空，轮船起锚，缓缓离开淞沪港。船下抢票的人潮一齐停住了喧嚣，向船上即将远离家乡的陌生同胞挥手道别。乱世毕竟泯灭不了人情，只是要等到山穷水尽的时候才会显露。

诸葛光和妙妙也都住了口，用沉默迎接这最后的时刻。突然，他们的视线都被码头上的一幅巨型海报吸引了。那是杜月笙大佬正在举办的"上海小姐选美大赛"，不知道多少佳丽参加，多少达官贵人捧场，如今只剩下最后三名，真是斗得桃姝李艳，难分上下。

霎时间前尘往事，一齐涌上心头，两人不禁对视苦笑。昨日种种，譬如昨日死。

像是感应到他们内心的激荡，海关大楼的钟声恰在此时敲响，深沉的"威斯敏斯特"乐曲再次在空气中回荡。无论发生过什么，无论经历过多少别离，这个城市，永远在继续。

就在诸葛光的轮船排浪入海之际，黄莺和阿锋正在三民主义同志联合会里会面。

屋里的气氛十分凝重，黄莺在看阿锋方才给她的一张公文函，上面这样写："中共上海办事处转达周恩来同志给上海地下党组织的指示：国民党地区黑暗严重的时刻即将到来，必须坚持隐蔽的艰苦的斗争，预计五年的时间，胜利必将实现[①]。"

黄莺看罢，面色肃穆地将公文函递还阿锋，说道："这么说，这一天终于还是到来了。"

"是的。早早晚晚的事情，只不过这一趟是彻底撕破脸。周恩来同志指示我们要深入到群众之中去发展爱国民主统一战线工作，我下一步的工作仍在上海，只是，可能与你见面的机会会更加少了。"

说着这话的阿锋，眼中半是柔情，半是坚毅。黄莺握了握他牵住自己的手，同样用充满了柔情和坚毅的眼睛回望着他。回想与阿锋缘牵的过程，亦是不断离别与重逢的过程，她早已习惯了将个人的小爱汇入到解放事业的洪流之中。这样的离别，并不会打消彼此的深情，相反地，只会从灵魂深处将他俩系得更紧。她明白自己的爱人，总是领头走在前面的人，回来的时候，会带给她更好

---

① 江怡、邵有民主编：《中共上海党志》，上海社会科学院出版社，2001 年。

的他，也会带领她变成更好的自己。

两人依偎了一会儿，阿锋又说："只是，诸葛先生的事，这下是彻底说不上话了。我听说，中电曾向他提出条件，只要他公然加入国民党，往事便可以一笔勾销，被他拒绝了。"

黄莺点点头："这样也好，总比他站到我们的敌营之中好。"

"他是今日的海轮，你真的不去送一送他？这一别海角天涯，再会无期了。"

黄莺摇头，少顷，轻轻说道："阿锋，过去的事情都过去了。无论过去怎样，请你相信，我如今是一心一意地爱着你，跟着你。对于老朋友，我只有祝福的心意。"

阿锋将她拥进怀里，在她耳旁说："你不必解释，我都省得。"他犹豫片刻，艰难地开口道，"阿四，有桩事情，我必须向你坦白。在解放区时，你是不是曾经给诸葛光写过几封信？"

"是的，你怎么知道？那是在初到解放区的时候了。"

"信，被丁大姐自作主张扣住了。这件事情，是在我们确定了关系之后，她才沾沾自喜地告诉我的。当时我考虑要不要立刻告诉你，但还是出于私心……"

黄莺闻言诧异，禁不住抬眼看阿锋，只见对方脸上满是愧色。她默想一会儿，靠回阿锋怀里，由衷说道："你不必挂怀，依我想来，这些都是命数。人这一生，走哪条路，差之毫厘，谬以千里。所幸我的命不错，遇到了你。阿锋，我同你说吧，即便此时没有你，我也不可能再回到诸葛光身边了。他还是过去的那个诸葛光，我却已经不是过去的那个黄莺了。"

黄莺说得恳切，阿锋却是听得既感动又欣慰，将她紧紧拥住，说道："只是，我们的婚事，也只好缓一缓了。唉！"

黄莺想了想，说："如今阿爸姆妈都已见过你，我的心愿，算是已经达成。战事在即，我们就一切从简，明日请雷霆同志代表组织为我们办一个简单的婚礼，如何？"

"真的？"阿锋大喜，问道，"这样不会委屈了你？"

黄莺含羞依偎："跟了你，我不会委屈。"

阿锋抱住她，看着窗外深秋十月，清朗的天空，第一次对她说："不，是我的命好，才遇到了你。其实你不记得了吧，你第一次跟我说话，不是给我那七个肉饼的时候，是在更早以前。"

"真的？"黄莺意外地抬头看他，"什么时候？"

"你知道，我家穷，我姆妈原没打算送我去学堂读书。我第一次有了想要读书的念头，是在黄家大宅里，听到你在院子里念弓，我偷偷在门边看你，结果被你发现了。你问我叫什么名字……"

黄莺隐约想起来了，回忆飘到很久很久以前。

一个皮肤黝黑的小男孩，趴在门边看着小阿四。当时她才八九岁，那小男孩大约六七岁模样。她就问："你叫什么名字呀？"

小男孩嗫嚅着说："阿风。"

"怎么写？"

小男孩瞬间红了脸："我不会。"

小阿四粲然一笑："我教你。"

她蹲在地上，拿了树枝写了个"锋"给他看："这就是你的名字，记住啦。"

阿四想当然的一个笔误，就此让"阿风"变成了"阿锋"。一个人的名字，好像会给他的一生都带去长长久久的暗示和指引。阿锋的人生，也从有了这个名字开始，从一阵穿堂走巷的风，变成刀锋的锋、先锋的锋。

阿锋抱着黄莺，郑重地许诺："阿四，我爱你很多年、等了很多年才终于有了这一天。你相信我，再苦上几年，赢了这场仗，自此天下太平。我阿锋对天盟誓，到那时，一定不再让你经风沾雨。长长久久的，我们的日子里，只有甜蜜，再也没有磨难和痛苦。"

太阳像是听到了他的话，悄悄地躲进了云彩之后，只露出看不清的边缘，有如金色巨轮。

命运之轮又开始转动了。

（全文完）

后记

2014年9月，我刚刚结束哺乳期，从某种程度上来说，终于结束了与女儿的"连体"生活。

养育过孩子的人知道，那是一个痛并快乐着的过程。我的精神，既满足又空虚，满足是因为前所未有的深爱，而空虚是因为：即使母爱占据了我此时此刻一大半的人生，我却无法仅凭此而活。

我还需要文学。

一个人与文学的渊源，我相信，一定是从孩提时埋下伏笔的。我的孩提时代，很幸运的，是一个纯文学享有崇高地位的时代。多少个放学后的傍晚和周末，多少个放寒暑假的日子里，我的心灵被那些或清新如山溪或质朴如黄土的文字滋养着。在那个时候，我已经知道文学将成为我生命中很重要的一部分。

但我要耗费接下来的近三十年，走了很多弯路才能意识到：文学是我生命中最重要的部分之一。

2014年的这个秋天，我，初为人母，走过而立，略懂人生，我的胸口积攒了强烈的表达欲，如岩浆一般，急切地想要以文字的方式喷薄而出。在女儿小憩的间隙里，我用疲惫的眼睛搜寻着这个世界，像雷达展开信号，等待着属于我的文字。因为我始终相信一件事情：写作，绝不是作者去找文字的过程，而是文字来找作者的过程。

它终于来了。以一篇新闻报道的方式。那是刊登在《新民晚报》上的一篇文章，题目叫作：时间的玫瑰。作者甘鹏在香港拜会了九十二岁高龄的姚莉女士，他们相约在茶楼里吃南翔小笼包，空气里流动着那曲《玫瑰玫瑰我爱你》。几乎没有人知道，这位斯文秀丽的老太太，正是这首歌的原唱者。

老上海七大歌后，七朵玫瑰，她是最后仅存于世的一朵。

一些字眼、一些记忆、一些朦朦胧胧的影子，就这样伴着这条报道，唰地一下，将我心底深处的一个世界点亮了。我毫不犹豫地一头栽下去，越往下，越是目眩神迷。我终于了解了那句话：生活远比小说更加精彩。

你简直无法相信那就是他们曾经的生活,因为太过戏剧化。在一个大时代的背景下,爱和恨都被无尽地放大,又被无尽地缩小。当我沿着史料的阶梯走进他们的故事里,我为他们的才华和浪漫心折,又不禁恻隐:那些在战火中的流离失所、生离死别,是我们看的故事,却是他们活过的一生。我们流下的眼泪,在他们的经历面前,未免太过轻薄。

其实每个人不都是这样吗?我们活在自己的人生里,也活在他人的故事中。

为了创作方便,我最终选择将故事架空化处理。作为我的第一部长篇,拙劣、稚嫩在所难免,但我确实用了心。整整两年的时间,我一砖一瓦地构建起了这个想象中的世界。为了这部书稿,我反复查阅资料,第一稿在 2016 年底完稿以后,我又请师长、朋友们指正,经历过多次的修改校正、增删情节,最终在 2017 年 4 月完成了这部 19 万字的书稿,而此时我已经记不清这是第几稿了。

在此我要感谢每一位对这部书稿给予过帮助的朋友,是你们让这本书能够出现在读者面前;感谢作家出版社各位老师给予的支持和帮助;感谢特约编辑谭飞同学,感谢你的欣赏和细节控;也感谢家人的鼓励、支持和包容;但最重要的是,感谢每一个用心去读这部用心之作的朋友。

最后,若要用一句话来概括我写这部小说的初衷,最好的总结,也许是书里第三十三章中无名老者的那段话:

"这世间原是无味的,有了这'真善美'三个字,才有了那对应的'假恶丑',又幻化出喜怒怨、爱憎痴,无穷滋味。世人忘了本,将那次一等的味,便当作人生大事,百般地咀嚼起来,却不知要想知人生真味,还得回到这'真善美'三个字里寻找。"

你应该已经看出来了,这部小说是写给《红楼梦》的一封情书。除此之外,它还是对少女时代读《飘》的回响,对流行英剧的趣味模仿,以及向茅盾先生《子夜》的致敬……

但愿它能打动你。哪怕一瞬间。

Clara 写意
2017 年 6 月于上海